KB274368

익사이터

무영자 판타지 장편 소설

FANTASY STORY & ADVENTURE

EXCITER

1

dream
books
드림북스

익사이터(Exciter) 1

초판 1쇄 인쇄 / 2011년 12월 20일
초판 1쇄 발행 / 2011년 12월 30일

지은이 / 무영자

발행인 / 오영배
편집팀장 / 신동철
책임편집 / 신동철
편집디자인 / 신경선
펴낸 곳 / (주)삼양출판사 · 드림북스

주소 / 서울특별시 강북구 송천동 322-10호
대표 전화 / 02-980-2112 팩스 / 02-983-0660
편집부 전화 / 02-980-2116 팩스 / 02-983-8201
블로그 / blog.naver.com/dreambookss

등록번호 / 제9-00046호
등록일자 / 1999년 3월 11일

ⓒ 무영자, 2011

값 8,000원

ISBN 978-89-542-4645-3 (04810) / 978-89-542-4644-6 (세트)

* 지은이와 협의하에 인지는 생략합니다.
* 잘못된 책은 구입한 곳에서 바꾸어 드립니다.

익사이터

무영자 판타지 장편 소설

FANTASY STORY & ADVENTURE

1

EXCITER

dream
books
드림북스

Contents

EXCITER

CHAPTER
1

1.

인간은 즐길 줄 아는 생물이다.

때문에 구경거리가 없다면 억지로라도 만들어낸다.

기사의 결투.

광대의 희극.

음유시인의 노래.

혹은…… 사형수의 사형식을.

"오늘은 누가 처형되는 거래?"

"몰라. 나도 못 들었어."

군중은 광장에 모여 수군거리고 있었다.

오늘의 사형식에 대한 의문의 소용돌이가 멈춘 것은 누

군가가 교수대 뒤편을 가리킨 순간이었다.

"저기 봐. 사형수가 나온다!"

군중은 두 병사에게 끌려나오는 사형수에게 시선을 향했다.

그리고 침묵했다.

이곳에 모인 이들은 많은 사형수를 구경해온 관객이었다.

허나 신께 맹세코 지금과 같은 사형수는 처음이었다.

넝마와 다름없는 외투나, 오른손에만 딸랑 끼여져 있는 검은 장갑은 그나마 평범하다.

문제는 다른 쪽이다. 야만족처럼 치렁치렁 매달고 있는 뼈 목걸이라든가, 어깨가 뻐근할 정도로 왼손에만 가득 채워져 있는 황금팔찌와 오색반지, 더불어 허리춤에 주렁주렁 매달려 있는 온갖 잡동사니의 주머니 등등.

사형수가 저런 귀중품을 주렁주렁 매달고 있다니!

아니, 그 전에 대체 저 괴상망측한 센스는 뭐란 말인가?

어이가 없다 못해 말도 안 나오는 광경이었다.

우뚝.

관중의 시선을 의식한 것일까.

사형수는 문득 걸음을 멈추고 관중을 돌아보았다. 그리고 천천히 입을 열었다.

"그만 좀 보쇼. 이 몸의 얼굴 닳겠수다."

관중의 얼굴이 일제히 황당함으로 물들었다. 심지어 병사들마저 기막힌 표정으로 사형수를 바라보았다.

사형수는 그런 그들을 향해 씨익 웃어 보였다.

너무나 유쾌하고도 느긋해서 도저히 사형수답지 않은 미소를 보며 군중은 한층 넋을 잃을 수밖에 없었다.

한 줄기 노호성이 터져 나온 것은 그 순간이었다.

"대체 뭘 하고 있는 거냐!"

사형수는 쩌렁쩌렁한 고함을 따라 시선을 돌렸다.

그리고 기사들 사이에서 눈을 이글거리고 있는 중년인을 향해 히죽 웃어 보였다.

"여어, 노랭이 백작님 오셨습니까요?"

"노링턴 백작이닷!"

사형수는 중년인, 노링턴 백작의 고함을 듣고 킬킬거렸다.

"캬하하하하. 사소한 건 그냥 넘어가십죠? 사람이 소심해 보이잖습니까."

"이, 이……!"

시뻘겋게 달아오른 얼굴로 사형수를 노려보길 잠시.

백작의 분노 어린 시선은 두 병사에게 향했다.

"죄인을 교수대로 옮기지 않고 뭐 하는 거냐!"

두 병사는 퍼뜩 정신을 차리고 사형수를 교수대로 끌고 가려고 했다.

문제는 사형수가 그들보다 민첩했다는 것이다.

"뭘 꾸물거리쇼? 백작님께서 가라셨으면 퍼뜩 가야지."
"어, 어이, 잠깐……"
"기다려!"
사형수는 경쾌한 걸음으로 교수대로 올라갔다.
허겁지겁 따라오는 병사들을 무시한 채, 교수대 위에서 군중을 돌아보는 그 동작은 시원하게까지 느껴졌다.
"이야, 경치 좋구만."
"……."
군중은 기가 막힌다는 표정을 지었다.
반면 노링턴 백작은 곧장 교수대로 달려가, 사형수의 멱살을 틀어쥐고 으르렁거렸다.
"이 빌어먹을 놈. 그 입 다물고 있지 않으면 죽을 때까지 후회하게 만들어주마!"
"캬하하하! 사형수한테 그게 협박이 되겠습니까요, 노랭이 백작님?"
"노링턴 백작이다! 한 번만 더 나를 그렇게 불렀다가는 교수대를 화형대로 바꿔주겠다!"
"흐음, 그건 좀 무섭습니다그려."
사형수는 그 협박에 진지하게 고개를 끄덕였다.
교수형은 의외로 고통이 길지 않은 반면 화형은 흑마술사나 마녀에게만 허용된 무시무시한 형벌!
같은 사형이라도 고통의 수준이 달랐다.

백작은 겨우 흥분을 식히고 준비된 좌석에 앉았다.

때맞춰 한 기사가 앞으로 나서며 준비해온 두루마리를 펼쳐들었다.

"모두 들어라! 이제부터 사형수의 죄목을 알려주겠다! 죄인은 천한 신분임에도 불구하고 감히 백작님을 모욕함으로써 왕국의 법도를 어지럽히고……."

군중은 기사의 연설을 들으며 고개를 끄덕거렸다.

연설을 전혀 이해하지 못한 채, 그저 영주님이 하는 일이니 옳은 일이겠지 하면서 동조하는 그들이었다.

물론 예외가 없지는 않았다.

"귀족모욕죄로군요."

"예."

한 여인의 혼잣말에 옆에 있던 사내는 고개를 끄덕였다.

고급스러운 망토로 가려진 얼굴이 살짝 기울어졌다.

"이상하네요. 귀족모욕죄로 사형은 불가능할 텐데요."

"합법적으로는 그렇습니다."

"하긴…… 모든 사형이 합법적으로 이뤄지는 건 아니죠."

여인은 고개를 끄덕이며 교수대를 바라보았다.

사내 또한 여인을 따라 시선을 돌렸다가, 사형수가 쩌억 하품을 하는 모습을 보고 미간을 찌푸렸다.

"……저런 자를 꼭 쓰셔야겠습니까?"

사내는 탐탁잖은 목소리로 물었다.

"어쩔 수 없어요. 우리에게는 저 사람이 필요하니까요."

"알겠습니다."

여인의 단호한 말에 사내는 고개를 숙였다.

한창 끝을 향해 치달려가고 있던 기사의 연설에 또 다른 음성이 끼어든 건 그때였다.

"거 말씀 참 어렵게 하시네. 하여튼 이래서 잉크 묻은 분들하고는 대화가 안 통한다니까. 쯧쯧쯧."

"……!"

사형수는 히죽 웃으며 교수대 앞으로 나섰다.

백작이 벌떡 몸을 일으키는 가운데, 쾌활한 목소리가 광장에 울려 퍼졌다.

"자아, 이제부터 이 몸이 죽어야 하는 이유를 알려드립죠! 두 번은 안 말할 테니 잘 들으십쇼!"

사형수는 턱을 따악 뺀 관중들을 향해 히죽거리며 외쳤다.

"모두 아시다시피 백작님은 대단한 분이요. 왕국에서 다섯 손가락 안에 꼽히는 부유한 영지! 아름다운 아내와 다섯 명의 첩까지! 그야말로 남자로서 꿈꾸는 모든 걸 갖추신, 국왕 전하도 부럽지 않은 분이라 이거요."

남녀를 비롯한 군중은, 심지어 병사와 기사들마저 하나같이 해괴한 표정으로 사형수를 바라보았다.

"크흠, 네놈이 이제 와서 아무리 아부를 해봤자 늦었다!"

노링턴 백작은 슬그머니 벌어진 입매를 숨기며 애써 냉담하게 말했다.

하지만 그의 기쁨은 조금 성급한 것이었다.

"그런데 이 몸이 그런 백작 나리를 보니까 한 가지 궁금한 게 생기지 뭐요? 그래서 마침 성 앞에 있던 기사 나리에게 물어봤습죠. 예쁜 첩이 많은 건 좋지만, 그 다섯 명의 첩을 다 만족시킬 수는 있으시냐고. 캬하하하하!"

"저, 저……!"

백작의 얼굴은 순식간에 새빨갛게 물들었다.

사형수는 히죽히죽 웃으며 말을 이어갔다.

"그래서 백작 나리께서 이 몸을 잡아 죽이겠다고 길길이 날뛰시는데, 아무리 백작 나리라도 귀족모욕죄만 가지고 '합법적'으로 이 몸을 사형시키는 건 무리라 이거요. 그래서 이 몸이 백작 나리의 고충을 보다 못해서 한 가지 내기를 제안했수다. 그게 뭔지 궁금하지 않으쇼?"

군중은 홀린 듯이 고개를 끄덕였다.

사형수는 그들을 향해 경쾌하게 외쳤다.

"오늘 바로 이 시각! 해가 정오에 올랐을 때라면 기꺼이 죽겠다고 말이요. 왜냐면 이때가 이 몸의 운수가 가장 좋을 때라서 말입죠!"

군중의 눈은 썩은 동태 눈깔이 되었다.

사형수는 킬킬 웃으며 백작을 가리켜 보였다.

"대신 이 몸이 이 시간에 죽지 않으면 대신 노랭이 백작님의 콧수염을 받기로 했습죠! 이 싸구려 목숨과 백작님의 멋진 콧수염이면 어느 정도 판돈이 맞으니 말이요! 캬하하하하!"

군중은 무의식중에 백작의 콧수염을 바라보았다.

백작은 군중의 지대한 관심에 부들부들 몸을 떨었다.

잠시 후, 광장에 한 줄기 고함이 터져 나왔다.

"기름 가져왓! 지금 당자아아아아앙!"

2.

교수대의 개조 작업은 곧바로 시작되었다.

그사이에도 사형수는 비 맞은 개구리처럼 쉴 새 없이 떠들어댔다.

"형씨, 기름 좀 골고루 뿌리쇼. 여기 안 뿌리셨잖소."

"밑에 보강대 좀 더 붙이쇼. 불붙으면 도중에 무너질지 모르잖소? 이 몸의 마지막 무대가 부실하면 안 되지."

"기둥? 이제 와서 통나무를 어디서 구해오려고 그러쇼? 그냥 교수대에 밧줄로 꽁꽁 묶어두면 될 걸, 괜히 헛수고하지 마쇼."

노링턴 백작이 열을 식히고자 성으로 돌아가지 않았다면

기어코 쓰러졌을 광경이었다.

관중들이 신 나서 화형대 개조에 앞장서는 사형수를 보고 떨떠름한 반면, 현장 책임자인 하크 백부장은 분노했다.

"저 새끼, 꽁꽁 묶어버려!"

"아야야. 이건 너무하잖소. 이 몸이 무슨 번데기도 아니고, 이게 무슨 꼴이요."

"입도 재갈로 틀어막아!"

"보쇼, 형씨! 어차피 죽을 몸인데 적어도 할 말은…… 읍, 읍읍!"

지시는 신속하게 이행되었다.

하크 백부장은 밧줄에 칭칭 휘감긴 사형수를 보고 십 년 묵은 체증이 내려가는 상쾌한 기분을 느꼈다.

그리고 문득 한 건장한 사내가 자신을 바라보고 있는 것을 깨닫고 미간을 찌푸렸다.

"뭘 그렇게 야려보…… 흠, 흠! 무슨 용건이십니까?"

하크 백부장은 다급히 말을 뒤바꿨다. 망토 사이로 얼핏 드러난 화려한 검을 통해 눈앞의 사내가 결코 함부로 대해선 안 될 인물임을 깨달은 것이다.

사내는 무뚝뚝한 목소리로 말했다.

"잠시 사형수와 이야기를 하고 싶다."

"저…… 그건 좀 곤란합니다만."

하크의 얼굴은 벌레 씹은 것처럼 거무죽죽해졌다. 허락도 없이 사형수를 아무나 만나게 했다가는 후환이 무서웠기 때문이다.

이에 그는 새삼 결의를 다졌다.

'네가 누구든 내 뒤엔 백작님이 있다 이거야! 덤빌 테면 덤 벼 봐!'

"잠시면 된다."

"절대……."

짤그랑.

"됩니다!"

하크는 반짝이는 금화를 보고 다졌던 결의를 집어던졌 다. 잠깐 눈만 감으면 금화가 제 발로 굴러들어 온다. 이 기 회를 놓치면 바보인 것이다.

"교수대 뒤편에서 잠시만 기다려주십시오."

하크 백부장은 서둘러 교수대 뒤편에 있는 병사들을 물 렸다.

밧줄에 돌돌 묶여 있는 사형수를 사내 앞으로 끌고 온 그는 백작이 올 때까지만이라는 신신당부를 남기고 자리를 비켜주었다.

사내는 사형수의 재갈을 풀어주었다.

"푸허, 이제야 살겠네. 거 왜 입을 틀어막고 지랄이래."

사형수는 재갈을 풀자마자 불평을 내뱉었다.

더불어 자신을 도와준 사내에게 씨익 웃어 보였다.

“누군지 몰라도 고맙수다. 숨 막혀서 죽을 지경이었는데, 덕분에 살았수.”

터무니없을 정도로 유쾌하고도 뻔뻔한 태도였다.

반면 사내의 얼굴은 딱딱하기 그지없었다.

“카잔. 30세. 모험가. 맞나?”

사형수는 사내의 질문을 듣고 히죽 웃었다.

“아니면 어쩌시려고?”

“그럼 이야기는 끝이다.”

사내는 딱 잘라 대답했다.

사형수는 그의 손에 들린 재갈을 힐끔 보고 고개를 끄덕거렸다.

“뭐, 일단 이 몸의 이름이 카잔인 건 맞수다. 하지만 모험가가 아니라 추색탐험전문가고, 30세가 아니라 28세요, 28세! 대체 어떤 새끼가 이 몸이 30대라고 헛소문을 퍼트리고 다니는 거요?”

“네게 살 수 있는 기회를 주마.”

“응?”

카잔은 사내의 말을 듣고 두 눈을 휘둥그레 떴다. 일반적으로 보자면 사형수에게 이처럼 반가운 이야기는 없을 것이다.

하지만 카잔의 반응은 조금 특이했다.

“그래, 어디 한번 얘기해보쇼.”

빚쟁이를 상대하는 채무자가 이처럼 당당할까.

사내는 눈썹을 꿈틀거리다가 말을 이었다.

"찾아야 하는 물건이 있다. 그걸 도와준다면 구해주마."

"물건 찾기라……? 일단 사람은 제대로 찾아오셨수다. 이 몸이 뭔가 찾는 거에 있어서는 최고의 전문가니까 말요."

카잔은 자신만만하게 고개를 끄덕거렸다.

사내는 그 경박한 태도에 불쾌감을 느꼈다. 이번 일에 카잔이 꼭 필요하지만 않았다면, 이 무례한 부랑자를 진즉 다섯 토막 내버렸을 것이다.

그때, 카잔이 씨익 웃으며 말했다.

"자, 그럼 어서 말씀해보쇼."

"……뭘 말이냐?"

사내는 뜬금없는 말에 미간을 찌푸렸다.

카잔은 황당하다는 눈으로 사내를 바라보다가 헛웃음을 터트렸다.

"헛, 보쇼. 일을 부탁할 거면 의뢰비를 제시해야 할 거 아뇨. 설마 이 몸에게 무료 봉사를 시키실 셈이쇼?"

"네놈, 목숨이 아깝지도 않으냐?"

사내는 으르렁거리듯 말했다. 목숨을 구해주는 것으로도 부족해 보수까지 탐내는 작태가 경멸스럽게 느껴졌기 때문이다.

카잔은 박장대소를 터트렸다.

"캬하하하! 목숨이 아깝지 않으냐고 물으셨수?"

"그래."

"나리, 아시다시피 세상엔 널리고 널린 게 이 몸처럼 천하디천한 평민이요. 그렇게 남아도는 목숨이 뭐 그리 아까울 게 있겠수. 기껏해야 동전 세 닢이면 비싸게 쳐주는 겁죠."

카잔은 거지라도 못할 말을 자랑스럽게 얘기했다.

더불어 실실 웃으며 말했다.

"하지만 이 몸의 목숨값이 동전 세 닢이라고 실력까지 그런 것은 아니요. 왜냐면 이 몸은 한 명밖에 없는 세계 제일의 추색탐험전문가니까 말요."

무섭게 카잔을 노려보길 잠시.

사내는 결국 이를 갈듯이 말했다.

"……좋다. 얼마를 원하느냐?"

"100골드."

"뭣!"

"아, 참고로 동전 한 닢도 깎아드릴 수 없수. 그러니 이런저런 쓸데없는 말은 하지 마쇼."

"이런 미친……!"

사내는 무시무시한 눈으로 카잔을 노려보았다. 100골드는 카잔과 같은 부랑자가 함부로 요구할 금액이 아니었다.

"싫음 마십쇼."

"……!"

카잔은 급할 것 없다는 듯 어깨를 으쓱거렸다.

사내는 기어코 검을 뽑아 들었다.

채앵!

"놈, 죽어서도 떠들 수 있는지 어디 보자!"

사내는 시퍼렇게 눈을 빛냈다. 무슨 책임을 지더라도 이 오만방자한 놈을 혼내줄 생각이었다.

카잔은 퍼런 칼날을 보고도 겁을 먹기는커녕 해볼 태면 얼마든지 해보라는 듯 히죽거리며 사내를 마주 보았다.

한 줄기 목소리가 둘 사이를 가로지른 건 그 순간이었다.

"당신 목숨값은 빼야 하지 않나요?"

사내는 흠칫하며 뒤를 돌아보았다. 고급스러운 망토로 얼굴을 가린 여인을 보고 그는 곤혹스러운 표정을 지었다.

"아가씨, 아가씨께서 직접 상대하실 만한 자가 아닙니다."

여인은 후드 밑에서 옅은 미소를 지었다.

"어차피 루틴 경이 직접 상대할 만한 사람도 아닌 거 같은데요?"

"……"

사내, 루틴은 결국 검을 집어넣었다.

기사에게 있어 명령을 따르는 것은 의무.

아무리 탐탁지 않더라도 기사로서는 여인의 말을 거부할 수 없었다.

카잔은 여인을 향해 히죽거렸다.

"보쇼, 아가씨. 거 말씀 한번 잘하시는데 말이요, 이 몸은 동전 한 닢도 깎아드릴 수 없다고 분명 말했수다."

루틴은 카잔의 말을 듣고 눈을 부라렸다.

반면 여인은 웃음기 어린 목소리로 말했다.

"그럼 저희보고 동전 세 닢만큼은 무료 봉사를 해달라는 말씀인가요?"

"캬하하하하! 아가씨, 이 몸은 무료 봉사 따위는 바라지도 않소. 단지 정당한 보수를 달라, 이 말씀이요."

"하지만 100골드는 아무래도 지나친 것 같은데요."

"말씀드렸잖소. 싫음 말라고 말요."

카잔은 고개를 척하니 치켜들며 여유롭게 말했다.

여인은 그 말을 듣고 고개를 살짝 기울였다.

"흐음, 그럼 당신이 죽을 텐데요."

"이 몸이 죽는 거지, 아가씨가 죽는 거 아니잖소. 남의 일에 일일이 참견하지 마쇼."

이쯤 되면 고집도 옹고집이다.

여인은 물끄러미 카잔을 바라보았다.

"당신, 죽는 게 무섭지도 않아요?"

"아가씨, 바보 아뇨? 죽는 게 무섭지 않은 사람이 세상천지에 어디 있겠소."

"이 천박한 놈이 감히!"

루틴은 다시금 검을 움켜쥐었다.

여인은 한 손을 들어 루틴을 제지했다.

"루틴 경, 멈추세요."

"하지만 아가씨……!"

"제가 받은 모욕은 제가 갚아요. 무엇보다, 제가 바보 같은 질문을 한 건 맞잖아요?"

"끄으으으웅."

루틴은 싱글거리는 여인을 보고 신음을 흘렸다.

스스로 바보 같다고 인정하는 레이디라니.

여인을 잘 보필하라고 신신당부했던 주군이 이 모습을 보면 루틴을 산 채로 씹어 먹으려고 들 터였다.

"허, 재밌는 분이올시다."

"칭찬 고마워요."

카잔은 멀뚱멀뚱 여인을 바라보다가 씨익 웃었다.

"아가씨, 아가씨가 마음에 드니까 특별히 세 가지를 말씀드리리다."

"말씀하세요."

여인은 호기심으로 눈을 빛냈다.

카잔이 꺼내든 것은 정말 대단한 이야기였다.

"첫째, 이제부터 의뢰비는 500골드요."

"……!"

루틴은 눈깔이 뒤집힐 뻔했다.

여인 또한 이 소리에는 두 눈을 휘둥그레 떴다.

“왜죠?”

“돈을 많이 받으면 그만큼 일을 열심히 하게 되니까 말이요. 보통 아가씨면 두 배만 부를 텐데, 특별히 마음에 드는 아가씨라 다섯 배나 부른 거요.”

“고마운 말씀이네요.”

루틴은 무려 다섯 배나 뻥튀기한 요금을 가지고 태연히 웃고 있는 두 사람을 보며 입을 뻐끔거렸다.

두 사람은 계속해서 대화를 이어갔다.

“둘째, 오늘까지 결정할 여유를 드리겠수다.”

“배려는 감사하지만, 그래도 괜찮을까요?”

“이 몸은 상관없소. 정오가 지나면 곱절로 해서 천 골드를 받을 테니까 말요.”

“불타다 남은 몸으로 일을 하기는 힘드실 텐데요.”

“그건 이 몸이 알아서 할 일이니 신경 쓰지 마쇼.”

루틴은 화형식이 티타임이라도 되는 듯한 두 사람의 대화에 한 손으로 이마를 짚으며 묵직한 신음을 토해냈다.

“셋째, 넓은 데 계쇼.”

“그건 또 왜죠?”

“그래야 엎드리기 쉬울 테니까.”

“……?”

이번만큼은 여인도 고개를 갸웃거리다 루틴을 돌아봤다.

하지만 루틴은 불충스럽게도 그 시선을 외면했다.

여인은 입술을 삐죽거리다가 다시 카잔에게 시선을 향했다.

"힌트를 좀 주시면 안 될까요?"

"뭐, 특별히 말씀드리리다. 그게 뭐냐면 말이요……."

카잔이 들릴락 말락 목소리를 낮췄다.

여인이 눈을 초롱초롱 빛내며 카잔에게 귀를 가까이 댔다.

"넷째, 아무리 사슬에 묶여 있더라도 굶주린 늑대 아가리에는 머리를 들이미는 게 아뇨."

"……? ……!"

후다닥!

대체 무슨 일을 겪은 것일까.

여인은 양손으로 귀를 움켜쥔 채, 나뒹굴 듯 허겁지겁 뒤로 물러났다.

"이, 이 짐승!"

"캬하하핫! 사내새끼는 다 짐승인 거 모르셨소?"

루틴은 여인을 외면하고 있느라 미처 상황을 보지 못했다.

때문에 유쾌하게 웃어대는 카잔과, 매섭게 그를 노려보는 여인을 보며 의아해할 수밖에 없었다.

"무슨 일이십니까?"

"그게……!"

여인은 고자질하듯 카잔을 손가락으로 가리켰다.

뭔가를 말하려던 그녀는 문득 입을 다물었다.

"아가씨?"

"어, 저, 별것 아니에요."

"……."

빨갛게 달아오른 목덜미에 흔들리는 목소리.

루틴은 절대로 별것 같은 반응에 눈을 치켜떴다.

"네놈, 아가씨께 무슨 짓을 한 거냐?"

루틴의 눈에는 대답 여하에 따라서 당장 카잔의 목을 베어버리겠다는 의지가 고스란히 담겨 있었다.

그런 루틴의 결의는 카잔에게 완벽하게 무시당했다.

"새가 날아가는구만."

말 그대로 뜬금없는 소리가 카잔의 입에서 흘러나왔다.

"네놈……!"

치솟는 노기는 루틴의 손을 다시금 검으로 향하게 했다.

한데도 카잔은 루틴을 본 척만 척 멀거니 하늘을 보았다.

루틴의 마지막 인내심은 그렇게 끊겨버렸다.

챙!

"그, 그만두세요. 아무 일도 없었다니까요!"

"저를 막지 마십시오, 아가씨!"

루틴은 검을 들고 으르렁거리느라, 여인은 그를 말리느라 바빴다. 때문에 하늘을 향한 카잔의 눈이 희번덕거리는 것을 보지 못했다.

하크 백부장이 허겁지겁 달려온 것은 그때였다.

"영주님께서 오셨으니 사형수는 이만 데려가겠습니다!"

"기다려, 얘기 아직 안 끝났다!"

하크는 루틴의 고함을 무시하며 카잔을 끌고 갔다.

루틴은 입에서 불을 토해낼 듯이 분노했지만, 여인의 만류에 결국 이를 갈며 검을 집어넣을 수밖에 없었다.

"아가씨! 꼭 저자여야 하는 겁니까?"

"하는 수 없어요. '그곳'에 대해 아는 건 오직 저 사람뿐이니까요. 더구나……."

여인은 살짝 말꼬리를 흐렸다.

어째선지 빨개진 귓불을 만지작거리길 잠시.

그녀는 애벌레처럼 돌돌 묶인 채 끌려가면서도 고래고래 떠들어대는 카잔을 보며 싱긋 미소 지었다.

"재미있는 사람이잖아요."

"……."

나이트 루틴, 30세.

난생처음으로 주군을 원망하게 된 순간이었다.

3.

"흠, 잘 만들어졌군."

백작은 그럴듯하게 개조된 화형대를 보고 만족했다.

반면 군중은 기묘한 표정을 지었다. 화형대에 익숙하지 않은 병사들이 결국 카잔의 의견을 적극 반영하여 개조 화형대를 만들었음을 알고 있었기 때문이다.

"정오까지 얼마나 남았나?"

"10분 정도 남았습니다."

"그래? 10분 뒤가 기대되는군."

노링턴 백작은 화형대 한가운데에 꽁꽁 묶인 카잔을 보며 즐겁게 콧수염을 매만졌다.

그때, 옆에 있던 기사가 걱정스럽게 말했다.

"백작님, 이렇게 화형식을 해도 문제없겠습니까?"

"흥! 기록만 조금 손봐서 저 미친 새끼가 흑마술사였다고 해놓으면 무슨 문제가 있겠나."

힘 있는 자는 뭘 해도 죄가 안 되는 법.

노링턴 백작은 기사의 걱정을 무시하며 한 손을 들었다.

"물을 뿌려라!"

군중은 두려운 눈으로 백작을 바라보았다. 화형수에게 물을 뿌리는 것은 산 채로 타 죽는 고통을 생생하게 맛보게 하기 위해서였기 때문이다.

촤아악!

"앗차차! 거 따듯한 물 좀 부어주면 안 되쇼? 왜 찬물을 붓고 난리요, 난리가!"

이쯤 되면 오히려 감탄이 나올 정도다.

사람들이 찬물을 뒤집어쓰고 투덜거리는 카잔을 보며 고개를 내젓는 가운데, 백작은 빠드득 이를 갈았다.

"오냐, 당장 따듯하게 만들어주마. 불을 붙여라!"

"흐음? 아직 정오가 안 됐는뎁쇼?"

"그래봤자 이제 5분도 안 남았다!"

"뭐, 이 몸이야 어차피 죽을 거, 지금이든 나중이든 별 상관없지요. 그저 천하의 노랭이 백작 나리께서 이 몸 같은 필부와의 약속을 어기셨다는 헛소문이 돌지 않을까 걱정돼서 말입지요."

"이이이……!"

백작은 아내에게 감사해야 할 것이다. 엄청난 혈압에도 불구하고 뒤통수를 붙잡고 쓰러지지 않은 것은 아내로부터 건강관리 좀 하라는 잔소리를 실컷 들은 덕분이었으니까.

"5분! 정확히 5분 뒤에 불을 질러라!"

"예!"

노링턴 백작은 살벌한 눈으로 카잔을 노려보았다.

이제 5분 뒤면 저 빌어먹을 놈을 불살라버릴 수 있다.

물론 곱게 끝내지는 않는다.

대륙에서 규정하는 정오의 기준은 태양이 가장 높이 떠

있을 시간으로부터 10분 전후.

그러니 20분 동안 불길을 조절해서 죽지 않게 절묘하게 불태우다가, 마지막 순간 심장을 후벼 파서 아주 끝장을 내버리고 말 것이다.

"……어지간해선 인도받기 힘들겠네요."

"자존심을 목숨처럼 여기는 노링턴 백작입니다. 아마 천금을 준다고 해도 사형수를 인도하지 않을 겁니다."

여인은 백작의 흉흉한 기세를 보며 난감해했다.

반면 루틴은 고소한 미소를 지었다.

"어쨌든 얘기는 해 봐야겠는데요."

"굳이 서두르실 필요 있습니까? 뜨거운 맛을 보면 저 망나니도 조금은 고분고분해질 겁니다."

"글쎄요. 저 사람이 그 정도로 고분고분해질까요?"

"……."

루틴은 그냥 입을 다물었다. 화형식을 앞두고도 신 나게 떠들어대는 작자가 고작 불 맛을 쐰다고 정신을 차릴 거 같지는 않았다.

"게다가 사형 시간이 지나면 두 배라고 했잖아요? 아무래도 지금 손을 쓰는 게 낫겠어요."

"……원하는 대로 하십시오."

루틴은 대답과는 반대로 미간을 찡그렸다.

여인은 딱딱하기 그지없던 나이트 루틴의 의외의 일면에

피식 실소하며 화형대를 바라보았다.

그리고 고개를 갸웃거렸다.

'뭘 보고 있는 거지?'

카잔은 어딘가를 멀거니 올려다보고 있었다.

여인은 무심코 카잔의 시선을 따라 눈을 돌렸다.

'까마귀?'

카잔이 보고 있는 것은 까마귀 무리였다.

날개를 쉬기 위함일까.

아니면 이제 곧 대령될 먹잇감을 기다리는 것일까.

여인은 지붕 위에 나란히 앉아 있는 까마귀를 바라보다가 문득 카잔의 말을 떠올렸다.

"새가 날아가는군."

대화를 돌리기 위한 별것도 아닌 혼잣말.

여인이 그것을 떠올리며 눈을 깜빡거린 순간.

새들이 날아올랐다.

"……!"

까마귀들만이 아니었다.

나뭇가지에 있던 참새나 둥지에 있던 독수리도 무언가를 피해 도망가는 것처럼 다급하고도 요란하게 날아올랐다.

여인은 그 순간 등골을 스쳐지나가는 한기를 느꼈다.

‘뭐지?’

오싹함의 원인을 찾아 주변을 훑어보다가 잠시.

문득 카잔에게 시선을 향한 순간.

여인은 숨을 잊었다.

카잔의 얼굴에는 언제나와 같이 웃음이 맺혀 있었다.

하지만 결코 유쾌한 미소는 아니었다.

터무니없을 만큼 차갑게 얼어 있는 푸른 눈동자에서 비롯된, 얼음같이 싸늘한 비웃음!

여인의 시선을 눈치챈 것일까.

카잔은 싱긋 웃으며 소리 없이 입을 뻐끔거렸다.

비록 거리가 멀기는 했지만, 여인은 그의 입모양을 정확하게 알아볼 수 있었다.

‘어, 드, 이, 소…… 어드이소. 엎드리쇼?’

여인은 반사적으로 그 말을 따라 몸을 낮췄다.

루틴이 의아한 눈으로 그녀를 바라본 순간.

세상이 무너졌다.

쿠르르르르르르르릉!

갑작스럽다 못해 터무니없기까지 한 이변.

무언가 흔들린다 싶었을 때, 사람들은 너 나 할 것 없이 모두 땅을 나뒹굴고 있었다.

거기에 차별 따위는 없었다.

고귀한 귀족도, 비천한 평민도, 건장한 장정도, 가녀린 여인도, 단련된 기사도, 자그마한 아이도.

아무도 갑작스러운 진동을 견뎌낼 수 없었다.

심지어 건물들조차도 예외는 아니었다.

우르릉! 콰광!

기둥이 꺾인 지붕이 내려앉았다.

벽돌로 된 벽이 무너져 내렸다.

커다란 나무가 부러져 쓰러졌다.

단단한 대지가 갈라지며 틈이 드러났다.

그렇게 사방의 모든 게 흔들리고, 세상의 모든 게 무너져 내렸다.

"지, 지진……!"

"꺄아악!"

"사람 살려!"

광장은 순식간에 난장판이 되었다.

사람들은 무시무시한 진동에 제대로 서지도 못하면서도 어떻게든 일어서려고 서로를 붙잡고 버둥거렸고, 피할 곳도 없으면서 어디로든 도망치려고 사방으로 기어 다녔다. 누군가가 내지른 비명은 다른 누군가가 내지른 고함에 묻혀 사라졌고, 누군가의 공포는 다른 누군가의 혼란이 되었다.

누구도 정신을 못 차리는 아비규환의 장.

그 속에서 똑바로 서 있는 사람은 화형대에 묶인 카잔뿐이었다.

"이야, 난리 났구만."

카잔은 격렬한 진동 속에서도 여유를 잃지 않았다. 아니, 오히려 어느 때보다 유쾌한 얼굴로 광장을 내려다보고 있었다.

잠시 후 지진이 끝났을 때, 광장에 있던 사람들은 하나같이 허수아비가 되어 바닥에 나뒹굴고 있었다.

"흐음, 생각보다 일찍 끝났네그려."

이 망언을 다른 이가 들었다면 살의를 품었으리라.

카잔이 애벌레처럼 몸을 꼼지락거리자, 돌돌 묶여 있던 밧줄은 스르륵 떨어져 내렸다.

"에구구, 뻐근해라. 밧줄 좀 살살 묶어달라니까, 하여튼 사람 말을 안 들어요."

카잔은 어깨를 휙휙 내젓다가, 어딘가를 향해 가볍게 걸어가기 시작했다.

삐걱거리는 교수대를 내려와.

기절해버린 관중들을 지나며.

널브러진 병사들을 가로질러.

버둥거리는 기사들을 넘어서.

카잔이 걸음을 멈춘 곳은, 노랗게 질린 얼굴로 대자로 누워 있던 근사한 콧수염의 중년인 앞이었다.

"여어. 몸은 좀 어떠십니까, 노랭이 백작님?"

"노…… 노링턴 백작이다아아아!"

대체 어디에서 그런 기운이 솟아난 것일까.

백작은 쓰러져 있던 사람이라고는 믿겨지지 않을 만큼 맹렬한 기세로 몸을 일으켰다.

그리고 카잔의 멱살을 붙잡으려다가 푸르죽죽한 얼굴로 쓰러졌다.

"캬하하하! 너무 무리하지 마십쇼. 뱃사람도 멀미가 날 정도의 지진을 겪으셨으니, 좀 쉬셔얍죠."

"끄으으으으응."

백작은 매서운 눈으로 카잔을 노려보았다. 이 상황에서조차 굳건하게 살기를 곤두세우고 있는 백작의 정신력은 과연 일품이라고 할 만했다.

"그나저나, 이거 참 아쉽게 됐습니다. 정오가 지나버렸는데 말입니다요. 내기는 분명 정오까지 이 몸을 사형시킬 수 있을지에 대한 것이었습죠?"

"이…… 빌어먹을……!"

백작은 카잔의 싱글거리는 얼굴을 보며 이를 갈았다.

아무리 무소불위의 권력을 가지고 있더라도 이제 와서 내뱉은 말을 되돌릴 수는 없다.

가능과 불가능의 문제가 아니다.

귀족으로서의 체면과 자존심의 문제인 것이다.

백작은 결국 이 말아먹을 새끼를 사형시키지 못했다는 분노를 담아 소리쳤다.

"당장 꺼져라! 다시 한 번 내 눈에 띄면, 아니, 내 영지에 한 걸음이라도 들이면 맹세코 죽여버리겠다!"

"흐으음, 백작 나리와의 인연이 이대로 끊기는 건 좀 아쉽지만, 비천한 평민이 어찌 감히 백작 나리의 명을 거역하겠습니까."

카잔은 아쉬운 표정을 지어 보였다. 모르는 사람이 보면 카잔과 백작을 절친한 친구라도 되는 걸로 착각했을 것이다.

"뭐, 그건 그렇다 치고…… 받을 건 받아가겠습니다요."

"받을 거? 무슨 소리냐?"

백작은 어리둥절한 표정을 지었다.

"에이, 다 아시면서 무슨 말씀을."

카잔은 씨익 웃으며 짧은 면도칼을 꺼내 들었다. 몸수색을 했던 병사가 봤다면 기겁했을 광경이었다.

백작은 그것을 보고 눈알이 튀어나올 듯 두 눈을 부릅떴다.

"네, 네, 네놈, 서, 서, 서, 설마……!"

"걱정하지 마십쇼. 이 몸이 이래 봬도 면도 하나는 자신 있습니다요. 잔털 하나 남기지 않고 확실히 면도해드립지요."

카잔은 헤실헤실 웃으며 정거운 태도로 말했다.

백작은 거세를 하겠다는 소리를 들은 것처럼 굳어버렸다.

모든 사내들이 부러워하고 모든 여인들이 감탄하는 멋들어진 콧수염은 백작의 보물이요, 자존심이며, 긍지였다.

때문에 콧수염을 자르겠다는 것은 목을 베겠다는 것 이상으로 끔찍한 소리였다.

"여봐라! 누, 누구 없느냐? 당장 이자를 막아라!"

백작은 한 손으로 자신의 콧수염을 감싸고, 필사적으로 뒤로 기어갔다.

카잔은 여유롭게 백작을 따라갔다.

"어이쿠, 거 안타깝지만 여기엔 몸이 성한 사람이 없어서 말입니다. 기사 나리들도 한참은 있어야 일어나실 수 있을 겁니다요."

카잔의 말은 순수한 사실이었다. 하필 무너진 건물 앞에 도열해 있었던 병사들과 기사들은 파편에 깔리고 두드려 맞아 백작을 구하기는커녕 제 몸 하나 간수하기 힘든 상태였으니까.

백작은 그 사실을 깨닫자마자 대화의 방향을 바꿨다.

"이, 이보게. 내 콧수염 같은 게 무슨 가치가 있겠나, 응? 돈, 돈을 주겠네. 얼마를 원하나? 10골드? 20골드?"

"어허, 한낱 돈 가지고 백작님의 콧수염을 흥정할 수는 없는 노릇입지요.”

“50골드! 아니, 100골드를 주겠네! 아, 아니면 작위는 어떤가? 원한다면 남작 작위라도 줄 수 있네!”

고작 콧수염 하나에 남작 작위라니.

기가 차다 못해 졸도할 이야기였고, 실제로 파편에 깔려 끙끙거리던 기사들은 입을 따악 벌리고 백작을 바라보았다.

그만큼 백작은 필사적이었다.

하지만 카잔은 옹고집이었다.

“이 몸이야 그쪽이 좋지만 말입니다, 백작 나리의 명예를 지켜드리기 위해서라도 그럴 수야 없습죠. 이 몸과 같은 천민과 내기를 했다가 불리해지니까 취소라니! 노랭이 백작님께 어떻게 그런 불명예를 안겨드릴 수 있겠습니까.”

“아, 아니, 상관없네. 난 상관없어. 상관없다고!”

“자아, 그럼 자르겠습니다요.”

“안 돼! 안돼애애애애애!”

그날, 광장에 있던 군중은 세상에서 가장 서글픈 통곡이란 어떤 것인지 알게 되었다.

CHAPTER
2

1.

대지진은 영지 전체에 상당한 영향을 주었다. 규모에 비해 인명 피해는 적었지만, 물리적 피해는 엄청났기에 사람들은 지진이 끝나자마자 서둘러 뛰어다녀야 했다.

때문에 그들은 한 부랑자가 영주성에 침입한 것을 미처 깨닫지 못했다.

"여, 수고하십니다."

"형씨, 저쪽에서 어떤 분이 찾고 계시던뎁쇼?"

"저기서 연기가 나던데, 불난 거 아뇨?"

카잔은 사람들에게 간간이 말을 걸기까지 했다.

화재를 진압하고 부상자를 구하느라 정신이 없던 사람

들은 카잔이 무단 침입자라는 사실을 전혀 깨닫지 못했다.

덕분에 카잔은 누구의 제지도 받지 않고 성안으로 들어와, 어느 문 앞에서 걸음을 멈췄다.

똑똑.

"누구냐……?"

"예입, 세계 제일의 추색탐험전문가입니다요."

"……들어오너라."

카잔은 힘없는 승낙을 듣고 문 안으로 들어갔다.

영주의 성답게 화려한 침실.

그 한쪽에 여인이 누워 있었다. 30대라고 해도 믿겨질 정도로 팽팽한 피부와 아름다운 외모를 유지하고 있는 반면, 이미 60대가 넘은 게 아닐까 싶을 정도로 창백하고도 병약한 안색을 지닌 중년 부인이었다.

카잔은 경쾌한 걸음으로 그녀의 앞까지 걸어갔다.

이어 히죽 웃으며 허리를 숙였다.

"의뢰하신 물건을 가지고 왔습니다요, 백작 부인."

"……보여주어라."

"예이."

카잔은 품에서 둘둘 만 비단 뭉치를 꺼내서 풀었다.

비단 안에서 모습을 드러낸 것은 어처구니없게도 한 쌍의 멋들어진 수염이었다.

"알아보시기 쉽게 특별히 정리까지 해왔습죠."

카잔은 싱글싱글 웃으며 말했다.

중년 부인은 콧수염을 물끄러미 보다가 고개를 끄덕였다.

"그래, 남편의 콧수염이 맞는 거 같구나."

"물론입지요. 그게 바로 의뢰품 아니었습니까?"

만약 노링턴 백작이 이 자리에 있었다면 기어코 뇌졸중으로 쓰러지고 말았을 것이다.

자신의 콧수염을 베어간 것이 의뢰 때문이었고, 그 의뢰를 넣은 장본인이 다른 누구도 아닌 자신의 아내였다니!

"수염이 잘린 남편이 어떻게 굴더냐?"

"흐음, 면도날을 갖다 대자마자 이성의 끈을 놓고 수면에 잠기셔서 말입니다요. 그 뒤의 모습은 이 몸도 보지 못했습죠."

실제로는 그리 고운 상황이 아니었다.

백작은 비명을 지르고, 애원하고, 협박하는 등등, 할 수 있는 모든 발광 끝에 결국 게거품을 물고 실신해버렸으니까.

"후후후, 대충 상상이 가는구나."

백작 부인은 옅은 웃음소리를 흘리다가 한 손으로 입을 틀어막았다.

"쿨럭, 쿨럭쿨럭!"

폐를 들어내는 것 같은 격렬한 기침과 함께 붉은 핏방울이 백작 부인의 손을 적셨다.

보통 사람이었다면 놀라 여인의 안부를 물어봤을 장면.

하지만 카잔은 '괜찮으시냐'든가 '무슨 일이냐'든가 하는 쓸데없는 말을 덧붙이지 않았다.

대신 그는 히죽 웃어 보였다.

"놀라지 않는구나."

여인이 입매를 비틀며 말했다.

"뭐, 백작 부인께서 아프시든 말든, 이 몸과는 상관이 없는 일이니 말입니다."

냉혹하기 짝이 없는 답변이 카잔의 미소 속에서 흘러나왔다.

"……그래, 그렇겠지."

백작 부인은 씁쓸한 얼굴로 고개를 숙였다. 애초 천한 놈의 동정 따위를 바랐던 것은 아니었으니, 인간 본연의 이기적인 일면에 대한 실망감 때문이리라.

카잔은 뺨을 긁적거렸다. 동정심이나 죄책감 대신 약간의 멋쩍음만이 자리 잡고 있는 얼굴이었다.

잠시 후, 백작 부인은 표독스러운 표정을 지었다.

"흥, 데릴사위 주제에 첩까지 들이다니…… 건방진 작자 같으니라고."

카잔을 향한 말이 아니다.

그녀의 남편인 노링턴 백작은 그야말로 형편없는 난봉꾼

이었다. 선대 백작의 사후, 노링턴 백작의 작태를 지켜보며 그저 분루를 삼킬 수밖에 없었던 백작 부인이다. 그녀에게 오늘의 일은 그야말로 통쾌한 복수였다.

"자랑거리던 수염도 없어졌으니, 이제 어떻게 여자들을 꾈지 궁금하구나. 후후후."

백작 부인은 속이 시원하다는 듯 웃었다.

카잔은 병약한 안색과는 달리 서늘하게 빛나는 그녀의 눈을 보며 씨익 웃었다. 만약 백작 부인의 몸이 조금만 더 건강했다면 백작은 첩을 들이기는커녕 아예 바람피울 엄두도 내지 못했을 것이다.

"물건도 확인하셨으니, 이만 보수를 받고 싶은데 말입니다요."

"……."

백작 부인은 실실거리는 카잔을 앞두고 침묵에 빠졌다.

그리고 망설이듯이 입을 열었다.

"꼭 그것을 받아야겠느냐? 어차피 너 같은 자에게는 필요 없는 물건이 아니냐."

"흐음, 그렇습니까요?"

카잔의 눈이 일순 서늘하게 가라앉았다.

잠시 후, 카잔은 아무래도 상관없다는 듯 말했다.

"뭐, 이 몸이야 그래도 좋습니다요. 화장실 들어갈 때와 나올 때의 심정이 다른 건 누구나 마찬가지 아니겠습니까요.”

빙그레 웃는 얼굴. 선선한 말투.

하지만 그 안을 채우고 있는 것은 날카로운 비아냥이었다.

“건방진……!”

백작 부인은 날카롭게 눈을 치켜떴다.

더불어 불처럼 매서운 고함을 내질렀다.

“오냐오냐했더니, 네놈이 탐욕에 눈이 멀어 보이는 것이 없나 보구나! 감히 대 노링턴 백작가의 안주인을 모욕하고도 네가 무사할 듯싶더냐?”

여인이 한을 품으면 오뉴월에 서리가 내린다던가.

실제 백작 부인의 기세는 백작 이상으로 흉흉했다.

하지만 카잔은 오뉴월에 서리가 내리면 박수를 치며 좋아라 할 인간이었다.

“캬하하하핫. 이 미천한 평민이 어찌 백작 부인을 모욕하겠습니까요.”

“이……!”

백작 부인은 내뱉으려던 고함을 되삼켰다.

유쾌한 미소와는 달리 날카로운 눈빛.

빙하처럼 싸늘하게 얼어붙어 있는 푸른 눈동자가 그녀를 오싹하게 만들고 있었다.

“백작 부인, 아무리 가진 것 없고 비천하더라도 이 몸에게는 반드시 지켜야 할 세 가지 원칙이 있습죠."

카잔은 느긋하게 말했다.

목소리는 여전히 유쾌한 반면, 눈동자는 더없이 섬뜩하게 빛나 백작 부인의 입을 묶어놓고 있었다.

"첫째, 절대 공짜로는 일하지 않는다는 겁니다요. 이 몸의 능력은 결코 싸구려로 치부할 수 있는 게 아니니 말입죠."

카잔은 태연하게 두 번째 원칙을 말했다.

"둘째, 계약은 반드시 준수한다는 것입죠. 아무리 실력이 좋다고 해도, 계약을 지키지 않는다면 이 몸이 어떻게 세계 제일의 추색탐험전문가를 자칭할 수 있겠습니까요."

백작 부인은 입술을 꾸욱 깨물었다.

차라리 생명의 위협이라면 견딜 수 있었다.

하지만 명예에 대한 모욕만은 참을 수 없었다.

천천히 숨을 가다듬은 끝에, 백작 부인은 힘겹게 말했다.

"나는…… 보수를 주지 않겠다고 하지는 않았다. 대신 쓰기 편하게 돈으로 줄 수도 있다는 뜻이었다."

카잔은 피식 실소를 흘렸다.

더불어 빈정거리듯 말했다.

"뭐, 보통 귀족 나리들께서는 그렇게 말씀하십지요. 그게 반만 주겠다, 다음에 주겠다, 썩 꺼져라로 변하는 데에는 별로 시간이 안 걸리지만 말입지요."

"나를 그런 명예도 모르는 자들같이 취급하지 마라!"

백작 부인은 진심으로 노한 듯 버럭 소리쳤다.

카잔에게서 느껴지는 위압감은 여전히 무거웠다.

그럼에도 불구하고 백작 부인은 한 치도 물러서지 않고 꿋꿋하게 카잔을 노려보았다.

얼음처럼 서늘한 푸른색과 불처럼 격렬한 자주색의 대치.

팽팽한 그 대치를 깨트린 것은 뜻밖에도 카잔이었다.

"어이쿠, 이거 실례했습니다. 이 몸이 백작 부인의 뜻도 모른 채 무례하게 굴어서 죄송합니다요."

지금까지의 기세는 어디로 간 것일까.

카잔은 비굴하다 못해 오히려 산뜻하게까지 느껴지는 태도로 넙죽 허리를 숙여 보였다.

백작 부인은 카잔을 물끄러미 내려다보았다.

그리고 살짝 고개를 내저으며 말했다.

"되었다. 내 잘못 또한 있으니, 너의 무례는 따지지 않도록 하겠다."

백작 부인에게는 더 이상 카잔을 질책할 여력이 없었다.

카잔은 허리를 펴고 속 편하게 웃었다.

"그럼 이 몸의 원칙에 대해 계속 말씀드려도 되겠습니까?"

"……마음대로 하거라."

백작 부인은 힘없이 고개를 끄덕였다.

카잔을 말릴 기력도 없었을뿐더러, 아직 말하지 않은 원칙이 무엇인지 궁금하기도 했기 때문이다.

그리고 백작 부인은 상상치 못한 말을 듣게 되었다.

"셋째, 인생은 즐기는 게 최선이라는 겁니다."

"……뭐라?"

"생각해보십쇼. 어차피 백 년도 살기 힘든 인생, 마음껏 즐기다 사는 게 제일 아니겠습니까요."

백작 부인은 의심 어린 눈으로 카잔을 바라보았다.

더불어 미심쩍은 표정을 지었다.

"내가 인생을 즐기지 못한다고 말하는 것이냐?"

"그런 말씀은 아닙니다요. 그저 이 몸의 원칙이 그렇다는 것뿐이지요."

카잔은 실실 웃으며 말을 덧붙였다.

"뭐어……. 만약 이 몸이 백작 부인이었다면 백작 나리가 바람을 피우든 말든 신경 안 쓰고, 근사한 남정네들이나 찾아다녔을 테지만 말입니다요."

"뭐, 뭐라?"

백작 부인은 할 말을 잃었다.

만약 다른 때, 다른 사람에게 이런 이야기를 들었다면 대로했으리라.

그럼에도 불구하고 백작 부인은 화를 낼 수 없었다. 경계심 때문이 아니라, 자신을 모욕하려는 의도를 전혀 느낄 수 없었기 때문이다.

카잔은 씨익 웃으며 마지막 원칙을 꺼냈다.

"넷째, 아름다운 레이디의 부탁은 어지간하면 들어드린다
는 겁니다요."

"……무어라?"

백작 부인은 이번에야 말로 입을 따악 벌렸다.

카잔은 그녀를 보며 어깨를 으쓱거렸다.

"뭐, 첫 번째 원칙이 있으니 공짜로 일해드릴 수는 없지만
말입죠. 보수를 떼어먹겠다고 하신 것도 아니고, 쓰기 좋게
돈으로 주시겠다는 건데 그걸 거절할 수야 없지요. 다른 누
구도 아니고, 백작 부인과 같이 아름다운 레이디께서 하시
는 말씀인데 말입니다요."

"……."

도대체 무슨 생각을 하고 있는 것일까.

백작 부인은 카잔의 얼굴을 망연히 바라보았다.

그리고 한참 뒤에야 입을 열었다.

"세 가지 원칙이라 했는데, 왜 네 가지를 말하느냐?"

"캬하핫. 이 몸이 덧셈에 좀 약해서 말입니다요. 셋과 넷
을 헷갈려하는 경우가 좀 있지요."

"……하여튼 못 배워먹은 것답구나."

백작 부인은 설레설레 고개를 내저었다.

잠시 후, 그녀는 베개 밑에서 작은 상자를 꺼내 카잔에게
내밀었다.

"약속했던 보수다."

"얼레. 그냥 주서도 괜찮은 겁니까요?"

"어차피 내가 죽으면 남편이 계집 후리는 데나 사용할 물건이다. 무엇보다 대 노링턴 백작가의 안주인인 내가 약속을 어길 수야 없는 일이지 않느냐."

"뭐, 백작 부인께서 정 그러시다면야……."

카잔은 넙죽 상자를 챙겨들었다.

백작 부인은 카잔의 품속에 들어가는 상자를 보며 한탄하듯 중얼거렸다.

"모든 것이 미련이거늘…… 이렇게 가보를 사용한 것이 조상님께 죄송스러울 따름이구나."

애한이 묻어나는 그녀의 목소리는 뭇 남성들의 가슴을 떨리게 만들 정도로 애처롭고도 아름다웠다.

단, 예외가 없는 건 아니었다.

"에, 저기. 일도 다 끝났으니 이 몸은 이만 가봤으면 하는데 말입니다."

"……고약한 놈 같으니라고."

백작 부인은 매섭게 카잔을 노려보았다.

더불어 미간을 찌푸리며 손을 휘저었다.

"그만 물러나도록 해라. 혹시라도 네게 수배령이 떨어지는 일은 없도록 해주겠다."

"어이쿠, 그거 감사합니다요."

실실 웃던 카잔은 대뜸 백작 부인의 손을 잡았다.

백작 부인은 그 무례에 언성을 높이려다가, 한쪽 무릎을 꿇으며 자신의 손등에 키스를 하는 카잔의 행동에 할 말을 잃었다.

"그럼 이 몸은 이만 물러가보겠습니다. 부디 건강하십시오, 레이디."

카잔은 가볍게 몸을 일으켰다.

빙긋 웃으며 밖으로 걸어가는 동작은 가볍기 그지없었다.

백작 부인은 물끄러미 문을 바라보다가, 자신의 손등을 내려다보며 피식 실소를 흘렸다.

2.

"흐흠, 흐흠."

카잔은 경쾌하게 시장으로 걸어갔다.

물론 시장이라고 멀쩡한 것은 아니었다.

"아이고, 내 도자기!"

"사람 살려어!"

"가게가, 우리 가게가……!"

물건이 와장창 깨져서 통곡하는 장사꾼부터 짐 상자에 깔린 채 비명을 지르는 일꾼까지. 그야말로 난장판이 따로 없었다.

"흐으음, 어느 식당이 맛있으려나?"

카잔은 천천히 시장을 돌아다녔다.

반쯤 부서진 가판대를 건너뛰고, 불타는 건물을 지나, 짐 상자에 깔린 일꾼을 사뿐히 지르밟으며 이동하기를 잠시.

카잔이 멈춰 선 곳은 어느 허름한 식당 안이었다.

"휘우, 돼지우리가 따로 없네그려."

쓰러진 식탁에서부터 깨진 접시 조각까지.

카잔의 말대로 식당의 내부는 엉망진창 돼 있었다.

식당 주인은 끙끙거리며 청소에 열중하고 있었다.

"오늘 영업은 끝났소. 다른 데나 가보시오."

식당 주인은 귀찮다는 듯 손을 휘저었다.

카잔은 실실 웃으며 식당 주인을 설득했다.

"에이, 그러지 말고 한 접시만 팔지 그러쇼. 며칠 동안 제대로 된 밥을 못 먹어서 속이 허전한 이 몸을 위해서라도 말이요."

"이 꼴을 보고도 그런 말이 나옵니까!"

식당 주인은 버럭 고함을 내질렀다.

안 그래도 열 받아 죽겠는데, 웬 이상한 작자가 신경을 건드리니 성질이 폭발할 만도 했다.

카잔은 거기에 아예 기름까지 퍼부었다.

"캬하하하하! 애초부터 더러운 식당이 조금 더 더러워졌다고 요리 맛이 달라질 리는 없잖수."

"뭐, 뭐가 어째?"

식당 주인의 눈이 뒤집히는 데는 그걸로 충분했다.

두 손이 청소에 사용하고 있던 빗자루를 불끈 움켜쥐었다. 지금만큼은 음식 재료와 거지들 외에는 패지 않는다는 신조를 잊어버릴 생각이었다.

카잔은 식당 주인을 향해 씨익 웃어 보였다.

다음 순간, 카잔의 손에서 금화가 튀어나왔다.

"이걸 어쩌나. 오늘의 포식을 무지무지 기대하고 특별히 팁까지 준비해놨는데."

빙글빙글.

식당 주인은 카잔의 손가락 위를 굴러다니는 금화를 보며 꿀꺽 침을 삼켰다.

"뭐, 주인장 말대로 다른 식당을 찾아봐야겠수다."

"아이고, 손님! 어딜 가려고 그러십니까!"

말 그대로 전광석화!

식당 주인은 눈 깜짝할 사이에 빗자루를 내팽개치고 카잔의 팔을 쥐었다

그리고 실실 웃으며 카잔을 식당으로 잡아끌었다.

"자자, 안으로 들어오십시오. 잠시만 기다리시면 저희 식당이 자랑하는 요리 특선을 준비해오겠습니다."

"요리 특선이라. 그거, 먹는 거요?"

"100년! 100년 전통을 자랑하는 저희 식당 최고의 요리입니다. 영주님께서도 자주 찾으실 정도라는 거 아닙니까!"

"캬하하. 노랭이 백작님께서도 자주 드신다면 기대가 되긴 되는데 말이요."

카잔은 씨익 웃으며 식당 안으로 들어갔다.

식당 주인은 차크라 마스터를 방불케 하는 속도로 식탁을 정리했다.

"롬블리오 와인입니다. 별건 아니지만 요리가 준비될 때까지 입가심이라도 하시라고 준비했습니다."

"뭐, 성의는 고맙게 받겠수다."

카잔은 씨익 웃으며 와인을 잔에 따랐다.

탁자에 두 발을 올려놓고 와인을 마시는 동작은 느긋하기 짝이 없었다.

"맛있구만. 이 좋은 걸 감옥에서는 주지도 않다니. 하여튼 백작 나리도 참 짠돌이시란 말이요."

노링턴 백작이 들었다면 게거품을 물었을 만한 말.

더욱 가관인 것은 뒤에서 들려온 답변이었다.

"당연하잖아요? 원래 감옥은 주류 반입 금지니까요."

"어이쿠, 그건 몰랐습니다그려."

카잔은 갑작스러운 여인의 음성에도 자세 하나 바꾸지 않고 태연하게 대답했다.

루틴이 그 건방진 모습에 발끈한 것은 당연했다.

“이 무엄한 놈!”

“캬하하하하! 이 몸이 무엄한 건 잘 알고 있는 사실이니, 이 몸을 가르치고 싶으시면 모르는 걸 알려주십쇼, 나리.”

“이……!”

루틴의 이마에 핏발이 일어났다.

그때, 여인이 서글프게 말했다.

“나, 당신 여동생이에요.”

“……예?”

루틴은 입을 따악 벌렸다.

반면 카잔은 침울한 얼굴로 고개를 숙였다.

“이 몸의 여동생은 옛날에 죽었수다.”

“사실은 살아 있었어요. 그러다 운 좋게 입양돼서, 지금까지 계속 오라버니를 찾고 있었죠.”

“이름이 뭐요?”

“에를린이요.”

카잔은 자리에서 벌떡 몸을 일으켰다.

더불어 격정 어린 눈으로 에를린을 바라보며 외쳤다.

“네가 살아 있었구나!”

“그래요, 오라버니.”

“크흑, 이렇게 기쁠 데가! 어디 오랜만에 안아보자꾸나!”

카잔은 양팔을 벌리고 에를린에게 달려들었다.

여인은 환한 미소로 카잔을 환영했다.

그리고 손바닥을 휘둘렀다.

짜악!

"꾸엑!"

쿠당탕!

카잔은 달려가던 자세 그대로 나자빠져버렸다.

에를린은 싱글벙글 웃으며 사과했다.

"어머, 죄송해요. 어떤 분이 늑대는 조심하라고 조언을 주신 적이 있어서요."

"크허헉! 아, 아니, 그래도 이건 너무하잖소."

"글쎄요. 농담을 빌미로 순결한 처녀를 껴안으려는 파렴치한 늑대한테는 칼침도 부족할 거 같은데요."

"더 가르칠 게 없습니다. 하산하십쇼."

"배운 적도 없네요, 늑대 씨."

감격의 남매 상봉이 파토 나는 기가 막힌 광경.

루틴은 몇 차례 눈을 깜빡거리다 에를린을 바라보았다.

"……어, 어떻게 된 겁니까?"

"늑대 씨가 모르는 걸 알려달라고 했잖아요."

"이자가 진짜 아가씨의 오라버니란 말입니까?"

에를린은 한심하다는 눈으로 루틴을 바라보았다.

"아버지가 그 말씀을 들었으면 실망하셨을 거예요."

"예?"

"캬하하하! 보쇼, 나리. 이 몸은 모르는 걸 알려달라고 했지, 진실을 말해달라고 한 적은 없잖소."

"……."

루틴은 그제야 자신이 두 사람의 헛소리에 완전 농락당했음을 깨닫고 좌절했다.

"에구에구. 하여튼 빨리도 찾아오셨습니다요. 적어도 며칠은 걸릴 줄 알았는데 말입죠."

"굶주린 늑대 씨라면 가장 먼저 배를 채우러 올 거 같았거든요. 감옥 식사는 맛이 없잖아요?"

"역시 만만치 않으십니다그려."

카잔은 감탄하며 고개를 끄덕였다.

에를린은 빙긋 웃으며 카잔에게 말했다.

"절 가르치고 싶으시면 모르는 걸을 알려주시죠?"

"에를린! 사실 내가 네 아비다!"

"맞을래요?"

"캬하하하! 두 번은 사양하겠습니다요."

에를린과 카잔은 좌절에 빠진 루틴을 깨끗하게 무시한 채 농담을 나눴다.

두 사람의 이야기가 본론에 들어선 것은 식탁에 요리 특선이 올라왔을 무렵이었다.

"자, 그럼 농담은 이 정도로 합지요."

"섭섭한 말씀이네요."

"대신 불장난은 어떠십니까?"

"벌써 화형대가 그리우신가 보죠?"

"이 몸이 원래 화끈한 성격이라 말입니다요."

카잔은 씨익 웃었다.

더불어 팔짱을 끼며 자신 있게 말했다.

"뭐, 자랑은 아니지만 이 몸은 세계 제일의 추색탐험전문가올시다. 찾으시는 게 뭔지는 몰라도, 돈만 주시면 무엇이든 찾아서 어떻게든 갖다드립지요."

카잔은 당당하게 자화자찬을 늘어놨다. 오만과 자부심이 적절하게 곁들여진 행동이었다.

에를린은 그래서 미안해졌다.

"아, 그건 곤란해요."

"엥? 그건 또 무슨 소리십니까?"

카잔은 순간 눈을 깜빡거렸다.

에를린은 멋쩍은 표정으로 설명을 덧붙였다.

"제가 원하는 건 추색도, 탐험도 아니거든요."

"……그럼 여긴 왜 오셨수?"

"농담하려고요."

"재미없는뎁쇼?"

카잔은 삐딱하게 고개를 기울였다.

에를린은 피식 실소를 흘리며 본론을 꺼냈다.

"당신한테 안내를 부탁하고 싶어요."

"그럼 안내전문가를 찾으셔야 하지 않습니까요."

"제가 가려는 곳을 안내해줄 수 있는 사람은 당신밖에 없거든요."

"허? 거기가 대체 어딘데 그런 말씀이쇼?"

"무서운 곳이요."

카잔은 에를린의 말에 코웃음을 쳤다.

"헹, 이 몸은 무서운 거 없수다."

"그래요?"

"물론입지요. 그러니 걱정 말고 말씀해보쇼."

에를린은 카잔을 물끄러미 바라보았다.

꾹 닫혀 있던 입술이 열린 것은 잠시 후였다.

"대수림이요."

카잔의 얼굴에서 웃음이 사라졌다.

동시에 장난기라고는 눈곱만큼도 느껴지지 않은 딱딱한 목소리가 허공을 갈랐다.

"다른 데 가보쇼."

"싫어요. 당신이 안내해주세요."

카잔은 에를린의 완고한 태도에 미간을 찌푸렸다.

잠시 후, 그는 혀를 차며 말했다.

"보쇼, 이 몸은 추색탐험전문가지, 자살전문가가 아니란 말이요. 그러니 정 죽고 싶으면 다른 사람을 찾아보쇼."

"아뇨, 당신이 아니면 안 돼요."

"거…… 답답한 아가씨일세. 대체 왜 이 몸이 아니면 안 된다는 거요?”

“그야 대수림에서 돌아온 사람은 당신뿐이니까요.”

루틴은 그 순간 무의식적으로 검을 움켜쥐었다.

카잔의 미소는 변함없이 그대로였다.

하지만 그 미소에 유쾌함 따위는 조금도 없었다.

더없이 무미건조하여, 마치 가면이라도 뒤집어쓰고 있는 듯한 얼굴.

여전히 웃음기가 남아 있기에 더욱 섬뜩하게 보이는 모습이 루틴을 자기 스스로도 모르게 긴장하게 만들고 있었다.

“……”

카잔의 침묵은 길게 이어졌다.

특별히 무겁지도, 가볍지도 않은 고요함.

어찌 보면 폭풍전야의 잔잔함과도 같고, 어찌 보면 죽음의 조용함과도 같은 정적.

그것을 깨트린 것은 카잔의 돌발행동이었다.

쿠웅!

카잔은 테이블에 묵직하게 머리를 내려찍었다.

잠시 후, 한 줄기 목소리가 흘러나왔다.

“누구한테 들으셨소?”

에를린은 카잔의 맥 빠진 질문에 방긋 웃었다.

“공작님께서 저희 어머니랑 친하시거든요.”

"쓰벌, 비밀을 꼭 지키긴 무슨……."

카잔의 짧은 넋두리였다.

에를린은 싱글거리며 말을 덧붙였다.

"세상에 완전한 비밀이란 게 없답니다. 이건 모르셨나 보죠?"

"모르는 걸 알려줘서 무쟈게 고맙수다."

"고마우면 안내를 맡아주세요."

카잔은 미간을 찌푸리며 머리를 들었다.

"대체 거긴 왜 가시려는 겁니까요?"

"그건 말씀드릴 수 없어요. 대신 돈이라면 얼마든지 드릴게요."

"얼씨구?"

카잔은 삐딱하게 고개를 기울였다.

눈을 가늘게 뜬 채 에를린을 바라보다가, 이내 고개를 내저었다.

"돈이 아니라 돈 할아비를 준대도 거절이요."

"놈! 지금까지 세계 제일의 추색탐험전문가라고 지걸여대던 주제에 겁쟁이처럼 꼬리를 마는 것이냐?"

카잔은 루틴의 비웃음을 듣고 미간을 찌푸렸다.

동시에 탁자 위에 두 발을 올리며 의자를 비스듬히 뒤로 기울였다.

"나리, 딱 세 가지만 말씀드리리다."

카잔은 핏대를 세운 루틴에게 손등을 펼쳐들었다.

그리고 엄지를 접었다.

"첫째, 이 몸은 추색탐험전문가요. 찾는 것이 있다면 그게 물건이든, 동물이든, 사람이든, 뭐든 찾아서 갖다드리는 게 이 몸의 일이오. 길잡이는 이 몸의 전문이 아니라 이거요."

"추색탐험전문가라고 길잡이를 못하는 건 아니잖아요?"

"차크라 쓴다고 오러까지 쓸 수 있는 건 아니잖수."

에를린은 할 말을 잃었다.

오러와 차크라는 상극.

두 가지를 함께 수련한다는 것은 불가능한 일이다.

카잔은 침묵하는 에를린을 향해 득의양양한 미소를 내보였다.

그리고 검지를 접었다.

"둘째, 추색탐험이라는 건 철저한 정보를 바탕으로 해야만 하는 일이요. 그런데 이번 일은 추색탐험전문가 입장에서 보면 그야말로 쥐약이라 이거요. 가야 할 곳은 알려진 거 하나 없는 오리무중, 의뢰인은 이름밖에 모르는 정체불명, 거기다 그 목적도 알려주지 않고 무조건 안내해달라니. 대체 이런 일을 어떻게 맡으라는 말이쇼?"

에를린과 루틴은 곤혹스러운 시선을 교환했다.

카잔은 어느 때보다 진지한 얼굴로 그들을 바라보았다.

그리고 약지를 접었다.

"셋째, 대수림에 가겠다는 건 용기가 아니라 만용이요. 그러니 이 몸이 겁쟁이라는 건 궤변이요."

"……."

그것이 결정타였다.

돌아오지 않는 자의 숲, 대수림.

이 세상의 누구도 대수림에 들어가지 않겠다는 사람을 겁쟁이라고 부를 수는 없다. 아니, 오히려 대수림에 가려는 이를 미친놈이라고 부를 것이다.

대수림에 들어간 자는 결코 돌아올 수 없으니까.

카잔은 마지막 새끼손가락을 접었다.

"넷째, 이 몸에게는 꼬리가 없수다. 그러니 그런 말은 원숭이한테나 하쇼."

에를린은 언제나처럼 네 번째 말과 함께 히죽거리는 카잔을 물끄러미 바라보았다.

잠시 후, 그녀는 고개를 끄덕였다.

"늑대 씨, 저도 세 가지만 얘기해드리고 싶은데요. 괜찮을까요?"

"말씀해보쇼."

"첫째, 이번 일에는 꼭 당신이 필요해요."

에를린은 빙긋 웃었다.

"둘째, 우리한테는 꼭 당신이 필요해요."

루틴이 미간을 찌푸렸다.

"셋째, 저한테는 꼭 당신이 필요해요."

카잔은 해괴한 표정을 지었다.

"넷째, 가운뎃손가락 이만 접으세요."

카잔은 에를린의 마지막 말에 찔끔하는 표정을 지었다.

루틴은 뻔뻔하기 짝이 없던 카잔이 그답지 않은 반응을 보이는 것에 의아해했다.

저놈이 웬일로?

아니, 그보다 가운뎃손가락이 어쨌다는 거지?

잠시 후, 루틴은 두 눈을 부릅떴다.

카잔이 펼쳐들고 있던 손등에서 어느새 네 개의 손가락이 접히고, 중지 하나만이 뻣뻣하게 선 채 자신에게 향하고 있다는 것을 뒤늦게 깨달은 것이다.

"이……!"

"어쿠, 이거 손가락 접는 걸 깜빡했네."

루틴이 검을 움켜쥐자 카잔은 잽싸게 중지를 접었다.

덧붙여 고의는 아니었다는 둥, 자기가 머리가 나쁘니 이해해 달라는 둥 변명을 주워섬기기 시작했다.

루틴은 간질이라도 난 것처럼 부들부들 몸을 떨었고, 에를린은 피식 실소했다.

카잔은 히죽 웃어 보이며 양손을 들어올렸다.

"좋습니다요. 대신 이 몸에게도 세 가지 조건이 있습니다요."

"어떤 조건 말씀인가요?"

"첫째, 의뢰비는 2천 골드 선불이요."

"2천 골드!"

루틴은 자신도 모르게 비명을 내질렀다.

반면 에를린은 고개를 갸웃거렸다.

"어머, 겨우 그 정도로 되나요?"

"미인이니 깎아드린 거요. 가슴이 조금만 더 크셨으면 천 골드에 해드렸을 텐데 말요. 캬하하하끄악!"

카잔은 걷어차인 왼쪽 정강이를 잡고 끙끙거렸다.

뒤이어 저래서야 시집이나 가겠냐고 투덜거리다가 양쪽 정강이를 붙잡은 채 팔짝팔짝 뛰어다니는 신세가 되었다.

그 탓에 카잔이 다음 조건을 말하는 데는 시간이 조금 걸렸다.

"둘째, 파티의 리더는 무조건 이 몸이요."

"뭐라고?"

"간단히 말해서 이 몸이 걸으라면 걷고, 기라면 기고, 까라면 무조건 까주셔야 한단 말요."

루틴은 얼굴을 시뻘겋게 붉혔다. 에를린의 답변만 아니었다면 그는 기어코 카잔의 멱살을 붙잡고 흔들었을 것이다.

"전 깔 게 없는데요."

루틴은 가련하게도 넋을 잃어버렸다.

카잔조차 잠시 할 말을 못 찾고 에를린을 바라봤다.

"……비유법이었수."

"음, 어쨌든 그건 곤란한데요. 저희가 필요한 건 유능한 안내자지 건들거리는 리더가 아니거든요."

"이 몸이 유능한 리더감이라고는 생각 안 하쇼?"

"네."

"……거 너무 당연하다는 듯 웃으며 말하지 마십쇼. 듣는 이 몸 상처 받소."

카잔은 뭐 이런 아가씨가 다 있냐고 투덜거렸다.

에를린은 웃음을 지우고 진지하게 말했다.

"전 늑대 씨의 능력을 믿지만, 신용하지는 않아요. 그런데 무조건 목숨을 맡기란 말씀인가요?"

파티의 리더라는 것은 단지 대표가 아니다.

몸으로 비유하자면 머리인 셈.

무능한 리더는 일행 전체에게 해악이 된다. 특히 상황에 따라서는 일행의 생사여탈권까지 지니기 때문에, 어지간히 믿을 수 있는 인물이 아니면 리더를 맡기지 않는 것이 상식이다.

에를린의 반응은 결코 과한 것이 아니었다.

카잔은 어깨를 으쓱거리며 말했다.

"심정은 이해하지만 대수림에 가려면 꼭 필요한 일이요."

"그런가요?"

"그렇수다."

에를린은 물끄러미 카잔을 바라보았다.

잠시 후, 그녀는 고개를 끄덕였다.

"좋아요. 어차피 당신을 믿을 수 없다면 갈 수도 없는 곳이니까요."

"현명한 선택입니다요."

카잔은 참 잘했다는 듯 고개를 끄덕였다.

덧붙여 세 번째 조건을 이야기했다.

"셋째, 아가씨가 누구고, 왜 대수림에 가려는지 알아야겠수다."

"꼭 알아야 할 필요는 없지 않나요?"

에를린도 세 번째 조건에는 난색을 드러냈다.

카잔은 당연하다는 듯 고개를 끄덕여 보였다.

"일을 할 때 의뢰 내용과 의뢰자에 대해 알아두는 건 기본이요. 아무것도 모르고 대체 뭘 어쩌란 거요? 이 몸이 무슨 살아 있는 나침반이나 지도로 보이쇼?"

"어, 그럼 안 되나요?"

"……안 됩니다요. 아무것도 모르고 이용만 당하는 건 마음에 들지 않아서 말입죠."

카잔은 팔짱을 끼고 등받이에 몸을 기댔다.

에를린은 살짝 루틴을 돌아보았다.

루틴은 절대 안 된다는 듯 단호하게 고개를 가로저었다. 그들의 정체와 목적에 대한 것은 철저히 숨겨야 할 일이었기 때문이다.

"아무래도 안 되겠는데요. 대신 대금을 두 배로 드린다면 어떤가요?"

루틴은 쓰러질 뻔했다. 2천 골드의 두 배라면 4천 골드다. 일국의 왕이라도 침을 삼킬 만한 금액인 것이다.

하나 카잔은 그 거금을 듣고도 고집을 꺾지 않았다.

"뭐, 정 말씀하기 싫으면 마쇼. 이 몸이야 그럼 일 안 맡으면 되니."

여유롭다 못해 밉살맞기까지 한 태도.

에를린은 카잔을 지그시 노려보았다.

결국 그녀는 한숨을 쉬듯 비밀을 고백했다.

"제 이름은 에를린 벨 잔디르예요."

순간 카잔의 두 눈에 섬광이 스쳐지나갔다.

너무나 강렬하고도 섬뜩해 뇌광이라고 해야 할 만한 눈빛!

하지만 그것은 찰나지간에 나타났다가 사라졌기에 에를린과 루틴은 미처 눈치채지 못했다.

"이제 제가 왜 대수림에 가려는지 아시겠죠?"

"……하, 과연. 이 몸이 필요한 이유를 알겠수다. 잔디르의 비보가 설마 대수림에 있는 줄은 몰랐는데 말요."

밑천까지 털어놓은 것이 마음에 안 들기 때문일까.

에를린은 입술을 삐죽 내밀며 무슨 남자가 이렇게 쪼잔

하냐고 투덜거렸다.

카잔은 히죽거리다가 마지막 조건을 말했다.

"넷째, 준비할 시간을 좀 주쇼."

루틴은 뭐 이딴 놈이 다 있냐는 눈으로 카잔을 바라보았다. 세 가지만 말하겠다고 해놓고 계속 네 가지를 지껄여대는 것이 어이없었던 것이다.

하지만 지금 짚어야 할 이야기는 아니었다.

"저 급해요."

에를린이 미간을 찌푸리며 말했다. 이번만큼은 간절한 심정이 진실하게 비쳐지는 표정이다.

그럼에도 카잔은 설레설레 고개를 내저었다.

"보쇼. 지금 우리가 무슨 소풍이라도 가는 줄 아쇼? 대수림을 가는 데는 그 나름대로의 준비가 필요하단 말요."

"얼마나 필요한데요?"

"원래 한 달쯤 홍등가에서 놀면서 휴식을 취하는 과정이 필수…… 지만, 그랬다가는 뒤에 계신 기사 나리께서 이 몸을 씹어 드실 테니 일주일만 주쇼. 적어도 그 정도는 필요하니까."

"……좋아요."

잠시간의 망설임 끝에 에를린은 고개를 끄덕였다.

덧붙여 약간의 조건을 제시했다.

"대신 최대한 빨리, 그리고 가능한 한 은밀하게 대수림에 데려가주세요."

"뭐, 노력해보리다."

루틴은 카잔의 불성실한 대답에 눈을 치켜떴다.

하지만 에를린은 그걸로 됐다는 듯, 고개를 끄덕이며 카잔에게 한 손을 내밀었다.

"이제부터 잘 부탁해요, 늑대 씨."

"이 몸이야말로 잘 부탁드리겠수다."

카잔은 히죽 웃으며 에를린의 손을 맞잡았다.

그리고 일주일의 시간이 흘렀다.

3.

시간이란 어디까지나 상대적인 것.

에를린에게 일주일은 너무나 길게 느껴졌다.

루틴 또한 그것은 마찬가지였는데, 그만큼 시간에 쫓기고 있기 때문이다.

약속한 날이 되자 그들은 아침부터 떠날 채비를 갖췄다.

그리고…… 잠시라기에는 좀 긴 시간이 지났다.

"어머, 예쁜 석양이네요?"

"……"

"이렇게 예쁜 하늘을 본 건 오랜만인 거 같은데, 아무래도 산속이라서 그런지 하늘이 잘 보이네요. 조금만 더 기다리면 예쁜 별도 볼 수 있지 않을까요?”

“…….”

에를린은 활기차게 이런저런 이야기를 했다.

루틴은 그녀의 뒤에서 침묵을 지켰다.

결국 루틴이 입을 연 것은 애써 밝은 모습을 연기하는 에를린을 지켜볼 수 없게 됐을 무렵이었다.

“돌아가시죠, 아가씨.”

“여관으로요? 흐응, 그거 마음에 드네요. 저희를 이렇게 기다리게 했으니, 늑대 씨도 조금 헤매게 만들어야 어느 정도 균형이 맞겠어요.”

“후작가로 돌아가자는 말씀입니다.”

“…….”

에를린은 하늘을 향하고 있던 시선을 내렸다.

루틴을 물끄러미 바라보던 그녀는 빙긋 미소 지었다.

“집까지 찾아오라고 시키는 건 조금 너무한 거 같은데. 루틴 경도 의외로 장난이 심한 분이셨군요.”

“그자는 안 올 겁니다.”

루틴은 단호하게 말했다.

이어 가혹하리만치 냉철히 에를린의 희망을 베어냈다.

“2천 골드를 선불로 달라고 했을 때부터 짐작해야 했습니다. 그런 부랑자가 약속을 제대로 지킬 리가 없지 않습니까.”

“늑대 씨가 들으면 섭섭해할 소리 같은데요.”

“돈만 가지고 도망쳐버린 자 따위를 배려해주실 필요는 없습니다.”

루틴은 주먹을 으드득 움켜쥐었다. 아침나절부터 지금까지 카잔이 오기만을 기다렸거늘, 그 결과가 처참한 배신이라는 사실이 루틴의 마음을 뜨겁게 불사르고 있었다.

“루틴 경, 그는 올 거예요.”

“아가씨!”

“저는 그렇게 믿어요. 믿지 못하더라도 믿고 싶어요.”

“……”

맑고도 경쾌한 목소리.

루틴은 그 안의 애잔함을 느끼고 입을 다물었다.

에를린은 싱긋 웃으며 해가 저문 하늘을 올려다보았다.

루틴은 그녀를 지켜보며 내심 맹세했다.

설사 전 세계를 뒤지는 한이 있더라도, 언젠가는 반드시 그 빌어먹을 사기꾼 자식의 목을 베어버리겠다고!

어떤 소리가 들려온 것은 그때쯤이었다.

다그닥, 다그닥.

두 사람의 얼굴에 각자 기대와 의심이 떠올랐다.

그들은 말발굽 소리가 들려오는 곳을 바라보았다.

“어르신, 힘드신 건 알겠지만 빨리 좀 가주쇼. 기다리는 사람이 있단 말요. 엥? 애인이라도 되냐고? 캬하하! 별 재미 있는 농담을 다 하십니다그려."

어둠 속에서 들려온 익숙한 목소리.

에를린은 환한 표정을 지었고, 루틴은 미간을 찌푸렸다.

"거 봐요. 제가 올 거라고 했죠?"

"……예. 하지만 아가씨를 이렇게 기다리시게 한 것은 용서할 수 없습니다."

"음, 그건 그렇군요. 아무래도 정강이를 세 대쯤은 더 걷어차 줘야겠어요."

에를린은 일리가 있다는 듯 고개를 끄덕였다.

루틴은 그것은 레이디가 할 행동이 아니라고 평소처럼 훈계하는 대신, 오히려 눈을 번뜩이며 고개를 끄덕였다.

"아가씨, 제게 맡겨주십시오. 저 부랑자의 뼛속에 시간관념이란 게 무엇인지 새겨주겠습니다."

"……다리가 부러지면 안내를 하기 힘들 텐데요."

"사람은 팔 하나쯤 부러져도 걷는 데 큰 지장 없습니다."

"인간이란 엄청 대단한 생물이었군요……."

에를린은 멍하니 루틴을 바라보았다.

잠시 후, 그녀는 아련한 눈으로 하늘을 올려다보며 '아버지, 죄송해요. 제가 사람 하나 망친 거 같아요.'라고 속으로 중얼거렸다.

그때, 마침내 산길 너머에서 카잔이 나타났다.

에를린은 반가운 인사를 준비했고, 루틴은 사나운 고함을 준비했다.

잠시 후, 그들은 해괴한 표정으로 굳어버렸다.

"여어, 늦어서 죄송합니다요. 오래 기다리셨습죠?"

카잔은 실실 웃으며 손을 흔들었다.

하지만 두 남녀가 아무런 대답도 해주지 않자, 유쾌한 웃음을 터트렸다.

"캬하하하. 삐치셨수? 너무 화내지 마쇼. 이 몸도 일주일 안에 준비하느라 잠도 못 자고 뛰어다니다가, 이제야 겨우 준비 끝내고 온 길이니까 말요."

"……어, 저, 고, 고생하셨어요."

에를린은 가슴 위에 한 손을 올려놓았다.

잠시 심호흡을 한 뒤, 카잔의 뒤를 향해 어색한 미소를 지어 보였다.

"그…… 뒤에 있는 게 말씀하신 준비인가요?"

카잔이 타고 있는 것은 짐마차였다.

사실 그것을 짐마차라고 부르기에는 약간 언어도단적인 면이 있었다.

도대체 뭘 얼마나 많이 실어온 것인지 짐마차는 꽉꽉 차 있다 못해 당장이라도 미어터질 듯 부풀어 있었고, 그 지붕은 새하얀 코끼리의 갈비뼈가 감싸고 있었다.

더욱 가관인 것은 그 짐마차를 끌고 있는 것이 고작 말한 마리에 불과하다는 점이었다. 덩치라도 컸으면 좀 나아 보일 것을, 비쩍 마른 노마가 느릿느릿 짐마차를 끄는 모습은 보는 쪽이 불안할 정도로 위태롭게만 느껴졌다.

카잔은 아쉬움을 담아 말했다.

"흐음, 역시 아가씨가 보기에도 준비가 좀 부족합니까요? 원래는 좀 더 준비해야 하는데 말입죠."

'거기서 대체 뭘 더 준비하려고!'

두 사람의 소리 없는 비명은 조용히 무시되었다.

카잔은 그들 앞에 짐마차를 세웠다.

그리고 힐끔 시선을 돌려 주변을 훑어보았다.

"말은 안 가져오셨습죠?"

"네가 가져올 필요 없다고 하지 않았느냐!"

"캬하하하하! 잘하셨다고 드린 말씀입니다. 만약 말을 가져오셨으면 그냥 풀어놓거나 팔고 가야 해서 말입지요."

"뭐? 설마 걸어서 갈 셈이냐?"

루틴은 당황했다. 대수림까지의 거리는 까마득하다. 에를린과 같이 가녀린 여인이 걸어갈 수 있는 거리가 아닌 것이다.

"무슨 말씀을. 타고 갈 거라면 여기 있잖습니까요."

카잔은 짐마차 뒷자리를 탁탁 두드렸다.

에를린의 눈은 점이 되었다.

"저희 셋이 다 타도…… 괜찮을까요?"

"자리는 충분하니 걱정 마쇼."

'아니, 자리가 아니라 무게가요.'

에를린으로서는 과연 저 노마가 열 걸음이나 걸을 수 있을는지 의심스러웠다. 사실 당장 쓰러져도 이상할 게 없어 보였던 것이다.

카잔은 그런 걱정도 없이 노마에게 시시덕거렸다.

"어르신, 아가씨가 무거워도 좀 참아주십쇼. 자고로 레이디의 무게는 언제나 깃털 같은 법 아닙니까요."

푸르릉!

노마는 카잔의 말에 동조하듯 머리를 살짝 들었다.

에를린은 방긋 웃으며 작은 주먹을 들어올렸다.

"늑대 씨, 한 대 맞을래요?"

"켁! 무슨 아가씨가 걸핏하면 말보다 주먹이 먼저 나오십니까그려? 나리, 가정교육이 대체 어떻게 되신 겁니까?"

"이……!"

루틴의 얼굴은 단풍잎처럼 울긋불긋 달아올랐다.

뭐라 하고 싶은데 할 말이 없는 자의 비애일까.

카잔은 킬킬 웃어대다가 '웃차'하며 짐마차에서 뛰어내렸다.

그의 가늘게 뜨인 눈이 에를린과 루틴을 훑었다.

"흐음. 보자, 보자."

에를린은 끈적끈적한 카잔의 시선에 몸을 움츠렸다.

루틴은 발끈해서 에를린을 몸으로 가리며 외쳤다.

"놈! 무슨 무례한 짓이냐!"

"어쿠, 거 좀 본다고 해서 닳는 것도 아니잖습니까요."

"네놈이 그래도⋯⋯!"

"진정하세요. 뭔가 이유가 있을 거예요."

루틴은 길길이 날뛰고, 에를린은 그를 말린다.

카잔은 이젠 슬슬 익숙해지다 못해 지루해지는 광경을 물끄러미 지켜보았다.

덧붙여 작은 목소리로 혼잣말을 중얼거렸다.

"아가씨는 애초부터 닳을 것도 없어 보이지만 말입죠."

"⋯⋯루틴 경, 뼈만 분지르지 마세요."

"걱정 마십시오. 목 좀 조른다고 뼈가 부러지진 않습니다."

루틴은 살기등등하게 카잔에게 달려들었다.

어이구, 이 몸 죽네! 살려주쇼, 아가씨이! 등등.

뭔가 숨 막히는 비명이 울려 퍼지기를 한참.

카잔은 파랗게 멍든 목을 주물럭거리며 연신 투덜거렸다.

"거 농담 한 번에 사람까지 죽이려고 하다니. 이거 무서워서 살겠습니까."

"안 죽은 걸 다행으로 아세요."

"예, 예. 알아 모시겠습니다요."

카잔은 허릴 굽실거리며 실실 웃었다.

그리고 하늘을 힐끔 보며 뺨을 긁적거렸다.

"어쨌든 슬슬 출발해야 하겠는데 말입니다."

"출발? 이 시간에 말인가요?"

"예입. 지금이 딱 적당한 시간이라서 말입죠."

이미 해가 저문 상황에 여행을 출발하자니.

에를린은 상식과는 다른 이야기에 고개를 갸웃거렸다.

카잔이 진지한 표정으로 입을 연 것은 그때였다.

"출발하기 전에 부탁드릴 일이 있습니다요."

"부탁이요?"

"예, 아가씨께서 꼭 해주셔야 하는 일입지요."

"말씀해보세요. 할 수 있는 일이라면 들어드릴게요."

카잔은 슬쩍 루틴의 눈치를 살피며 귀를 빌리겠다는 손짓을 했다.

에를린은 호기심 어린 표정으로 귀를 가까이 가져다 댔다.

카잔은 그녀에게 나지막한 목소리로 말했다.

"옷 좀 벗어주시겠습니까요?"

짜아악!

CHAPTER 3

1.

깊은 산속에 있는 공터.

그곳에는 한 거한이 미간을 찌푸리고 있었다. 남들보다 머리 하나 큰 거구부터 산적같이 험악한 인상에 안면을 가로지르는 흉터와 반들거리는 대머리까지. 한 가지만 해도 사람 간을 떨리게 만들 수 있는 요소를 네 가지나 두루 갖추고 있는 거한의 모습은 마치 흉포한 이미지를 그대로 형상화한 듯만 싶었다.

"차람, 언제까지 기다려야 하는지 궁금합니다."

마치 쇠를 긁는 듯 기분 나쁜 목소리.

거한은 그 음성을 따라 힐끔 시선을 돌렸다. 부하들과

함께 자신을 뚫어져라 바라보고 있는 뱀눈 사내에게 그는 거친 소리를 내뱉었다.

"조금만 더 기다려봐, 이 자식아."

거한은 사나운 목소리로 자신의 기분을 드러냈다.

평소라면 뱀눈 사내도 그냥 물러났을 것이다. 하지만 벌써 다섯 번이나 반복된 문답은 그의 배려심을 바닥나게 했다.

"출발해야 합니다."

"난 가기 싫어서 안 가는 줄 아냐, 새꺄!"

거한은 주먹을 불끈 쥐었다.

뱀눈 사내는 그 모습을 보고 슬쩍 한 걸음 물러났다.

그리고 어쩔 수 없다는 듯 어깨를 으쓱거렸다.

"차람, 충분히 기다렸습니다. 더 늦으면 지장이 큽니다."

"끄으응."

거한은 잠시 앓는 듯한 신음을 흘렸다.

결국 그는 자리에서 몸을 일으켰다.

"가자, 가! 늦은 새끼는 그냥 지 알아서 하라지."

"많이 기다렸습니다. 돈 돌려달라는 말은 못할 겁니다."

"쳇, 공돈 좀 넉넉하게 들어오나 싶었더니만……. 결국 술값도 안 나오게 됐군."

"차람, 10골드면 술값으로 충분합니다."

"……라카, 넌 제발 입 좀 닥쳐주라."

거한은 하나부터 열까지 거슬리는 소리만 하는 뱀눈 사내, 라카를 향해 으르렁거리듯 말했다.

그때, 라카의 고개가 옆으로 돌아갔다.

"누군가 옵니다."

"뭐?"

거한은 재빨리 그를 따라 시선을 돌렸다.

라카의 시선이 향하는 곳에 있는 것은 다만 어둠뿐. 소리 하나 들려오지 않았다.

하지만 거한은 라카의 말을 의심하지 않았다.

"몇 명이냐?"

"짐마차 한 대. 사람은…… 둘 이상입니다."

"흐음, 그럼 경비대는 아니겠군."

"차람, 안심하면 안 됩니다."

"나도 알아, 새꺄."

거한은 가볍게 한 손을 들어올렸다.

20여 명의 부하는 각자 무기를 쥐었다.

바짝 긴장한 채 기다리던 그들 앞에 짐마차 한 대가 나타난 것은 잠시 뒤의 일이었다.

다그닥, 다그닥.

"……."

"……."

그들은 침묵에 빠졌다.

지금까지 별의별 것을 다 봐온 거한으로서도 충격을 받을 만큼 짐마차의 외관이 요란했기 때문이다.

“여어, 늦어서 미안하우.”

거한은 퍼뜩 정신을 차리고 마부를 노려보았다.

목덜미에서 덜렁거리는 뼈 목걸이.

왼손에만 주렁주렁한 팔찌와 반지.

오른손에만 끼워진 검은 장갑까지.

거한은 기괴한 걸로 치자면 짐마차에 비해 더하면 더했지 결코 부족하지 않은 사내, 카잔에게 으르렁거리듯 말했다.

“늦었잖소!”

“어이쿠, 좀 봐주슈. 이 몸에게도 나름 사정이라는 게 있어서 말이요.”

“당신 사정이야 어찌됐든 상관 없…… 는데?”

거한은 기묘하게 말꼬리를 늘어트렸다.

잠시 후, 그는 미심쩍은 표정으로 물었다.

“얼굴은 왜 그런 거요?”

“아, 이거 말이쇼?”

카잔은 멋쩍게 웃으며 뺨을 긁었다. 손바닥 자국이 선명하게 남아 있는 뺨이었다.

“거 먼 길 떠나기 전에 마지막으로 놀다가 오는 길인데 말요, 놀이상대로 잡은 아가씨가 겉만 그럴싸하지 속 빈 강정인 거 아니겠수? 그래서 화대 좀 깎아주면 안 되냐고 했더니만 이렇게 됐수다.”

“쯧…… 거 재수 없는 계집한테 걸렸구만. 그러니까 창녀는 잘 골라야지. 암, 그렇고말고.”

거한은 안됐다는 듯 혀를 찼다.

다른 사내들도 공감 간다는 듯 고개를 끄덕거렸다.

느닷없는 기음이 들려온 것은 그 순간이었다.

빠드득!

“응?”

거한은 기묘한 소리를 따라 고개를 돌렸다.

짐마차의 뒷좌석에는 두 사람이 앉아 있었다.

“아, 소개가 늦었수다. 이쪽은 에릴, 이쪽은 틴. 이 몸의 동행이올시다.”

“흐음, 그렇소?”

거한은 미심쩍은 표정을 지어 보였다.

틴이라는 사내는 체격이 다부진 게 쓸 만해 보였다.

반면 에릴이란 청년은 딱 봐도 비리비리한 것이, 도움은커녕 짐으로밖에는 안 보였다.

“이런 일을 할 사람으로는 안 보이는데…….”

“캬하하! 이쪽 나름대로 사정이 있어서 말요.”

“뭐, 그렇다면 더 묻지는 않겠소.”

거한은 선뜻 고개를 끄덕이며 물러났다. 이쪽 일을 하다 보면 별의별 사람을 다 만나기 마련이다. 제각각의 사정에 대해서는 캐묻지 않는 것이 불문율일뿐더러, 한가하게 그런 걸 캐묻고 있을 여유도 없었다.

"그럼 바로 출발하겠소."

"좋수다."

"얘들아, 가자!"

"차람, 알겠습니다."

기다리느라 좀이 쑤셨던 것일까.

거한의 외침을 들은 사내들은 분주하게 움직였다.

에릴과 틴은 수풀 속에서 대여섯 대의 마차가 튀어나오는 모습을 보고 두 눈을 크게 떴다.

"저건……?"

에릴은 무심코 열었던 입을 다물었다. 카잔이 입술에 손가락 하나를 세웠기 때문이다.

여섯 대의 마차가 산속에 난 길을 따라 이동하자, 카잔 또한 천천히 짐마차를 몰아서 그들의 뒤에 따라붙었다.

다그닥, 다그닥.

말발굽 소리 외에는 무엇 하나 들리지 않는 정적.

마차가 일곱 대나 함께 가는 것치곤 기묘할 정도로 차분한 일행은 노링턴 영지의 경계에 다다를 때쯤 이동을 멈췄다.

따닥.

라카가 문득 한 손을 들자, 사내들은 일사불란하게 마

차를 세웠다.

'쉬, 쉬.'

'조용해라, 조용.'

사내들은 말들이 흥분하지 않게 조용히 달랬다.

반면 카잔은 아무 조치도 하지 않았는데도 노마가 알아서 침묵을 지켰다.

잠시 후, 그들은 라카의 신호에 따라 다시 움직였다.

불빛 하나도 없는 조용한 움직임은 반나절을 꼬박 이어져, 결국 서서히 해가 떠오를 무렵에서야 끝을 맺었다.

"차람, 이제 괜찮습니다."

"수고했다. 갈 길이 머니까 푹 쉬어라."

거한은 가볍게 라카의 어깨를 두드려주었다.

다른 마차들 또한 줄줄이 멈춰서고 있었다.

"여기서 쉰다! 당번은 밥 준비하고, 잘 놈은 자라!"

지금까지의 고요함과는 상반된 쩌렁쩌렁한 외침은 단숨에 정적을 깨트렸다.

사내들은 지금까지의 침묵이 거짓이었던 것처럼 왁자지껄하게 떠들고 분주하게 돌아다니기 시작했다.

카잔은 짐마차를 일행과 살짝 떨어진 곳에 멈췄다.

"이제 말씀하셔도 됩니다요."

"하아…… 그래요?"

에를인은 깊은 한숨으로 침묵의 답답함을 풀었다.

반면 루틴은 행동으로 분노를 쏟아냈다.

"너 이 자식……!"

와락!

루틴은 다짜고짜 카잔의 멱살을 붙잡았다.

카잔은 그 느닷없는 행동에도 놀라지 않고 히죽 웃었다.

"소리 줄이십쇼. 귀가 많습니다."

루틴은 그 말에 이를 악물었다.

잠시 후, 으르렁거리는 목소리가 흘러나왔다.

"밀수꾼들과 동행하다니! 이게 대체 무슨 짓이냐?"

빛이 있으면 그림자가 있는 것이 세상의 이치.

밀수란 그중에서도 특히나 활발하게 이뤄지는 범죄로, 발견되면 재판도 없이 사살되는 경우가 많았다.

루틴이 화를 내는 것도 당연한 일이었다.

"자자, 설명해드릴 테니 진정하십쇼, 나리. 남들이 이상한 눈으로 봅니다요."

밀수꾼들의 시선을 의식한 루틴은 카잔의 멱살을 거칠게 풀어놓았다.

"케헥, 거 살살 좀 놔주시지."

카잔은 목을 주무르며 에를린을 바라보았다.

"원래는 출발하기 전에 말씀드리려고 했는데 말입니다, 어떤 분 때문에 시간이 지체된 덕분에 일이 이렇게 됐습죠."

카잔은 대놓고 눈총을 주었다.

에를린은 당당하게 받아쳤다.

"레이디한테 다짜고짜 벗으라고 한 당신 때문에 말이죠?"

"예이, 예이. 안전을 위해서 남장시켜드리려다가 시원하게 싸대기 맞은 이 몸 때문입니다요."

뭔 아가씨가 이렇게 뻔뻔하냐고 투덜거리길 잠시.

카잔은 루틴의 살기를 느끼고 가벼운 헛기침과 함께 입을 열었다.

"커흠. 어쨌든 왜 밀수꾼과 동행해야 하는지 궁금하단 말씀이십죠?"

"그렇다."

"간단하게 말해서, 이게 가장 빠르기 때문입니다요."

"그 말을 나보고 믿으라는 거냐?"

루틴은 노골적으로 불신의 표정을 지어 보였다.

밀수꾼의 이동은 결코 빠르지 않다. 아니, 오히려 눈에 띄는 것을 피하기 위해 산길만을 돌아다니기에 터무니없이 느린 편이다.

카잔은 피식 웃으며 어깨를 으쓱거렸다.

"믿으시든 말든 이 몸과는 상관없습죠."

"뭐라고?"

"중요한 건 아가씨께서 이 몸에게 안내를 맡기셨고, 이 몸은 두 분을 대수림으로 안내해드리기 위해 밀수꾼과의 동행을 선택했다는 것뿐입죠. 안 그렇습니까요?"

카잔은 히죽히죽 웃으며 말했다.

에를린은 고개를 끄덕거렸다.

“늑대 씨 말이 맞아요, 루틴 경.”

“아가씨, 아가씨께서는 밀수꾼이 어떤 자들인지 몰라서 그러시는 겁니다.”

“네. 하지만 밀수꾼들의 움직임이 가장 은밀하다는 것 정도는 알고 있어요.”

루틴은 짧은 신음을 토해냈다.

에를린의 말은 분명한 사실이었다.

그들에게 필요한 것은 단지 빠르기만이 아니었고, 뒤쫓아오는 ‘눈’을 따돌릴 수 있는 은밀함 또한 무척이나 중요했다.

“게다가 이건 늑대 씨가 선택한 길이에요. 우리가 선택한 안내자를 믿어야죠.”

“전 이자를 못 믿겠습니다.”

루틴은 카잔 앞에서대놓고 불신을 드러냈다.

에를린은 방긋 웃었다.

“사실 저도 안 믿어요.”

“예?”

“하지만 적어도 그 능력은 믿고 있어요. 그거면 충분하지 않을까요?”

기가 찼기 때문일까, 아니면 어이없기 때문일까.

루틴은 다만 입을 다문 채 침묵을 지켰다.

카잔은 앓는 듯 한 소리를 토해냈다.

"보십쇼, 거 담화를 나누시는 건 좋은데 말요…… 당사자를 앞에 두고 뒷담화를 하시면 어쩌자는 거요? 이 몸은 사람으로 보이지도 않으쇼?"

"그야 늑대 씨는 사람이 아니라 늑대니까요."

"개새끼라도 면전에서 욕하면 화나는 법입니다요."

"하지만 화 안 나셨잖아요."

카잔은 에를린을 물끄러미 바라보았다.

잠시 후, 그는 혀를 차며 고개를 돌렸다.

"쳇, 다행인 줄 아쇼. 이 몸은 화나면 무서운 사람이요."

"주의할게요, 늑대 씨."

투덜거리는 카잔과 생글거리는 에를린.

루틴이 두 사람을 보며 내심 신음을 흘릴 때, 거한이 그들의 짐마차로 다가왔다.

"어이, 한 네 시간쯤 쉬다가 출발할 테니까 적당히 쉬어두시오. 괜찮으면 식사도 나눠드릴 수 있소."

"캬하하하. 마침 출출했는데 말씀 고맙수다, 차람."

"뭐, 어젯밤에 잘해준 답례라고 생각하시오."

거한은 어깨를 으쓱거리고 밀수꾼들에게 돌아갔다.

카잔은 그 뒷모습을 지켜보다가 문득 말했다.

"혹시나 싶어서 말씀드리는 건데, 저 사람 이름은 차람이 아뇨.”

“네?”

에를린은 고개를 갸웃거렸다.

루틴은 그녀에게 차분하게 설명해주었다.

“차람은 본래 라운칼크에서 장군에게 붙이는 호칭입니다. 밀수꾼들은 그걸 따와서 자신들의 두목을 그렇게 부르고는 합니다.”

“아, 그랬군요.”

에를린은 그제야 알겠다는 듯 고개를 끄덕였다.

루틴은 문득 카잔의 묘한 시선을 깨닫고 얼굴을 굳혔다.

“왜 그런 눈으로 보느냐?”

“나리께서 그런 걸 알고 계셨을 줄은 몰라서 말요.”

“예전에 밀수꾼을 잡다가 알게 됐을 뿐이다.”

“흐음. 뭐, 어쨌든 아신다면 다행이요. 혹시 실수라도 하실까 걱정돼서 말입죠.”

카잔은 머리를 긁적거렸다.

마침 이렇게 된 거, 얘기해줄 게 더 있었다.

“이참에 세 가지만 말씀드리리다.”

“뭔가요?”

“첫째, 절대 여자인 걸 들키지 마십쇼. 여기 있는 건 다 굶주린 늑대새끼들뿐이라 일단 들키면 뒷감당하기 힘듭니다요.”

에를린은 조금 어색하게 웃으며 고개를 끄덕였다. 이런 거 저런 걸 떠나, 안 그래도 급한 이 시기에 괜한 문제는 만들고 싶지 않았다.

"둘째, 저 라카란 형씨가 깨어 있을 때는 말조심하쇼. 무슨 말을 하든지 다 들을 수 있을 테니까 말입죠."

"네?"

에를린은 두 눈을 휘둥그레 떴다.

반면 루틴은 짐작했다는 듯, 굳은 얼굴로 말했다.

"라카라는 자, 아마 차크라 수련자일 겁니다."

"그럼…… 암살자란 말이에요?"

카잔은 깜짝 놀라는 그녀에게 고개를 저어 보였다.

"꼭 암살자만 차크라를 쓰는 건 아닙니다요. 특히 암흑가의 인간들 중에는 차크라 수련자가 많습죠."

카잔은 히죽 웃으며 말을 이어갔다.

"셋째, 저들의 행동에 간섭하면 안 됩니다요."

"간섭하고 싶은 생각도 없어요."

"그럼 다행입지요."

카잔은 가볍게 어깨를 으쓱거렸다.

루틴은 묘한 의미가 포함된 말에 미간을 찌푸렸다.

카잔은 루틴이 채 입을 열기도 전에 마지막 말을 꺼냈다.

"넷째, 이제 밥 먹으러 가십시다요."

"별로 배가 안 고픈데요."

"억지라라도 드시는 게 좋습죠. 밀수행은 생각보다 고된 거라 속이라도 든든히 채워놔야 버틸 수 있습니다요."

"좋아요. 밀수꾼들은 대체 뭘 먹는지 궁금하네요."

에를린은 기운차게 몸을 일으켰다.

그녀가 카잔과 함께 밀수꾼들을 향해 걸어가자, 루틴은 어쩔 수 없이 그 뒤를 따라갈 수밖에 없었다.

잠시 후.

에를린은 속을 다 게워내고 앓아누웠다.

카잔은 둥글게 말린 튀김을 바삭 깨물어 먹으며 설레설레 고개를 내저었다.

"거참, 이 맛있는 걸 두고 왜 그러십니까."

"딴 데 가서 먹어요, 제발 좀……."

에를린은 뒷좌석에 누운 채 신음을 토해냈다.

평소 그녀의 활발함을 생각해볼 때, 참 뜻밖의 모습이었다.

"……네놈은 그게 입으로 들어가느냐?"

루틴은 카잔의 옆에 앉은 채 내씹듯이 물었다.

얼굴이 백지장처럼 창백하기 그지없는 것이, 뭔가 충격을 받아도 단단히 받은 듯 보였다.

"이게 어때서 말입니까요?"

"대체 누가 지렁이 튀김 따위를 먹는다는 말이냐!"

루틴은 으드득 이를 갈며 카잔을 노려보았다.

밀수꾼들의 식단은 그야말로 상상을 초월했다.

바짝 구운 지렁이 튀김.

노릇노릇하게 구운 뱀 구이.

특히 생생한 애벌레 볶음은 압권이었다.

에를린이 그걸 보고 뻗어버린 것도 당연한 일이다.

그나마 그녀는 나은 편이었다. 루틴은 거한에게 정력에 좋다며 애벌레 볶음을 권해 받았고, 무언의 압박감 속에 그것을 씹어 삼켜야만 했으니까.

물론 그 뒤에 짐마차 돌아와 토악질을 한 것은 당연했다.

반면 카잔은 그야말로 신 나게 밀수꾼들과 식사를 나눴고, 그것만으로도 부족해 남은 요리를 가져와서 간식 삼아 쩝쩝거리고 있었다.

두 사람으로서는 카잔을 끔찍하게 바라볼 수밖에 없었다.

카잔은 그들을 보며 혀를 찼다.

"보쇼, 벌레는 영양가가 풍부한 음식이란 말이요. 이 몸이나 밀수꾼처럼 제때 식사하기 힘든 사람들한테 이게 얼마나 고급스러운 보약인지 알고나 계쇼?"

"그런 거 알고 싶지 않아요……."

"쯧쯧쯧. 마음대로 하쇼. 정 못 드시겠다면 퍽퍽한 건량이랑 질긴 육포라도 드릴 수는 있으니 말요. 대신 속 버리셔도 책임은 못 집니다그려."

두 사람은 묵직한 신음을 흘렸다.

여행용 건량은 음식에 대한 모욕과 같은 물건이다.

오러 수련자인 루틴조차도 소화불량을 일으킬 정도면 말 다 한 셈 아닌가?

"루틴 경."

"예, 아가씨."

"이제라도 집에 돌아가면 안 되겠죠?"

"……."

루틴은 눈물을 글썽거리는 에를린을 보고 한숨을 쉬었다.

카잔은 둘을 보며 폭소를 터트렸고, 덕분에 정강이를 붙잡고 펄쩍펄쩍 날뛰게 되었다.

2.

밀수단은 계속 산길로만 움직이지 않았다. 어느 외딴 선착장에서 마차를 버리고 수송선으로 옮겼고, 이후 여행은 한결 편해졌다.

특히 에를린은 배에서 먹게 된 비스켓에 감격의 눈물마저 흘렸다.

반면 루틴은 극심한 두통에 시달리게 되었다.

"그래서 내가 콱! 그 새끼 대가리를 부숴버렸다는 거지!"

"어이구, 수련기사 나리의 머리를 말이요?"

"새끼가 약해빠진 주제에 자꾸 잘난 척해대는데, 도저히 못 봐주겠더라고. 대신 현상수배범이 됐지만! 푸하하하핫!"

"이야. 차람, 당신 진짜 사내입니다그려."

"고럼! 내가 사내 중 사내라는 건 모두가 알지!"

차람은 술병을 들고 신 나게 떠들어댔고, 카잔은 적절하게 장단을 맞췄다.

루틴은 현기증을 느꼈다.

'이 무도하기 그지없는 것들 같으니……!'

살인, 강도, 강간, 협박 등에 이르기까지. 차람은 흉악범이라도 간이 졸아들 만한 범죄백과였다. 루틴의 눈엔 그 많은 죄를 자랑처럼 떠들어대는 차람이나 그런 범죄자를 사내답다고 추켜세우는 카잔이나 제정신으로 보이지 않았다.

'떠들려면 제발 다른 데 가서 떠들란 말이다!'

루틴은 당장 자리를 떠나 귀를 틀어막고 싶었다. 그럼에도 불구하고 자리를 지킬 수밖에 없는 것은 그들 사이에 끼어 있는 세 번째 인물 때문이었다.

"정말 사람 머리가 그렇게 쉽게 깨지나요?"

"푸하핫, 애송이가 뭘 모르는구나!"

"뭐, 확실히 깨기 힘들긴 하잖소. 차람은 몰라도 보통 사람은 못하우."

"그렇지. 바로 이 어르신이니까 가능하다는 거지!"

"와아…… 대단하시네요!"

두 망나니 사이에서 고개를 내밀고 있는 에를린.

루틴이 가진 두통의 주된 원인은 바로 그녀였다.

사람 머리통 깨부수는 이야기를 재미있게 듣고 있는 레이디라니. 도저히 숙녀로는 보이지 않는 모습이었다.

처음에는 주군에게 죄송스러워서 혀라고 깨물고 싶었지만, 이제는 오히려 아가씨를 잘못 키운 주군이 원망스럽기만 한 루틴이었다.

"차람, 접선지입니다."

"엉? 벌써 도착했어?"

차람은 라카의 말에 몸을 일으켰다.

어둠 저편에서 어렴풋하게 항구가 보였다.

"물건 확인하고, 무기 준비해라."

"옙!"

사내들은 우렁찬 대답과 함께 분주하게 배를 돌아다녔다. 무기를 준비하는 것은 이것이 밀매이기 때문이다. 정당한 거래조차 자칫하다가는 분란이 일어나기 일쑤다. 특히 암거래의 경우, 그 분란은 그대로 피가 튀고 살이 튀는 대살육의 장이 돼버리기에 적절한 무력이 필수였다.

"그래도 용케 힘으로 강탈할 생각은 안 하네요."

102

"캬하하하! 에릴, 이것도 명백한 장사다. 신용이 없으면 해먹을 수 없는 일이라 이거지."

카잔은 유쾌한 웃음을 터트렸다.

더불어 살짝 어깨를 으쓱거리며 말했다.

"뭐, 상대가 만만하다 싶으면 신용도 팔아먹긴 하지만."

"……그러고도 거래가 돼요?"

"죽은 사람은 말을 못하잖냐."

에를린은 감탄하듯이 고개를 끄덕였다.

루틴은 두통이 심해지는 걸 느끼며 신음을 흘렸다.

"혹시 모르니 형씨도 칼은 준비해놓으쇼. 제 몸은 제가 지키는 게 이쪽 규칙이니까."

"말하지 않아도 알고 있다."

루틴은 검을 살짝 뽑아보았다. 위장을 위해 아무 대장간에서 사온 밋밋한 철검이었다.

하지만 루틴의 얼굴에서 불안감은 찾아볼 수 없었다. 어차피 오러 수련자에게 무구의 좋고 나쁨이란 장식에 지나지 않기 때문이다.

"차람, 신호입니다."

"그래. 배를 대라."

밀수단은 항구에 수송선을 갖다 댔다.

잠시 후, 항구에서 텁석부리의 장한이 걸어 나왔다.

장한은 눈을 데구르르 굴려 배 위를 훑어보았다.

“말 한 마리 못 봤소?”

“여긴 배밖에는 없다.”

“배가 꽤나 튼실하오.”

“물건은 더 튼실하지.”

암호 교환을 마친 차람과 장한은 씨익 웃어 보였다.

“무사히 도착한 걸 환영하오, 차람.”

“직접 마중 나와줘서 고맙다, 락샤사.”

밀수군들은 그 모습을 보고 긴장을 풀었다.

반면 루틴은 ‘락샤사’라는 말을 듣고 안면을 굳혔다.

차람은 라카와 함께 배를 내려가, 락샤사라는 장한과 거래를 하기 시작했다.

“값이 좀 올랐다.”

“어허, 느닷없이 그게 뭔 소리요?”

“얼마 전에 지진 난 거 몰라? 그 탓에 차질이 생겼다, 이 말이야.”

“그래도 갑자기 그러는 건 도리가 아니잖소.”

“퉤! 그놈의 도리, 내가 알 게 뭐냐? 난 우리 애들 먹여 살리기도 바쁘다.”

차람은 완고한 태도를 지켰다.

락샤사는 내심 욕지거리를 내뱉었다.

‘망할 돼지새끼. 네 배때기 채우기 바쁜 걸 모를 줄 알고!’

물론 그 욕지거리를 입 밖에 내뱉지는 않았다. 차람은 암흑가에서도 가장 무서운 부류에 속한다. 락샤사 또한 잔악하기로는 남부럽지 않지만, 그래도 차람과 비교하면 꿀리는 게 많았다.

"알겠소. 대신 다음부터는 우리들 편의 좀 봐주시오."

"크흠, 그 정도야 해줄 수 있지."

결국 한발 물러난 쪽은 락샤사였다.

차람은 사기에 가깝게 바가지를 씌운 것에 만족하며 라카에게 손짓했다.

밀수꾼들은 잽싸게 수송선에 있던 짐을 내렸다.

마차 하나 분의 상자가 항구에 차곡차곡 쌓이는 것은 순식간이었다.

"확인해봐."

"그럼 실례하겠소."

끼익.

락샤사는 준비된 쇠지레로 상자 하나를 뜯었다.

상자 안에 든 것은 뜻밖에 평범한 밀가루 포대였다.

에를린은 수송선 갑판에서 거래를 구경하고 있다가 고개를 갸웃거린 반면, 루틴은 묵직한 신음을 흘렸다.

"보자……."

락샤사는 포대 하나를 찢어서 살짝 맛을 보았다.

잠시 후, 그는 만족스럽게 고개를 끄덕거렸다.

"최상급이군."

“고럼. 우린 최고 아니면 취급 안 해.”

차람은 자신만만하게 말했다.

락샤사는 씨익 웃으며 엄지손가락을 치켜들었다.

잠시 후, 몇 명의 사내가 마차를 끌고 나왔다.

그들이 상자를 마차로 나르는 사이, 락샤사는 차람에게 묵직한 주머니를 건네주었다.

“남는 건 내 성의요. 다음에도 잘 챙겨주시오.”

“허허허, 뭐 이런 걸 다…….”

차람은 입이 찢어져라 웃으며 금화를 세어보기 시작했다.

라카의 뱀눈이 치켜떠진 건 그때였다.

“차람.”

“조금만 이따가 얘기하자.”

“차람.”

“계산 헷갈리니까 지금은 좀 냅둬라, 응?”

“차람.”

“이 쌍! 왜 자꾸 처부르고 난리야!”

차람은 모처럼 좋은 기분이 깨진 것에 화를 냈다.

라카는 그에게 스산한 목소리로 말했다.

“차람, 포위됐습니다.”

“포위가 되든 말든…… 뭐?”

차람은 고개를 번쩍 들어올렸다.

정신없이 주변을 둘러보던 시선은 결국 락샤사에게 향했

다.

"이 내장을 토막 낼 새끼! 거래에 수작을 부려?"

"수작이라니? 그게 무슨 소리요!"

락샤사는 뜨악한 심정을 숨기지 않았다.

차람은 그를 물끄러미 바라보다 미간을 찌푸렸다.

"라카, 설마……."

"차람, 맞는 거 같습니다."

"……쓰벌. 망했군."

락샤사는 두 사람의 대화에 잠시 의아해했다.

기겁할 말이 터져 나온 건 그때였다.

"마약단속단 떴다! 모두 튀어!"

경악은 순식간에 퍼져나갔다.

밀수꾼들은 욕설을 내뱉으며 배를 향해 달려갔다.

석상처럼 얼어붙은 락샤사와 사내들에 비하면 무척 신속한 동작이었다.

하지만 그들의 행동은 이미 늦은 감이 있었다.

"한 놈도 놓치지 마라!"

쩌렁쩌렁한 고함과 함께 어둠 속에서 튀어나온 백여 명의 병사들은 눈 깜짝할 사이에 그들을 둘러쌌다.

루틴은 병사들의 가슴팍에 새겨져 있는 파란 새 무늬를 보고 신음을 토해냈다.

"블루 버드(Blue-bird)……!"

마약은 밀매품 중에서도 가장 돈이 되는 물건이다. 때문에 귀족들조차 마약 밀매를 하는 경우가 종종 있었고, 그것을 막기 위해 만들어진 조직이 왕실 직할 마약단속단 '블루 버드'였다.

마약밀매자라면 귀족이라도 체포할 수 있는 병사들!

블루 버드의 두려움은 단지 막강한 권한만이 아니다. 하나같이 정예병으로 이뤄진 데다가 특히 가혹한 손속을 가지고 있기 때문에 마약상에게는 사신이나 다름없었다.

물론 그것은 밀수꾼이라 해도 마찬가지다. 하필 마약거래를 하다 붙잡혔으니 밀수단의 운명은 이제 끝장났다고 해도 과언이 아니었다.

"어이쿠, 이거 일 났수다그려."

카잔은 블루 버드에게 포위된 밀수단을 보며 혀를 찼다.

루틴은 그 말을 듣고 코웃음을 쳤다.

"흥! 저런 쓰레기들도 동료라고 걱정되는 것이냐?"

"아니, 저 형씨들 말고 우리 말요."

"뭐?"

"벼락 맞을 놈과 붙어 있다간 어찌됩니까요?"

"……!"

루틴은 얼굴을 굳혔다.

누가 뭐라고 하던 그들은 밀수꾼들과 동행을 하던 상황이다. 즉, 마약 밀매의 공범으로서 잡혀 들어가기 딱 좋은 상태인 것이다.

"이제 어떡할 거냐?"

"에구, 이 몸도 일이 이렇게 될 줄은 몰랐습죠."

"이이이! 네놈이 벌인 일에 책임을 지라는 말이다!"

루틴의 사나운 질책에 카잔은 머리를 긁적거렸다.

"뭐, 방법이 전혀 없는 건 아닌데 말입니다요."

"방법이 있으면 빨리 말해라."

"조금 마음에 안 드실 텐뎁쇼."

"어서 말하라고 했다!"

루틴은 서둘러 카잔을 다그쳤다.

밀수꾼들을 포위하고 있던 블루 버드의 병사 일부가 수송선을 향해 다가오고 있었다.

카잔은 결국 씨익 웃으며 말했다.

"블루 버드의 병사들은 제법 강합지요."

"……? 그게 어쨌다는 거냐?"

"아, 다만 어디까지나 마약상 잡기에 딱 좋을 만큼만 강합죠. 아무리 정예병이라도 결국 병사니까 말입니다요."

루틴은 카잔의 뜻 모를 말에 미간을 찌푸렸다.

정작 그것을 이해한 사람은 따로 있었다.

"그러니까, 마약상보다 강한 상대는 잡기 힘들다는 말이죠?"

"예입. 밀수꾼까지는 그럭저럭 손이 닿겠지만, 그 이상의 상대한테는 아무리 블루 버드라도 쩔쩔맬 수밖에 없겠습죠. 특히 예상치도 못한 상황에서는 말입니다요."

에를린은 떨떠름한 표정을 지었다.

그리고 실실 웃고 있는 카잔에게 더욱 떨떠름하게 말했다.

"예를 들어, 느닷없이 뛰어든 오러 수련자를 상대할 정도는 아니라는 거군요."

"그렇습지요."

루틴이 그 말을 이해하는 데는 10초나 되는 시간이 필요했다. 카잔이 제시한 해결책이 그만큼 어처구니없는 것이었기 때문이다.

"……설마 나보고 블루 버드와 싸우라는 말이냐?"

"뭐, 굳이 싸우실 필요까진 없습죠. 나리 정도의 실력이라면 슬쩍 도와주시기만 해도 밀수꾼들이 몸을 빼내기엔 충분할 텐데 말입죠."

"……!"

말이 안 나온다는 것은 이럴 때 쓰는 이야기리라.

루틴은 기사였다.

기사도에 따라 정의를 숭상하며, 악을 멀리하고 왕국을 지키는 데 최선을 다하는 사내였다.

헌데 지금 카잔은 그에게 사악한 밀수꾼을 도와 왕국의 충성스러운 병사들과 싸워야 한다고 말한 것이다.

"말도 안 되는 소리!"

루틴은 쩌렁쩌렁한 고함을 터트렸다.

카잔은 멍한 귓구멍을 양손으로 틀어막았다.

그리고 딱딱한 얼굴의 루틴에게 어깨를 으쓱거려 보였다.

"뭐, 이 몸은 단지 해결책을 제시했을 뿐입니다요."

"그게 어딜 봐서 해결책이라는 말이냐!"

"싫으시면 어쩔 수 없습죠. 우리 셋이 그냥 나란히 감옥에 들어가면 될 일이니 말입니다요."

"이……!"

빠드득!

루틴은 닳아 부스러지도록 이를 갈았다. 블루 버드에 잡힌다면 감옥에 가는 걸로 끝나지 않는다. 자칫 신분이 밝혀졌다가는 잔디르 후작가의 기사가 밀수꾼들을 돕고 있었다는 추문마저 감당해야 하는 것이다.

거기에 에를린의 신분마저 알려진다면……!

루틴은 정신적인 방황 끝에 공황상태에 빠져버렸다.

에를린은 곤혹스러운 표정으로 카잔을 바라보았다.

"늑대 씨, 다른 방법은 없나요?"

"다른 방법 말씀이십니까요?"

"네, 뭐든지 좋아요."

"흐음…… 다른 방법이라."

카잔은 턱을 쓰다듬으며 고민에 잠겼다.

회심의 미소가 떠오른 건 잠시 뒤였다.

"아가씨께서 조금만 도와주시면 일이 쉽게 해결될 거 같은데 말입지요. 그러니까……."

"도와드릴게요. 뭘 하면 되죠?"

"하여튼 성격 한번 화끈하셔서 좋단 말입니다."

카잔은 고개를 끄덕이며 손가락을 뻗었다.

손가락은 블루 버드의 병사들과 치열한 혈전을 벌이고 있는 밀수꾼들에게 향해 있었다.

"저기 보십쇼."

"네? 뭘요?"

"그러니까 저거 말입니다요."

"어두워서 그런지 잘 안 보이는데요?"

에를린은 의아해하며 밀수꾼들을 바라보았다.

무심코 수송선의 난간에 바짝 몸을 붙인 순간, 누군가의 손이 그녀의 등을 거칠게 떠밀었다.

"옛? 꺄아아아악!"

"아, 아가씨!"

풍덩!

루틴은 카잔이 에를린을 떠미는 것을 보고 눈을 뒤집었다.

그리고 카잔의 멱살을 쥐고 흔들었다.

"이 미친 새끼! 대체 무슨 짓이냐!"

"어쿠쿠, 이거 발이 미끄러져서 말입니다."

"개소리 집어치워!"

루틴은 입에서 불을 뿜어냈다.

카잔은 멱살이 잡힌 채로 느긋하게 웃으며 배 밑을 가리 컸다.

"그보다 급한 게 있지 않으십니까요?"

"이, 이이잇……!"

루틴은 바르르 주먹을 떨다가 카잔을 내팽개치고 배에서 뛰어내렸다.

풍덩!

"어푸, 살려줘! 나 수영 못해요!"

"자, 잠시만 참으십시오, 아가씨!"

에를린은 공기보다는 물을 더 많이 마시며 버둥거렸다.

루틴은 숨 막히는 악전고투 끝에 의식을 잃은 에를린을 강에서 끄집어내고 헉헉 숨을 몰아쉬었다. 근엄한 음성이 들려온 것은 바로 그때였다.

"무기를 버리고 투항해라!"

어느새 다가온 것일까.

블루 버드의 병사들은 냉엄한 태도로 검을 들이댔다.

루틴은 이를 빠득 깨물었다. 그리고 고개를 들어 수송선 위에서 히죽거리는 카잔을 노려보다가 질끈 눈을 감았다.

루틴은 기사였다. 명예를 지키며 레이디를 보호해야 하는 의무가 있다.

더불어 지금 루틴의 뒤에 있는 것은 목숨을 걸고서라도 지켜야 할 레이디였다.

'신이시여, 부디 용서하소서.'

루틴은 결국 검을 뽑아 들었다.

그 순간, 한 줄기 푸른 섬광이 폭발하듯 솟아 나왔다.

병사들은 밤의 어둠을 모조리 지워버릴 듯 눈부신 청광을 보고 몸을 굳혔다.

아니, 그것은 비단 병사들만은 아니었다.

차람은 도끼를 휘두르다가 입을 따악 벌렸고, 라카는 부상마저 잊은 채 고개를 번쩍 들어올렸다.

밀수단, 마약상, 블루 버드의 세 무리는 직종과 신분을 초월한 일심동체가 되어 루틴을 바라보았다.

'경악'이라는 이름 아래……!

"너희들에게 잘못이 없다는 것은 안다."

조용하기에 더욱 소름끼치는 음성.

"구차한 변명 따위는 하지 않겠다."

담담하기에 더욱 확고부동한 태도.

"다만 너희들에게 미안할 뿐이다."

진솔하기에 더욱 냉혹무정한 표정.

서서히 경악에서 깨어난 그들을 강타한 것은 락샤사의 숨 막히는 비명 소리였다.

"오, 오, 오…… 오러 블레이드(aura blade)!"

경악은 순식간에 경이와 공포가 되었다.

루틴은 검을 채 제대로 쥐지도 못하고 덜덜 떠는 병사들 사이로 거침없이 달려들었다.

일백의 병사를 상대로 펼쳐진 일인의 돌격.

얼핏 무모해 보이는 그 행동의 결과는 그야말로 파괴적인 것이었다.

파강! 카가가가강!

베고, 가르고, 자른다.

검이 있다면 검을 베었고, 갑옷이 있다면 갑옷을 잘랐다.

어떠한 무기도 빛의 칼날을 막아내지 못했고, 어떤 병사도 감히 루틴을 상대할 수 없었다.

세상에는 오러(aura)라는 힘이 존재한다.

특수한 수련법으로 오러를 터득한 자들은 인간을 초월한 힘을 얻을 수 있으며, 그 수련 정도에 따라 오러를 더욱 다양하고도 강력하게 이용할 수 있다.

오러 블레이드는 그중에서도 상급 수련자만이 쓸 수 있는 기검(氣劍).

세상에 베지 못하는 것이 없는 불멸의 칼날이었다.

밀수꾼들과 마약상들은 루틴을 도울 생각조차 할 수 없었다.

폭풍처럼 병사들을 몰아붙이고 있는 루틴의 전신(戰神)과도 같은 활약이 그들의 넋을 빼놓았기 때문이다.

예외가 있다면 단 하나.

수송선 위에서 섬뜩한 빛을 발하는 한 쌍의 차가운 눈동자뿐이었다.

"도, 도망…… 아니, 후퇴! 후퇴해라!"

블루 버드의 병사들은 결국 루틴 한 사람을 상대로 도망치듯…… 아니, 말 그대로 도망쳐버렸다.

밀수꾼들은 멍하니 그 광경을 바라보았다.

"우리가 이긴 거야?"

"그, 그런 거겠지? 어쨌든 우리 편이잖아."

"……만세! 살았다!"

"와아아아아!"

남은 이들은 환호성을 내지르며 승리를 축하했다.

루틴은 그들 앞에서 스르릉 검을 집어넣었다.

그리고 의식을 잃은 에를린에게 돌아갔다.

카잔은 난간에 걸터앉은 채, 턱을 받치고 있던 팔을 폈다.

이어 푸른 새(blue bird)가 새겨진 금화를 만지작거리며 감탄인지 비아냥인지 모를 혼잣말을 중얼거렸다.

"공주님을 지키는 기사라. 멋진 주인공이구만."

카잔의 눈에 더 이상 섬뜩한 광채는 없었다.

다만 보이는 것은 유쾌한 웃음뿐.

밀수꾼과 블루 버드의 싸움도.

루틴의 경이적인 활약도.

모든 것이 다만 구경거리에 불과하다는 듯 한없이 즐거운 웃음뿐이었다.

3.

"이야아, 이거 정말 고맙소."

밀수단은 소동이 끝나자마자 수송선을 출발시켰다.

락샤사는 제발 같이 갔으면 하는 눈치였지만, 차람은 꼬리가 달린 자들과 동행할 수 없다며 매정히 그들을 내쳤다.

항구를 떠난 밀수단은 전속력으로 배를 몰았다.

그리고는 추적자가 없는 것을 확인한 뒤에야 으슥한 강가에 수송선을 정박시키고 부상자를 챙겼다.

몇 명은 죽고, 라카를 비롯한 몇 명은 크게 다쳤다.

그것을 불행히 여기는 이들은 없었다. 아니, 오히려 블루 버드를 만나고도 무사히 도망칠 수 있었던 행운에 감사하는 이들이 대부분이었다.

때문에 차람의 얼굴은 무척이나 밝았다.

"특별히 도우려 한 것은 아니었다."

무뚝뚝한 루틴의 한마디에 차람의 환하던 표정에 그림자

가 드리웠다. 오러 블레이드를 자유자재로 구사하는 루틴
의 싸늘한 얼굴을 보니 절로 긴장감이 치솟았다.

"캬하하하! 원래 이 양반이 좀 무뚝뚝한 편이요. 형씨가
좀 양해해주쇼."

차람에게 위안을 준 것은 카잔의 설명이었다.

"아, 그러셨소?"

차람의 안색이 눈에 띄게 밝아졌다.

카잔은 재차 친근한 태도로 차람에게 말을 걸었다.

"그나저나 안되셨수다. 블루 버드가 떴으니 당분간은 장
사 못할 거 아뇨."

"뭐, 목숨이라도 건진 게 다행 아니겠소."

아쉽다는 듯 입맛을 다시길 잠시. 차람은 문득 생각났다
는 듯 입을 열었다.

"어쨌든 사정이 이렇게 돼서…… 원래 목적지까지 바래다
드리기는 힘들 것 같소."

"흐음, 그렇수?"

"블루 버드가 뜨면 잠수하는 게 철칙이잖소. 대신 최대한
가까운 곳까지 옮겨다드리리다."

"어디까지 말요?"

카잔의 질문에 차람은 입을 다물었다.

차람은 잠시간의 고민 끝에 슬그머니 얘기를 꺼냈다.

"혹…… 무법도시는 어떻소?"

루틴과 에를린는 의아해했다.

무법도시? 대체 거기가 어디지?

두 사람은 안면 가득 물음표를 그려냈다.

반면 카잔은 두 눈을 휘둥그렇게 뜨면서 놀라했다.

"무법도시? 거기까지 말이쇼?"

"뭐, 내키지 않으면 그 근처에 내려드리리다."

"아니, 이 몸이야 상관없지만…… 원래 외부인은 그곳에 데려가지 않는 게 철칙이잖소."

차람은 고개를 설레설레 내저었다.

"생명의 은인을 어떻게 외부인이라고 할 수 있겠소. 혹시라도 무슨 문제가 생기면 내가 다 책임질 테니 아무 걱정 마시오."

차람은 제 가슴을 탕탕 두드렸다.

카잔은 실실 웃으며 감사를 표했다.

"어이쿠, 이거 정말 고맙습니다그려."

"무슨 말을. 그럼 나는 가볼 테니, 푹 쉬시오."

차람은 씨익 웃으며 방을 나갔다.

에를린은 눈을 말똥말똥 뜨고 카잔에게 질문을 던졌다.

"무법도시라니, 거기가 어디죠?"

"흐음, 대개는 모릅지요. 현상범과 도둑과 밀수꾼의 소굴과 같은 곳이니 말입니다요."

카잔은 별것 아니라는 듯 어깨를 으쓱거렸다.

루틴은 그 대답을 듣고 노성을 터트렸다.

"그런 위험한 곳을 굳이 찾아가겠단 말이냐!"

"화내시는 이유는 알겠지만 진정하십쇼. 어쨌든 간에 거긴 지나쳐갈 수밖에 없는 곳이니까 말이요."

"뭐라고?"

카잔은 의아해하는 루틴에게 씨익 웃어 보였다.

뒤이어 팔짱을 낀 채 느긋하게 말했다.

"잘 생각해보쇼. 온갖 범죄자가 모여들 장소, 그러면서도 사람의 눈에 띄지 않을 장소, 도시 하나가 들어서도 모를 장소가 어디에 있을지 말이요."

"……설마?"

루틴은 미심쩍은 표정을 지었다.

카잔의 얘기를 듣고 생각나는 장소가 너무 터무니없는 곳이었기 때문이다.

"대수림 말인가요?"

"예입, 그렇습죠."

"그런 말도 안 되는……!"

루틴과 에를린은 벌어진 입을 다물지 못했다.

돌아오지 않는 자의 숲, 대수림.

너무나 위험하여 금역으로 지정된 그곳에 있는 도시라니!

말도 안 되는 소리였다.

카잔은 경악한 그들은 향해 어깨를 으쓱거렸다.

"뭐, 정확히 말하면 대수림의 입구쯤입죠. 아무리 막장 인생을 사는 인간들이라도 제 목숨은 소중한 법 아니겠습니까요. 어차피 사람들은 대수림 주변에 얼씬도 안 하니 그것만으로도 충분하고 말입죠."

터무니없기에 오히려 설득력이 있는 말이었다.

카잔은 거기에 간단히 설명을 덧붙였다.

"무법도시는 대수림의 1차 관문이라고 할 수 있는 곳입니다요. 그러니 밀수단에 얹혀서 갈 수 있다면 다행입죠."

"……이야기는 알아들었다."

루틴은 천천히 고개를 끄덕였다.

더불어 사나운 눈빛으로 카잔을 노려보았다.

"단, 그곳에서 무슨 일이 생기면 가만두지 않겠다."

심약한 이라면 심장이 멎을 만큼 오싹한 시선!

카잔은 두려워하기는커녕 씨익 미소 지었다.

에를린의 입이 열린 것은 그 순간이었다.

"루틴 경, 한 가지 부탁 좀 드려도 될까요?"

"예. 말씀하십시오, 아가씨."

루틴은 무겁던 기세를 깨끗하게 지웠다.

에를린은 그에게 방긋 웃어 보였다.

"혹시 감기약이 있는지 알아봐주시겠어요? 몸이 좀 으슬으슬한 게, 감기 기운이 좀 있는 거 같아서요."

루틴은 얼굴을 붉혔다. 에를린은 강에 빠져 의식까지 잃었던 몸이다. 당연히 자신이 알아서 건강을 챙겨야 했거늘, 그것을 까맣게 잊고 있었던 것이다.

"알겠습니다. 바로 구해오도록 하겠습니다."

"잘 부탁드려요."

에를린의 미소 덕분일까.

루틴은 용기백배해서 문을 박차고 뛰어나갔다.

카잔은 마물이라도 때려잡을 수 있을 듯한 루틴의 기세에 혀를 내둘렀다.

"허, 거 대단한 기사나립니다그려."

"유능한 분이에요. 솔직담백하기도 하고요."

"좋으시겠수다. 놀리기 적당한 상대라서."

"그럼요."

에를린은 당연하다는 듯 고개를 끄덕였다.

루틴이 이 대화를 들었다면 좌절하다 못해 아예 땅을 파고 들어갔으리라.

그녀는 낄낄거리는 카잔을 향해 방긋 미소 지었다.

"늑대 씨, 한 가지 물어볼 게 있는데요."

"응? 뭐 말씀이쇼?"

"이제 밀수단은 바로 무법도시로 향하는 건가요?"

"사람이든 짐승이든 천적이 뜨면 둥지로 도망치는 법 아니겠습니까요."

"과연 그렇군요."

에를린에게 그것은 진정 반가워야 할 소식이었다.

하지만 그녀는 미소를 잃었다. 더불어 물에 빠졌을 때보다도 창백한 얼굴로 카잔을 바라보았다.

마치 공포에 질린 듯한 모습이었다.

"……참 공교롭다고 생각하지 않나요?"

"뭐가 말씀이쇼?"

카잔은 고개를 갸우뚱거렸다.

에를린은 떨리는 목소리로 말을 이어갔다.

"대수림에 가기 위해서는 어차피 무법도시에 들러야 한다고 했죠. 하지만 무법도시는 쉽게 들어갈 수 있는 곳이 아니에요. 그렇죠?"

"뭐, 확실히 차람의 호의가 없었으면 고생 좀 했을 겁니다요."

"……결국 늑대 씨 말이 맞았군요. 밀수단과 동행하는 게 대수림으로 가는 가장 빠른 길이라는 거요."

"캬하하하! 이 몸의 선택은 언제나 옳습죠."

에를린은 바짝 마른입을 침으로 적셨다. 의기양양해 있는 카잔에게 본론을 꺼내기 위해서였다.

"원래대로라면 차람은 우리를 무법도시까지 데려가지 않았겠죠?"

외부인은 데려가지 않는 것이 철칙이니까.

"혹시나 데려가더라도 밀매를 하느라 시간을 지체했을

거예요."

밀수품을 팔아넘기는 것이 더 중요하니까.

"갑자기 블루 버드가 습격하지만 않았다면 분명 그렇게 됐겠죠."

누군가가 마약 거래의 정보를 알려줬으니까.

에를린은 대답을 기다리지 않았다. 카잔으로부터 무슨 대답이 나올지 모른다는 두려움, 아니, 그 대답을 알고 있기에 더욱 절실한 공포가 그녀를 조급하게 만들고 있었다.

그녀는 전력을 다해 마지막 질문을 쥐어짜냈다.

"당신인가요?"

대답은 없었다.

뜻을 이해 못 했다고 생각되지는 않았다.

대답하기 곤란하다고 느껴지지도 않았다.

불쾌해하는 중이라고 여겨지지도 않았다.

왜냐하면 카잔은 유쾌하게 웃고 있었기 때문이다.

에를린은 죄를 들킨 죄인이라기보다는 장난을 들킨 개구쟁이 같은 카잔의 미소를 보며 몸을 떨었다.

오늘 일로 많은 이들이 죽고 다쳤다.

그 근본적인 원인이 에를린이 좀 더 빠르고 은밀하게 대수림으로 가기를 원했기 때문이라는 것만 해도 충격이었다.

하지만 에를린을 두렵게 하는 점은 그게 아니었다.

블루 버드와 밀수꾼을 아무런 거리낌 없이 이용해버리고,

그 사실이 발각됐음에도 죄책감 따위는 조금도 보이지 않는 카잔의 미소가 그녀를 떨게 만들었다.

카잔은 가벼운 웃음 속에 입을 열었다.

"아가씨, 이 몸은 추색탐험전문가올시다. 의뢰받은 물건은 수단 방법을 가리지 않고 구해오는 사람이라는 말입죠."

카잔의 목소리는 그 미소만큼이나 유쾌했다.

하지만 에를린은 오히려 어깨가 무거워지는 것을 느꼈다.

"아가씨께서 무슨 대답을 기대하시는지는 모르겠습니다요. 다만 분명히 말씀드릴 수 있는 건, 이 몸은 한 번 받은 의뢰는 무슨 일이 있어도 해낸다는 겁지요."

그러니까 상관하지 말라고.

자신이 누구를 이용하든지.

어떠한 범죄를 저지르든지.

귀를 틀어막고 침묵하라고.

"중요한 건 그것뿐입죠. 안 그렇습니까요?"

카잔은 언제나와 같이 싱글벙글 웃으며 말했다.

허나 그 푸른 눈동자는 너무나 차가워, 영혼조차 얼려버릴 것만 같았다.

에를린이 카잔을 앞에 두고 할 수 있는 일은 하나.

힘없이 고개를 숙이는 것뿐이었다.

CHAPTER

4

1.

잔디르 후작가.

유구한 역사를 자랑하는 그 명가의 밀실에 한 사내가 무릎 꿇고 있었다.

"……죄송합니다."

의자에 앉아 있던 노인은 눈을 치켜떴다.

자글자글한 주름, 고목같이 비쩍 마른 몸 등, 오늘 당장 관에 들어가더라도 이상하지 않을 외양. 그러나 눈빛만은 더없이 형형하게 빛을 내며 눈 아래의 사내, 카야를 압박하고 있었다.

"이런 쓸모없는 것 같으니!"

노인의 카랑카랑한 목소리가 밀실에 울려 퍼졌다.

"고작 젖비린내 나는 계집과 애송이 하나도 찾아내질 못하다니!"

사나운 다그침 앞에 카야는 침묵했다.

입이 열 개라도 할 말이 없었기 때문이다.

노인은 매섭게 카야를 노려보다가 마지못해 입을 열었다.

"보고해라."

"……노링턴 영지로 향한 것까지는 확인했습니다. 하지만 그 이후의 종적은 일체 찾을 수 없었습니다."

노인은 미간을 찌푸렸다. 작금의 사태는 분명히 예상을 넘어선 일이었다.

"이유는?"

노인의 목소리에 더 이상 흥분은 없었다. 과거 자신을 철혈이라 불리게 했던, 그 냉정함을 되찾은 것이다.

카야는 나지막하면서도 분명하게 답했다.

"아무래도 전문가를 고용한 것 같습니다."

"전문가라고?"

"예. 추색탐험전문가와 접촉한 것을 확인했습니다."

정보를 찾아내는 건 카야에게 어렵지 않았다. 백작과 내기를 했던 카잔에 대한 소문은 영지 어디서나 들을 수 있었으니까.

노인의 미간이 좁혀졌다. 추색탐험전문가라는 개뼈다귀 같은 소리는 처음 들어봤지만 그 의미는 충분히 짐작할 수 있었다.

"실력은?"

"초일류입니다. 잘 알려지진 않았지만 그쪽 방면에서는 손에 꼽히는 실력자인 듯싶습니다."

"그래서! 고작 부랑자 하나 때문에 그 계집을 찾지 못했다고 변명하는 것이냐?"

노인은 오연함이 물씬 묻어나는, 그러나 더없이 자연스럽게만 느껴지는 태도로 다그치듯 물었다.

"……드릴 말씀이 없습니다."

노인은 사나운 눈으로 카야를 노려보았다.

뒤이어 가볍게 혀를 차며 혼잣말을 중얼거렸다.

"쯧! 천한 계집이 나름대로 수를 쓰는군."

더없이 못마땅한 어조였다.

고작 사람 하나를 더했을 뿐이다. 듣도 보도 못한 분야의 전문가란다. 노인의 입장에서 보자면 천한 것들의 허세일 수밖에 없다.

한데 결과가 달갑지 않다. 천한 것의 재주가 후작가의 눈을 뿌리쳐낸 것이다.

"가능하다고 보느냐?"

앞뒤를 잘라낸 질문.

하지만 카야의 대답에는 망설임이 없었다.

“불가능한 일입니다.”

본디 섣부른 확답을 하지 않는 카야다. 그러나 지금의 목소리에는 확신이 넘쳤다.

“그들이 가려는 곳은 대수림입니다.”

스스로에게 되뇌듯 카야는 한마디를 덧붙였다.

“맞다, 그곳은 대수림이지.”

대답은 그것으로 충분했다. 대수림이 괜히 ‘돌아오지 않는 자의 숲’이라고 불리는 것이 아니다. 노인은 누구보다 그 사실을 잘 알고 있었다.

왜냐하면 그 자신 또한 대수림에 도전해봤으니까.

물론 그 결과는 처참한 실패였다. 아무리 뛰어난 기사도, 마법사도, 암살자도 대수림에서 살아 돌아오지 못했다.

헌데 고작 한 명이 더해진다고 결과가 달라질까?

설령 그로 인해 자신의 눈을 피했다 해도…… 성공에 대한 가능성을 논하는 것은 무의미했다.

“그런데…… 한 가지 이상한 소문이 있습니다.”

“무슨 소문 말이냐?”

노인은 미간을 살짝 찌푸렸다.

자신에게 감히 제대로 된 정보도 아닌 소문 따위를 보고하다니?

“아직 출처를 밝혀내진 못했사오나…….”

"네가 지금 나랑 장난을 치자는 것이냐?"

노인의 매서운 질책에 카야는 결국 황망히 소문의 내용을 꺼내 들었다.

"대수림에 '비보'가 있다는 소문입니다."

"무어라!"

노인은 자리에서 벌떡 몸을 일으켰다. 카야의 보고는 그만큼 놀라운 것이었다.

"어찌 그런 소문이 나돈다는 말이냐!"

"단지 우연히 퍼진 헛소문일 수도 있습니다."

"말도 안 되는 소리!"

"……."

카야는 침묵할 수밖에 없었다.

비보가 대수림에 있다는 사실은 오직 후작가만이 알고 있던 비밀. 설령 헛소문이라도 그 소문이 퍼진 이상 후유증은 심각할 터였다.

"하필이면 왜 이 시기란 말인가?"

노인은 초조하게 좌우를 오갔다.

만약 헛소문에 현혹된 이들이 대수림에 모인다면?

누군가 운 좋게 비보를 가지고 생환하고, 에를린이 그것을 손에 넣게 된다면?

물론 가능성은 지극히 낮았다.

그럼에도 노인은 만약을 생각할 수밖에 없었다. 오랜 세

월의 연륜이 끊임없이 불길함을 이야기하고 있었으니까.

짧은 생각 끝에 노인이 주름진 입술을 벌렸다.

"그림자단을 움직여라."

"……!"

카야는 흠칫했다.

고작 닭 한 마리 잡기 위해 집안의 기둥뿌리를 뽑아서 휘두르더라도 이보다 놀랍지는 않았으리라.

노인은 카야에게 카랑카랑하게 말했다.

"그림자단을 데리고 대수림을 감시해라. 그리고 만에 하나라도 그 계집이 비보를 찾아오는 데 성공한다면……."

노인은 순간 입을 다물었다.

잠시 뒤, 내씹는 듯한 음성이 이어졌다.

"계집을 죽이고 비보를 가져와라."

"그것은……!"

"갈!"

노인은 대갈했다.

그리고 무시무시한 눈으로 카야를 노려보았다.

"네가 언제부터 내 말에 토를 달게 되었느냐! 개 새끼 따위가 감히 주제를 잊고 사람 말을 하려고 들어?"

비루한 거지라도 화를 낼 만큼 더없는 모욕.

하지만 카야는 그것을 듣고 그대로 바닥에 이마를 박았다.

쿵!

"무례를 용서하십시오."

대체 얼마나 세게 부딪친 것일까. 카야의 이마에서 흘러나
온 핏방울이 바닥을 붉게 적셨다.

노인은 괘씸한 눈으로 카야를 노려보았다.

이윽고 그의 입에서 얼음처럼 싸늘한 목소리가 흘러나왔
다.

"당장 시행해라. 차질을 빚으면 용서치 않겠다."

"알겠습니다."

"물러나라."

말을 마친 노인은 시선을 거뒀다. 용무가 끝난 이상 꼴
도 보기 싫다는 태도였다.

카야는 터진 이마에도 아랑곳하지 않은 채 조용히 몸을
일으켜 밀실을 빠져나갔다.

홀로 남은 노인은 사납게 시근거렸다.

"한낱 잡종 따위가 어디서 감히……!"

철저한 경멸과 거친 분노가 담긴 음성.

노인은 그 끝에 몇 가지 욕설로 분노를 풀어냈다.

그리고 한참 뒤에야 냉정을 되찾고 깊이 생각에 잠겨들었
다.

'이로써 조치는 취했다.'

에를린이 비보를 찾더라도 상관없다.

그림자단은 후작가의 숨겨진 힘.

아무리 루틴이라도 그림자단을 상대로 에를린과 비보를 지켜내는 것은 불가능하다.

무엇보다, 그녀가 가는 곳은 돌아오지 않는 자의 숲이었다.

'넌 성공할 수 없다. 절대로!'

노인은 새삼스러운 확신 속에 안도감을 느꼈다. 찜찜한 게 있다면 결국 에를린의 죽음을 명했다는 것 정도일까.

쫘악.

주름진 손이 마음을 다잡듯 의자를 움켜쥐었다.

"비천한 첩년의 자식 따위에게 가문을 물려줄 수는 없지. 암!"

깊은 자부심과 지독한 고집.

노인은 두 비틀림을 담아 혼잣말을 중얼거렸다.

2.

"무법도시라고요?"

"그래."

"……혼란도시라고 하는 게 낫겠는데요."

"캬하하핫! 뭐, 그렇게 부르는 사람도 있지."

에를린은 떨떠름한 표정으로 창밖을 내다보았다.

허름한 목조건물 옆엔 번듯한 석조건물이 있다. 드넓은 대로 한가운데 고목과 잡초가 무성하다. 아무것도 없는 공터의 한가운데가 위로 불쑥 들리더니 지하로 통하는 문이 드러나며 수많은 이들이 우르르 쏟아져 나온다.

온갖 무질서의 도시.

그것이 무법도시에 대한 에를린의 평가였다.

카잔은 킬킬거리다가 맞은편의 차람을 돌아보았다.

"여기까지 데려다줘서 고맙수다, 차람. 게다가 식사 대접까지 해주고 말이요."

"뭐, 그렇게 고마워할 필요는 없소."

차람은 어깨를 으쓱거렸다.

무법도시에 도착했을 무렵 차람은 은인에게 제대로 된 식사 대접을 할 기회를 달라고 부탁해왔고, 카잔은 흔쾌히 차람의 부탁을 받아들였다.

덕분에 일행은 그럴듯한 식당에서 요리가 나오기를 기다리는 중이었다.

"요리 나왔습니다."

식탁에 앉아 기다린 지 얼마나 지났을까.

에를린은 식탁에 나온 음식을 보고 침을 삼켰다.

향긋한 버섯 수프, 따끈한 흰 빵, 구수한 닭구이.

후작가의 영애가 침을 삼킬 만한 음식은 아니었지만, 한

참 제대로 된 식사를 못 한 여행자에게는 더없는 만찬이었
다.

"틴, 저 무법도시가 좋아질 거 같아요."

"……."

에를린의 말에 루틴은 침묵을 지켰다.

고작 이런 걸 가지고 감격하는 에를린 때문이 아니라, 무
심코 군침을 삼켜버린 스스로에 대한 혐오감 때문이었다.

카잔은 낄낄 웃으며 앞장서서 요리에 손을 댔다.

"캬하, 이게 얼마 만에 제대로 된 식사냐."

"그러게요."

"……후의는 고맙소."

식사는 상당히 떠들썩하게 진행되었다.

카잔은 닭고기를 씹으며 일품요리라고 떠들어댔다.

에를린은 정신없이 수프를 떠 마셨고, 점잖은 루틴조차
빵을 뜯어먹는 손길은 번개 같았다.

차람이 입을 연 것은 접시가 텅 비었을 무렵이었다.

"이제 어떻게 하실 거요?"

카잔은 차람의 질문을 듣고 턱을 긁적였다.

"뭐, 당분간은 무법도시에 머무를까 싶수. 어차피 급한 일
도 없으니 말요."

"호오, 그렇소?"

에를린과 루틴은 의아한 표정을 지었다.

138

급한 일이 없다니?

이게 무슨 기사가 차크라 수련하는 얘긴가?

차람은 반대로 눈을 빛내며 넌지시 물었다.

"어디 머물 데는 있으시오?"

"이제야 도착했는데 뭘 알겠수. 차차 알아봐야지."

차람은 카잔의 말에 어쩐지 희희낙락했다.

오히려 머물 데가 있다고 했다면 실망했을 것이다.

천하의 차람이 어째서 직접 식사 대접까지 했을까? 다 그만한 이유가 있어서 그런 것이었다.

"그럼 우리 본거지에서 머무는 건 어떻소?"

"흠? 무슨 말씀이쇼?"

"뭐, 이래저래 빚이 있으니 말이오. 그다지 좋은 곳은 아니지만, 적어도 대접은 확실하게 해드리리다."

루틴은 미간을 찌푸리며 사양을 하려 했다.

문제는 카잔이 그보다 한발 앞서 대답해버렸다는 것이다.

"차람께서 그렇게까지 말씀하시는데 사양하는 건 도리가 아닙죠. 당분간 잘 부탁드립니다요."

"하핫! 역시 형씨랑은 말이 잘 통해서 좋소!"

"캬하하! 이 몸이 한 말빨 하는 편이요."

루틴은 발끈하며 일어나려 했다.

하지만 에를린이 발을 툭 건드리자 앓는 소리와 함께 힘을 뺄 수밖에 없었다.

차람과 카잔이 왁자지껄하게 떠들며 술까지 마음껏 퍼마셨기 때문에 식사는 그 뒤로도 길게 이어졌다.

루틴은 소화불량을 앓으며 그 모습을 지켜봤다.

차람이 그들을 본거지로 안내한 것은 해가 저물 무렵이었다.

숙소는 생각보다 넓고 깨끗했다. 차람이 부하들을 두드려가며 청소를 시켜둔 덕분이었다.

에를린은 침대가 있다는 것만으로도 행복해했다.

루틴은 카잔을 마음껏 족칠 수 있는 장소라는 데 만족했다.

"네놈, 대체 무슨 생각이냐!"

"켁! 자, 잠깐. 목은 놓고 얘기하십시다요!"

루틴은 카잔의 멱살을 붙잡고 들어 올렸다.

오러 수련자의 괴력 탓에 카잔의 몸뚱어리는 인형처럼 가볍게 흔들렸다.

카잔이 질식사의 위협에서 벗어난 건 잠시 뒤였다.

"크헥, 거 성질도 급하십니다그려. 첫날밤 침대에서도 이러시다간 신부 죽겠습니다그려."

"진짜 급하다는 게 뭔지 알고 싶으냐?"

"에구구, 그건 다음 기회로 미룹죠."

카잔은 능청스럽게 웃으며 뒤로 물러났다.

그리고 어깨를 으쓱거렸다.

"나리께서 서두르고 싶은 심정이야 알지만서도, 일에는 순서라는 게 있는 법 아니겠습니까요."

"대체 그게 이 일과 무슨 상관이란 말이냐!"

루틴은 버럭 고함을 내질렀다.

에를린은 침대에서 뒹굴거리다가 고개를 들었다. 카잔의 말에 담긴 미묘한 뜻을 파악했기 때문이다.

"무법도시에 머물러야 할 이유가 있는 건가요?"

"뭐, 비슷한 겁니다요."

"뭔지 말하기 힘든 건가 보네요."

에를린은 턱을 괸 채 고민에 잠겼다.

무법도시에서 준비해야 할 게 대체 뭔지는 몰라도 카잔이 굳이 이곳에서 시간을 지체하는 데에는 나름대로 이유가 있을 것이다.

이유야 뭐든 상관없지만 꼭 물어봐야 할 건 있었다.

"늑대 씨, 그럼 출발은 언제 할 거죠?"

"준비되는 대로 떠나얍죠."

"그 떠나는 게 언제냐고 묻고 있는 건데요."

"그 떠나는 게 준비되는 대로라고 말씀드리는 겁니다요."

에를린은 한 차례 눈을 깜빡거렸다.

잠시 후, 그녀는 미심쩍은 표정을 지었다.

"늑대 씨도 모른다고요?"

"그런 셈입니다요."

카잔은 낄낄거리며 대답했다.

루틴은 말도 안 되는 대답에 발끈했다.

에를린은 다시 카잔의 멱살을 붙잡고 흔들어대려는 루틴을 제지했다.

카잔은 그들에게 히죽히죽 웃어 보였다.

"걱정 마십쇼. 그리 오래 걸리지는 않을 겁니다요."

"……왠지 걱정이 더 되는데요."

에를린은 카잔의 얼굴에 맺힌 장난기 어린 미소를 보며 한숨을 내쉬었다.

3.

차람은 기분이 좋았다.

카잔 일행에게 밀수단의 본거지를 숙소로 내준 데는 숨은 의도가 있다.

수련자란 특수한 비전에 따라 혹독한 수련을 거쳐야만 될 수 있는 존재로, 각자가 익힌 비전에 따라 상상을 초월하는 능력을 발휘할 수 있다.

특히 상급 수련자라면 세상에 보기 드문 인재!

'흐흐흐, 만약 그 녀석을 우리 조직에 끌어들일 수만 있다

면…….'

차람은 회심의 미소를 지었다.

루틴을 영입한다면 앞으로 블루 버드를 걱정하지 않고 마음껏 밀수를 할 수 있다.

어디 그뿐이겠는가!

잘 이용하면 다른 밀수단을 차례대로 흡수하거나, 아예 무법도시의 통일까지도 노려볼 만하다.

'내가 모든 범죄 조직의 두목이 될 수 있다는 거지.'

"크하하하하!"

"차람, 꽤 즐거워 보이십니다."

차람은 웃음을 터트리다가 어느새 나타난 라카를 보고 찔끔했다.

"커흐흠. 왔으면 기척 좀 내지 그랬냐."

"다섯 번쯤 불렀습니다."

"……다음부터는 열 번쯤 불러라. 좀 더 크게."

"알겠습니다."

라카는 선선히 고개를 끄덕였다.

차람은 라카의 어깨에 감긴 붕대를 힐끔 보았다.

"몸은 좀 괜찮냐?"

"전혀 안 괜찮습니다."

"……넌 예의상으로라도 좀 괜찮다고 말해봐라."

"차람, 안 괜찮은 건 안 괜찮은 겁니다."

라카는 덤덤하게 대답했다.

블루 버드에게 입은 부상 때문에 차크라도 쓰기 힘든 상태로 무법도시를 돌아다녔으니, 상태가 악화되면 악화됐지 괜찮아졌을 리가 없었다.

어쨌든 무리한 성과는 있었다.

"마약을 제외한 밀수품은 다 처리했습니다."

"그래?"

차람은 라카가 내민 서류를 받아 들었다.

서류에는 온갖 거래 내역이 정리돼 있었다.

"보자…… 값은 괜찮게 받았군."

"블루 버드의 정보값으로 바가지를 씌웠습니다."

"잘했다."

차람은 만족스럽게 고개를 끄덕였다. 무법도시의 범죄자란 어차피 서로 등쳐먹는 관계. 서로를 속여도 인정을 받으면 받았지 욕을 먹는 일은 없었다.

차람은 서류를 훑어보며 대충 물었다.

"뭐, 그 외에 별일은 없고?"

별로 기대도 안 한 질문에 대한 대답은 뜻밖의 것이었다.

"차람, 요즘 무법도시가 시끄럽습니다."

"엉? 그건 뭔 소리냐?"

차람은 서류를 손에서 놓고 라카를 바라보았다.

라카는 밀수품을 매매하며 얻은 정보를 말했다.

"이상한 떨거지들이 무법도시로 모여들고 있습니다."

"떨거지라니? 블루 버드 같은 새끼들?"

"보물사냥꾼들이랍니다."

"……뭐?"

차람은 황당한 표정을 지었다.

무법도시에 보물사냥꾼이라니? 살다 살다 이렇게 해괴한 소리는 처음이었다.

라카는 다 이해한다는 듯 고개를 끄덕였다.

"대수림에 잔디르의 비보가 있다는 소문이 돌고 있답니다."

"허? 잔디르의 비보라고?"

"그렇습니다. 헛소문 같지만 무시하긴 힘듭니다."

"흐음…… 그건 그렇군."

차람은 턱을 쓰다듬었다.

대수림은 인간의 발이 닿지 않는 금역.

잔디르의 비보가 묻혀 있더라도 전혀 이상할 것 없는 장소였다.

"일단 그 소문 좀 더 자세히 알아봐."

"차람, 별로 소용없을 겁니다."

"나도 알아, 새꺄! 그냥 시키는 대로 해!"

"알겠습니다."

라카는 어깨를 으쓱거리고 방을 나갔다.

혼자 남은 차람은 팔짱을 끼고 생각에 잠겼다. 헛소문일 가능성도 높지만 명색이 대륙십대비보 중 하나가 코앞에 있다는데 무시할 수도 없는 노릇이었다.

'그 녀석을 영입하고 비보까지 손에 넣으면…… 흐흐흐.'

차람의 야망은 끝도 없이 부풀어가고 있었다.

CHAPTER
5

1.

일행이 무법도시에 머문 지 열흘이 지났다.

열흘 사이 무법도시에는 많은 사건이 벌어졌다. 비보를 찾아온 군중은 대수림에 들어가기 위해 호시탐탐 무법도시에 숨어들어 왔다. 복잡한 지형과 미로 같은 길 때문에 대수림으로 들어가기 위해서는 무법도시를 지나가는 수밖에 없었기 때문이다.

허나 무법도시는 온갖 범죄자들의 본거지!

범죄자들은 군중의 침입을 결코 두고 보지 않았다. 처음 무법도시에 접근한 군중은 하나같이 시체가 되어 숲 속에 버려졌고, 운이 좋은 몇 명만 겨우 도망쳐 나올 수 있었다.

군중은 그래도 비보를 포기하지 않았다. 비보를 찾아온 자들의 숫자는 시간이 갈수록 늘어났고, 결국 수십 명씩 무리를 이뤄 무법도시를 공략하기 시작했다.

분쟁은 그렇게 시간이 흐를수록 커져갔다.

하여 열흘이 지난 지금, 무법도시의 앞에는 수백 명이 넘는 군중과 범죄자들이 대치하고 있었다.

"미친놈들, 죽고 싶어 환장했구나!"

루바란은 나무 성문 위에서 욕지거리를 내뱉었다.

무법도시의 치안을 책임지는 조직, 블랙 하운드(Black-hound)의 대장 루바란으로서는 그저 황당할 뿐이었다.

아무리 보물에 눈이 멀었어도 천하의 무법도시에 싸움을 걸어오다니!

뭐 저런 것들이 다 있냐는 게 루바란의 심정이었다.

"개새꺄! 그냥 좀 지나가자는데 다짜고짜 칼질하는 건 무슨 경운데!"

군중 또한 열 받기는 마찬가지였다.

무법도시에서 죽은 군중의 숫자만 벌써 백 수십이다. 성벽을 넘어가려고 한 경우야 그렇다 쳐도, 그중 태반이 문지기에게 말 좀 걸어봤다가 골로 간 경우였으니 분노하지 않을 수 없었다.

"덤벼! 내장을 끄집어내서 리본 묶기를 해주겠다!"

"네가 내려와, 새꺄! 누구보고 오라 가라야!"

오가는 욕설 속에 원한은 갈수록 커진다.

루바란은 이마에 핏발을 세웠다. 웬만하면 블랙 하운드의 힘만으로 처리하고 싶었지만, 일이 이 지경이 된 이상 이것저것 가릴 때가 아니었다.

"모든 조직에 포고문 돌려!"

"예!"

블랙 하운드에는 각 조직에 협조를 요청할 권리가 있다. 협조하는 것은 각각의 자유지만, 루바란은 90퍼센트 이상의 조직이 요청에 응하리라 확신했다.

"그리고 아자라타를 불러라."

"……예?"

루바란의 부하는 입을 따악 벌렸다.

뿐만 아니라 주변의 모든 이들이 눈을 부릅뜨고 루바란을 바라보았다. 아자라타 역시 라운칼크에서 비롯된 칭호로, 암살 조직의 수장에게만 붙는 은어다.

그리고 이 무법도시에서 아자라타라면 단 한 명뿐이었다.

"나라샤 님을 말씀이십니까?"

"그래. 부탁할 일이 있다고 전해라."

"하, 하지만……."

부하는 차마 말을 잊지 못했다.

루바란은 눈을 시퍼렇게 빛내며 사납게 말했다.

"이건 이미 전쟁이다. 전쟁터에서 이것저것 따지면 어떻게 되는지 모르나?"

"알고 있습니다."

"그럼 당장 움직여!"

"예!"

부하는 후다닥 달려 나갔다.

루바란은 남은 부하들에게 눈을 부라렸다.

"뭐 하나? 빨리 포고문 돌리라니까!"

"예, 옙!"

부하들은 화들짝 놀라 여기저기 튀어갔다.

루바란은 군중을 노려보며 이를 빠득 갈았다.

"지옥 무서운 줄 모르는 놈들! 무법도시가 어떤 곳인지 똑똑히 알려주마."

루바란의 포고문은 금세 퍼져나갔다.

마약 조직, 사기 조직, 인신매매 조직 등등……. 무법도시의 수많은 범죄 조직은 블랙 하운드의 협조 요청을 기꺼이 받아들였고, 그것은 밀수단 또한 마찬가지였다.

"이 새끼들이 주제를 모르고 깝죽거려?"

차람은 포고문을 들고 이를 갈았다. 무법도시에 있는 범죄 조직에게 이것은 망설일 필요 따위가 없는 선택지였다.

잠시 후, 차람의 우렁찬 외침이 터져 나왔다.

"애들 모아! 그 잡것들 족치러 간다."

"알겠습니다."

라카는 곧장 밀수꾼들을 모으러 갔다.

차람 또한 도끼를 챙겨 들고 싸움을 준비했다.

뜻밖의 손님이 찾아온 것은 그 무렵이었다.

"차람, 뭔 일 있수?"

카잔은 어슬렁거리며 차람에게 다가왔다. 워낙 대대적으로 움직이다 보니 일행이 머무는 숙소까지 소란이 들렸던 것이다.

"아, 형씨 오셨소."

차람은 반갑게 카잔을 맞이했다. 안 그래도 일행을 찾아가려던 참이었다.

"웬 침입자들이 무법도시에 쳐들어와서 말이오. 아무래도 애들 데리고 싸우러 가야 할 거 같소."

차람은 은근슬쩍 카잔의 눈치를 살폈다. 힘을 빌려달라는 의도가 고스란히 드러나는 태도였다.

루틴이 도움을 주면 무법도시에서 밀수단의 주가를 올릴 수 있다. 더불어 앞으로 루틴을 회유하기도 훨씬 쉬워질 터!

카잔은 머리를 긁적거렸다.

"이거 고생이 많으십니다그려. 이 몸은 싸운다는 소리만 들어도 몸서리가 쳐지는데 말요."

"뭐, 이쪽 일이라는 게 원래 그런 거니 말이오."

차람은 별것 아니라는 듯 으쓱거렸다.

카잔은 감탄한 표정으로 고개를 끄덕였다.

"하기는. 차람에게 이 정도야 식후 운동거리겠수다."

"으하핫! 그야 당연한 일 아니겠소!"

차람은 우쭐하며 웃었다. 이러니저러니 해도 칭찬을 싫어하는 사람은 없다. 특히 힘과 싸움은 차람에게 최고의 자랑거리였다.

카잔은 문득 걱정스럽다는 듯 말했다.

"그래도 꼭 직접 싸우러갈 필요 있수? 다칠 수도 있잖소."

"어허, 날 뭐로 보고 하는 소리요."

차람은 가슴을 펴며 당당하게 말했다.

카잔은 머리를 긁적거리며 고개를 끄덕였다.

"이거 이 몸이 괜한 걱정을 한 거 같수다."

"내 걱정은 하지 말고, 형씨는 그냥 일행이랑 같이 푹 쉬고 계시오."

차람은 자신만만하게 밖으로 걸어 나갔다. 어느새 본래의 용건을 까맣게 잊어버린 모습이었다.

카잔은 그 뒷모습을 보며 고개를 가로저었다.

"……거 무지 단순한 형씨구만."

고작 조금 띄워줬다고 저런 모습이라니. 밀수단의 두목치고는 참 단순명쾌한 성격의 차람이었다.

"뭐, 덕분에 편해졌지만서도."

카잔은 어깨를 으쓱거리고 걸음을 옮겼다.

거의 모든 조직이 블랙 하운드의 포고문을 받고 몰려간

덕분에 정작 무법도시 내부는 한산하게 비어 있었다.

때문에 카잔은 유유자적하게 목적지 도착했다.

"한산해서 좋네그려."

카잔은 블랙 하운드의 본부를 앞두고 히죽 웃었다.

모든 조직원을 동원한 블랙 하운드의 본부는 썰렁하다 싶을 정도로 심하게 비어 있었다.

설마 이 난리통에 블랙 하운드의 본부를 찾아오는 미친 놈이 있을 거라고는 예상하지 못한 것이 루바란의 실수 아닌 실수였다.

"보자, 그게 어디에 있으려나?"

블랙 하운드의 본부를 뒤지고 다니길 잠시.

카잔은 어떤 지하실의 철문 앞에서 걸음을 멈췄다.

"흐음, 여기려나?"

철문에는 제법 복잡한 자물쇠가 걸려 있었다.

하지만 카잔이 가느다란 철사를 꺼내 자물쇠를 쑤시자 철문은 허무할 정도로 간단하게 열렸다.

"이야아, 멋진 꽃밭이구만."

카잔은 지하실의 광경을 보고 휘파람을 불었다.

지하실에 있는 것은 하얀 꽃밭이었다.

백합과 비슷하면서도 훨씬 우아한 향기를 풍기고 있는 순백색 꽃은 누구라도 혹할 정도로 아름다워 보였다.

마약화 루다아르네!

단 한 송이로 백 명을 중독시킬 정도의 최고급 마약을 생산할 수 있는 저주의 꽃이었다.

때문에 무법도시의 범죄자들은 루다아르네를 금덩이보다 귀하게 여겼고, 루다아르네 한 송이 때문에 살인까지 불사했다.

분쟁이 커지자 범죄자들은 한 조직을 만들었다.

그리고 루다아르네의 관리를 맡김으로써 무법도시의 분쟁을 해결할 수 있도록 했으니, 그것이 바로 블랙 하운드의 시작이었다.

"룰루루, 룰루루."

카잔은 콧노래를 흥얼거리며 준비한 화분을 꺼냈다.

루다아르네를 옮겨 심는 데는 오래 걸리지 않았다.

"쩝, 이거 아깝네그려."

카잔은 남은 루다아르네를 보며 입맛을 다셨다.

이 정도 양의 루다아르네를 돈으로 환산하면 국가예산급이라고 해도 과언이 아니다. 누구나 욕심을 낼 보물인 것이다.

"뭐어, 어쩔 수 없지. 일은 일이니……."

카잔은 벽에 걸린 램프를 집어 들었다.

아깝다는 혼잣말과는 달리 램프를 꽃밭에 던지는 손짓은 거침없었다.

쨍그랑.

화르르륵!

램프의 불길은 순식간에 꽃밭에 퍼졌다.

카잔은 이글거리는 불길 사이에서 현란하게 휘날리는 루다아르네의 꽃잎을 물끄러미 지켜보았다.

불길을 주시하는 푸른 눈은 오싹할 만큼 무심했다.

카잔은 모든 루다아르네가 불탄 것을 확인한 뒤에야 히죽 웃으며 블랙 하운드의 본부를 빠져나갔다.

"불이다! 불이야!"

"뭐야? 저긴 어디야?"

"맙소사, 블랙 하운드 본부다!"

"뭐, 뭐? 안 돼!"

"꺼! 어서 꺼!"

소란은 금방 퍼져나갔다.

정문으로 모여든 범죄자들은 블랙 하운드의 본부가 불타는 것을 보고 눈이 튀어나올 만큼 기겁했다. 루다아르네는 그들 모두의 보물이요, 무법도시의 생명줄과 같았기 때문이다.

범죄자들은 정문조차 제쳐둔 채 우르르 달려들었다.

"놈들이 도망쳤다!"

"지금이 기회야!"

군중은 그 기회를 놓치지 않았다. 그들은 범죄자들이 사라진 성문을 가볍게 넘어 무법도시로 침범해 들어왔다. 그리고 대수림과 이어진 도시 뒤쪽을 향해 질주하기 시작했다.

갑작스러운 화재에 이은 군중의 침입. 무법도시는 두 악재 때문에 순식간에 아수라장이 되었다.

카잔은 그 혼란을 틈타 숙소로 돌아왔다.

에를린과 루틴은 짐마차에 앉아 카잔을 기다리고 있었다.

"여어, 별일 없으셨수?"

"별일은 없었지만…… 대체 무슨 일을 하고 온 거예요?"

에를린은 묘한 눈으로 카잔을 바라보았다.

카잔의 말대로 출발 준비를 하고 기다리니 이런 대혼란이 일어났다. 대체 무슨 짓을 벌인 건지 궁금해지는 것도 당연했다.

"뭐, 아가씨가 신경 쓰실 만한 일은 아닙니다요."

"그래도 알고 싶은데요."

"아가씨 체중을 말씀해주시면 알려드립지요."

"됐네요."

에를린은 실소했다.

루틴은 사납게 성을 냈다.

"놈! 대체 언제 출발할 셈이냐?"

"캬하하하! 너무 성내지 마십쇼, 나리. 안 그래도 출발하려던 참이었습니다요."

카잔은 씨익 웃으며 마부석에 걸터앉았다.

그리고 문득 생각났다는 듯 뒤를 돌아봤다.

"아, 좀 흔들릴 수도 있으니 양해해주십쇼."

두 사람은 간단히 고개를 끄덕였다. 상황이 상황인 만큼 마차가 흔들리는 것 정도는 어쩔 수 없다는 생각이었다.

"자아, 어르신! 힘 좀 써주셔야겠습니다요."

카잔은 씨익 웃으며 고삐를 움켜쥐었다.

짐마차를 달고 있던 노마는 슬쩍 고개를 돌려, 얼마나 힘을 써야 하냐고 묻는 듯이 카잔을 바라보았다.

대답은 명쾌했다.

"당연히 전력질주입지요."

푸르릉.

노마는 한숨을 내쉬듯 고개를 숙였다.

이윽고 몇 차례 발을 구르다가 힘차게 발굽을 내디뎠다.

쿠웅!

에를린은 노링턴 영지로 돌아온 듯한 착각을 느꼈다. 말굽 소리라고는 생각되지 않는 묵직한 굉음과 부르르 진동하는 대지 때문이었다.

"늑대 씨, 아까 그 말……."

취소하고 싶은데요…… 라는 뒷말이 채 이어지기도 전.

노마의 질주가 시작됐다.

"히히히히힝!"

대체 어디서 그런 힘이 나온 것일까.

노마는 무시무시한 힘으로 짐마차를 이끌고 뛰어나갔다.

두두두두두두두!

"뭐야, 저…… 크엑!"

"저, 저 새끼들 뭐야?"

"미친 말이다!"

범죄자들은 도시를 폭주하는 짐마차를 보고 경악했다.

평상시라면 일단 막으려고 했을 것이다.

하지만 대혼란에 빠진 범죄자들에게는 짐마차를 막을 여유가 없었다.

"캬하하! 계속 달리십쇼, 어르신! 천 골드짜리 몸값을 보여주시는 겁니다요!"

카잔은 신 나는 고함과 함께 마차를 몰아갔다.

짐마차는 그렇게 화살처럼 무법도시를 빠져나갔다.

2.

"이…… 이럴 수가."

루바란은 망연자실하게 주저앉았다.

블랙 하운드의 본부는 정말 세차게도 불타올랐다.

부하 몇을 밀어 넣다시피 안으로 들여보내본 결과는 전원 사망. 루다아르네를 구해오는 것 따위는 불가능했다.

루바란은 머리를 감싸 쥐고 신음을 흘렸다. 일이 이렇게 됐으니 무법도시의 모든 범죄자들이 게거품을 물고 루바란의 목을 물어뜯으려 달려들 것이다.

하지만 루바란의 고난은 아직 끝난 것이 아니었다.

"뭐 하고 있어요?"

루바란은 친근한 음성을 따라 뒤를 돌아봤다.

뒤에는 어느새 한 여인이 서 있었다.

허리까지 늘어진 검은 생머리, 활력이 넘치는 아름다운 얼굴, 검은 가죽옷 위로 드러난 탄력적인 몸매에 고양이를 닮은 눈매를 지닌 절세의 미녀.

루바란은 그녀를 보고 두 눈을 부릅떴다.

"나라샤!"

아자라타 나라샤!

최강최악의 암살 조직 '거미소굴'의 수장.

무법도시에서조차 공포라 불리는 최고의 암살자.

이곳에서 나라샤라는 이름은 공포 자체라고 해도 과언이 아니었다.

"피곤해요? 그럼 좀 쉬는 게 어때요?"

나라샤는 생글거리는 얼굴로 말했다.

루바란은 그 말에 기겁하며 손을 휘저었다.

"나는 괜찮소!"

감히 그녀의 앞에서 피곤하니 쉬겠다는 말 따위는 할 수 없었다.

조금 편하자고 인생 하직할 수야 없는 노릇 아닌가!

나라샤는 루바란에게 싱긋 눈웃음을 지었다.

"그래요? 그럼 대체 왜 나를 부른 건지 얘기해줄래요?"

"아, 아니 그건⋯⋯."

루바란은 식은땀을 흘렸다.

나라샤를 부른 건 원래 군중 때문이었다.

문제는 그 군중이 이미 무법도시에 난입해온 데다가, 루다아르네가 홀랑 불타버린 탓에 그걸 신경 쓸 상황도 아니라는 사실이다.

그렇다고 심심해서 불렀다고 할 수도 없는 노릇.

루바란은 결국 진땀을 흘리며 사정을 설명했다.

최근에 떠도는 소문, 군중과의 분란, 느닷없는 화재.

거기까지 들은 나라샤는 황금빛 눈동자를 가늘게 뜨고 생각에 잠겼다.

"잔디르의 비보. 그만한 가치가 있는 물건이죠?"

"⋯⋯? 무슨 말이오?"

"응? 제가 혼잣말하는 습관이 있다는 거 몰랐나요? 혹시 신경에 거슬렸어요?"

"아, 아니오."

때로는 정중한 태도가 더 무서운 법이다.

나라샤는 땀을 뻘뻘 흘리는 루바란을 보며 눈웃음 지었

다.

“한 가지 부탁을 해도 괜찮을까요?”

“뭐든지 말씀해보시오.”

“내가 대수림에 갔다 올 동안 잠자코 있으라고, 아이들에게 전해줄 수 있겠죠?”

“그야 어렵지 않…… 뭐, 뭐?”

루바란은 일순 두 눈을 부릅떴다.

나라샤는 싱긋 웃으며 어둠에 녹아들듯이 모습을 감췄다.

“잠깐만! 나라샤? 나라샤!”

나라샤는 루바란은 애타는 부름에도 불구하고 다시 모습을 드러내지 않았다.

“이, 이런…….”

루바란은 파랗게 질린 얼굴로 몸을 떨었다.

새끼 거미들을 통제할 수 있는 것은 오직 나라샤뿐이다.

헌데 나라샤가 대수림에 가버린 데다가, 자신이 그 소식을 새끼 거미들에게 전하게 되었으니……!

이 상황에 루바란이 할 수 있는 말은 한 가지뿐이었다.

“……이런 젠장.”

루바란의 일생을 통틀어 최악의 하루였다.

CHAPTER 6

1.

잔디르의 비보가 실종된 때는 300년 전으로 올라간다.

당시 후작가의 주인은 아일 반 잔디르.

'청염의 마스터'라 불리던 오러 마스터였다.

아일은 어느 날 국왕의 밀서를 받은 뒤, 잔디르 기사단의 정예를 이끌고 대수림으로 들어갔다.

하지만 그는 돌아오지 못했다. 잔디르의 비보를 가진 채 실종된 것이다.

"그러니까…… 제가 어디까지 얘기했죠?"

에를린은 미간을 찌푸렸다. 더불어 이마를 짚은 채 끙끙 거리기 시작했다. 60대 치매 노인에게서나 볼 수 있는 증상이었지만, 거기에는 그만한 이유가 있었다.

"좀 쉬십시오. 멀미기가 아직 남아 있지 않습니까?"

"괜찮아요. 고작 멀미 가지고 죽는 것도…… 우읍!"

에를린은 새파란 얼굴을 하고 수풀로 뛰어 들어갔다.

루틴은 신음과 함께 자리를 지켰다.

아무리 호위기사라도 레이디가 구토를 하러 가는 것까지 따라갈 수는 없는 노릇이었으니까.

카잔은 그 모습을 보고 폭소했다.

"캬하하하! 귀족 아가씨는 볼일도 안 보시는 줄 알았는데, 이제 보니 사람은 사람이십니다그려."

"닥쳐라!"

루틴은 이를 박박 갈며 카잔을 노려보았다.

짐마차가 무법도시를 벗어나며 얼마나 거칠게 달렸는지, 루틴마저 아직까지 속이 울렁거릴 정도였다.

카잔은 히죽 웃으며 양손을 펼쳤다.

"어쿠쿠, 너무 화내지 마십쇼. 어쨌든 그렇게 달린 덕분에 무법도시를 무사히 빠져나온 것 아닙니까요."

"이잇!"

루틴은 목구멍까지 솟구친 고함을 겨우 삼켰다. 과정이야 어찌됐든 카잔의 말은 사실이었으니까.

무엇보다 당장 묻고 싶은 것은 따로 있었다.

"저 말, 대체 정체가 뭐냐?"

"어르신 말씀이십니까요?"

"그래."

루틴은 짐마차 옆에서 느긋하게 쉬고 있는 노마를 보았다. 저 다 늙은 말이 대체 어떻게 짐마차까지 달고 준마보다 빠르게 달릴 수 있는지, 도무지 이해가 가지 않았다.

카잔은 씨익 웃으며 말했다.

"별건 아닙니다요. 알렉산드리아 13세이신 것뿐입죠."

루틴은 두 눈을 부릅떴다.

"알렉산드리아 13세! 그 전장의 폭군이라고?"

루틴의 경악은 당연했다.

어떤 군주가 최고의 말을 만들겠다는 집착으로 만들어 낸 종마, 알렉산드리아 종은 말의 한계를 초월한 말이다.

오죽하면 마수의 피가 섞여 있다는 소문마저 있겠는가!

특히 13세라면 온갖 전장을 누빈 명마 중 명마였다.

"말도 안 돼. 전장의 폭군은 이미 10년도 더 전에 은퇴한 걸로 아는데……."

"알렉산드리아는 수명이 기니까 말입죠. 뭐, 그래도 연세가 연세다 보니 젊을 때보다는 못하시지만 말입니다요."

"……그게 젊을 때보다 못한 거라고?"

"캬하하! 팔팔하실 적에는 하늘도 날아다니시던 분입니다요."

농담이 농담으로 들리지 않는다는 게 더 무섭다.

루틴은 새삼스러운 눈으로 카잔을 보았다. 저 비쩍 마른 노마가 온갖 전쟁터를 헤쳐 나온 백전노장이라는 것도 놀랍지만, 더욱 대단한 것은 카잔의 수완이다.

일국의 왕조차 탐내는 명마를 단 일주일 만에 구해오다니!

대체 무슨 마술을 부린 것인지 궁금해질 정도였다.

에를린이 돌아온 건 그때쯤이었다.

"……늑대 씨, 물 좀 주시겠어요?"

"예입, 여기 있습니다요."

"고마워요."

에를린은 벌컥벌컥 물을 들이켰다. 그리고 멈췄던 이야기를 재개했다.

"잔디르의 비보가 사라진 건 300년 전……."

"그건 이미 얘기하셨습니다요."

"……멀미 때문에 제정신이 아니니 양해해주세요."

"캬하하하하! 뭐, 그 정도야 어렵지 않습죠."

카잔은 낄낄 웃으며 고개를 끄덕였다.

에를린은 한 손으로 이마를 짚고 잠시 고민한 끝에 겨우 이야기의 맥을 되찾았다.

"비록 비보를 잃어버리기는 했지만, 후작가에는 비보를 찾을 수 있는 단서가 남아 있어요."

"흐음, 이 몸이 맞춰봅지요. 국왕 전하 나리의 밀서 아닙니까요?"

"비슷해요."

아일 반 잔디르는 신중한 사람이었고, 자신이 대수림에서 돌아오지 못할 경우를 대비해 밀서의 사본을 만들었다.

"루틴 경, 그걸 주세요."

"……예, 아가씨."

루틴은 품속에서 낡은 종이를 꺼내 들었다.

에를린은 그 종이를 카잔에게 건네주었다.

"이게 선조님께서 남겨두신 국왕 전하의 밀서예요."

루틴은 종이가 카잔에게 넘어가는 것을 보며 탐탁잖은 표정을 지었다.

카잔이 비보의 단서를 얻으면 언제 도망칠지 모를 일.

때문에 여태까지 비보의 단서를 보여줘서는 안 된다고 고집을 부려왔지만, 여기까지 와놓고 단서를 주지 않을 수도 없는 일이었다.

"보자, 이게 비보의 단서란 말입지요?"

카잔은 망설임 없이 종이를 펼쳐들었다.

잠시 후, 그의 푸른 눈동자에 기묘한 이채가 스쳤다.

"호오?"

밀서라는 이름에는 걸맞지 않게, 종이에 있는 것은 글이 아니라 매우 복잡한 그림이었다.

카잔은 그걸 보고 혀를 내둘렀다.

"허, 설마 대수림의 지도가 있을 줄은 몰랐습니다요."

대수림의 지도라니!

다른 사람들이 들었다면 귀를 의심할 이야기였다.

'돌아오지 않는 자의 숲'은 지금껏 카잔 외에 생환한 자 따위는 전무했던 금역이다. 지도를 만들고 싶어도 만들 수가 없는 것이다.

"놀랍죠? 하지만 정작 놀라운 건 따로 있어요."

에를린은 방긋 웃으며 지도 한쪽을 가리켜 보였다.

"그 중심부에 보면 X 표시와 함께 '하라타 쿠나타'라고 적혀 있죠? '하라타 쿠나타'라는 건……."

"'위대한 영광'이라. 흐음, 이거 보물 냄새가 납니다그려."

"……."

에를린은 순간 말을 잃었다.

루틴 또한 입을 쩌억 벌리며 경악했다.

카잔은 그들을 보며 고개를 갸웃거렸다.

"왜 그러쇼? 아직 멀미 기운이 남으셨습니까요?"

"아, 아뇨. 예. 아니아니, 멀미 기운은 남았지만……."

에를린은 정신없이 말을 더듬었다.

정신적 충격이 그만큼 컸던 것이다.

"늑대 씨, 설마 고대어를 읽을 줄 아세요?"

"뭐 문제 있습니까요?"

카잔은 삐딱하게 고개를 기울였다.

172

에를린과 루틴은 짧은 신음을 토해냈다.

"세상에. 왕실 학자들도 해석하는 데 10년이나 걸렸다는 데……."

고대어는 무려 천 년 전에나 쓰이던 언어.

특히 천년제국의 멸망과 함께 모든 자료가 사라졌기 때문에, 학자 중에서도 고대어에 해박한 이는 극히 드물었다.

헌데 설마 카잔이 고대어를 알고 있었을 줄이야!

"캬하하하! 보쇼, 아가씨. 이 몸이 누군지 잊으셨습니까요?"

카잔은 에를린의 얼굴을 보며 폭소를 터트렸다.

그리고 가슴을 쫙 펴며 의기양양하게 말했다.

"이 몸은 세계 제일의 추색탐험전문가란 말입죠. 고대어도 모르면서 어떻게 그게 가능하겠습니까요?"

"그래도 대단하시네요. 이걸 즉시 해석해내다니."

에를린은 떨떠름하게 말했다.

카잔은 그 말을 듣고 어깨를 으쓱거렸다.

"뭐, 운 좋게 아는 단어가 나왔을 뿐입죠. 일단 보물과 관련된 단어라면 모두 숙지하고 있어서 말입니다요."

참으로 카잔답지 않은 겸양이었다.

때문에 에를린은 더욱더 감탄했고, 루틴은 세상의 종말을 예감했다.

대화가 원래 방향으로 돌아온 것은 잠시 뒤였다.

“어쨌든 전하께서는 우연히 찾아낸 이 지도를 해석하시고, 한 가지 추측을 하셨어요. 대수림은 사실 대단한 보물을 지키기 위해 인위적으로 만든 결계일지도 모른다는 거였죠.”

“얼씨구?”

천하의 카잔도 여기서는 눈을 깜빡거렸다.

“대수림이 커다란 금고였단 말입니까요?”

“물론 말도 안 되는 소리지만, 가능성이 없는 건 아니니까요. 그래서 선조님께 밀서를 내리신 거죠.”

“흐음. 거 아까부터 이상했던 건데 말입니다, 아가씨 선조님은 대체 왜 그 밀명을 따른 겁니까요? 오러 마스터셨으면 그딴 거 가볍게 씹어 삼켜도 상관없으셨을 텐데 말입죠.”

카잔은 고개를 갸웃거렸다.

에를린은 방긋 웃으며 대답했다.

“선조님도 보물이 있을지 궁금하셨거든요. 게다가 성공하리란 자신도 가지고 계셨고요.”

“뭐, 잔디르의 비보까지 가지고 계셨으니 자신감이 넘칠 만도 하셨겠습니다그려. 실패해서 문제지 말입니다요.”

루틴은 벌겋게 얼굴을 물들였다.

아일 반 잔다르는 결코 카잔 따위에게 모욕을 받을 만한 인물이 아니었다.

문제는 거기에 동조하는 사람이 있다는 점이었다.

"그러게요. 참 민폐 끼치는 선조님이라니까요."

"아가씨!"

"루틴 경, 제 선조님이라고 감싸주실 필요는 없어요."

"끄으으응……."

루틴은 결국 앓는 소리를 낼 수밖에 없었다.

이 여행이 끝날 때쯤이면 루틴의 위장에는 구멍이 숭숭 뚫려 있으리라.

카잔은 낄낄거리다가 뺨을 긁적거렸다.

"흐음, 어쨌거나 이 지도가 단서란 말입죠?"

"예. 선조님은 이 지도를 가지고 '하라타 쿠나타'를 찾아갔다가 실종되셨어요. 그러니 우리도 '하라타 쿠나타'를 찾아가다 보면 선조님이 가지고 계시던 비보를 찾을 확률이 높죠."

"뭐어, 확률상의 문제긴 해도 일리는 있습니다요."

카잔은 살짝 고개를 끄덕였다.

더불어 머리를 벅벅 긁었다.

"그런데…… 문제가 좀 있습니다요."

"뭐죠?"

"보시면 아시겠지만, '하라타 쿠나타'가 있는 곳은 대수림의 핵심부입죠. 즉, 대수림에서도 가장 위험한 곳이라는 뜻입니다요."

하라타 쿠나타가 정말 대단한 보물이고, 대수림이 그것

을 지키기 위한 결계라면 당연한 일이다.

카잔을 고민하게 만드는 건 바로 그 점이었다.

"솔직히 말씀드리자면 이 몸도 심층부까지는 들어가본 적 없습니다요. 안쪽까지 들어가면 안전 같은 건 절대 책임질 수 없다는 말씀입지요."

"으음……."

카잔의 설명에 루틴은 신음을 흘렸다.

에를린의 안전을 책임져야 하는 루틴에게 그것은 더없이 부담스러운 말이었다.

하지만 에를린의 대답은 단호했다.

"상관없어요."

"아가씨……!"

"루틴 경, 애초부터 우리가 왜 여기까지 왔는지를 생각해보세요."

루틴은 침묵했다.

에를린은 그런 루틴을 똑바로 바라보았다.

"이참에 말해두겠지만, 대수림에 들어간 뒤부터 제 안전 같은 건 신경 쓰지 마세요. 비보를 후작가로 가져가려면 설령 제가 죽는 한이 있더라도 루틴 경은 살아남으셔야 해요."

단호하다 못해 비장하기까지 한 선언.

에를린은 애초에 대수림으로 오길 결정했을 때부터 죽음

을 각오했던 것이다.

루틴은 얼굴을 딱딱하게 굳혔다.

"……그런 말씀을 받아들일 수는 없습니다."

"루틴 경!"

"제 임무는 아가씨를 지키는 겁니다."

루틴은 에를린의 외침을 듣고도 뜻을 꺾지 않았다.

에를린은 싸늘한 목소리로 말했다.

"뭔가 착각하신 모양이군요. 이건 부탁이 아닙니다. 잔디르 후작가의 영애로서 내리는 명령입니다."

"……!"

"아시겠습니까, 루틴 경?"

루틴은 입을 다물었다.

기사로서 명령을 거부하는 것은 불가능한 일이다.

때문에 루틴이 선택할 수 있는 것은 침묵뿐이었다.

에를린은 굳이 루틴의 답변을 기다리지 않았다.

"그리고 카잔 씨, 만약 저와 루틴 경에게 무슨 일이 벌어지면 당신이 대신 비보를 찾아서 제 아버지에게 전해주세요."

"허, 이 몸에게 비보를 맡기겠단 말씀이십니까요?"

"그래요."

에를린은 망설임 없이 고개를 끄덕였다.

카잔은 뺨을 긁적거렸다.

"아가씨, 거 이런 말씀 드리긴 뭣하지만, 이 몸의 대체 뭘 믿고 비보를 맡긴다는 말씀이십니까요?"

잔디르의 비보는 누구나 탐내는 보물 중 보물!

결코 카잔 같은 부랑자에게 맡길 물건이 아니었다.

에를린은 망설임 없이 대답했다.

"당신은 세계 제일의 추색탐험전문가니까요."

싱긋 미소 짓는 에를린을 물끄러미 바라보길 잠시.

카잔은 결국 한숨을 쉬듯 말했다.

"추가 보수는 주셔야 됩니다요."

"걱정 마세요. 허리 부러지도록 드릴 테니까요."

"……어째 안 주겠다는 말씀보다 무섭게 들립니다그려."

카잔은 참 무서운 아가씨라며 혀를 내둘렀다.

그리고 팔짱을 끼며 말했다.

"어쨌든 미리 말씀드리겠는데, 대수림에 들어가면 절대 짐 마차에서 10미터 이상 벗어나지 마십쇼."

"……꽃구경 갈 때도 말인가요?"

"캬하하하! 별걱정을 다 하십니다그려. 설마 기사 나리께서 아가씨 볼일 보는 걸 훔쳐보겠습니까요."

"제가 걱정하는 건 어떤 음흉한 늑대 씨인데요."

"뭐, 사실 아가씨랑 같이 꽃구경하고 싶은 마음이야 굴뚝같지만…… 그랬다가는 기사 나리께서 이 몸을 가만두지 않으실 테니 어쩔 수 없지요."

카잔은 힐끔 루틴의 눈치를 살폈다. 평소대로라면 이쯤에서 루틴이 고함을 내질러야 했다.

한데 루틴은 뜻밖에도 화를 내기는커녕 아무 소리도 못 들은 것처럼 굳은 얼굴로 침묵을 고수하고 있었다.

카잔은 어쩐지 아쉬운 표정으로 입맛을 다셨다.

에를린은 피식 웃으며 질문을 건넸다.

"알았어요. 그럼 대수림에는 언제 들어갈 거죠?"

"한 시간쯤 뒤에 출발할까 싶습니다요. 어르신도 좀 더 쉬셔야 할 것 같고, 출발하기 전에 배도 채워야 해서 말입죠."

에를린은 선선히 고개를 끄덕였다.

"그러면 전 마차에서 좀 쉬고 있을게요. 식사는 필요 없으니까 출발할 때가 되면 알려주세요."

"예입, 편히 쉬십쇼."

에를린은 짐마차로 돌아가 드러누웠다. 폭주의 후유증이 아직도 남아 있었던 것이다.

카잔은 짐마차에서 조리 기구를 꺼내 들고 흥얼거리며 요리를 시작했다.

루틴이 입을 연 것은 그때쯤이었다.

"만약 대수림의 심층부까지 간다면 우리가 생환할 가능성은 어느 정도냐?"

카잔은 잠시 요리하던 손길을 늦췄다.

더불어 루틴을 돌아보며 퉁명스럽게 말했다.

"나리, 아무리 이 몸이 세계 제일의 추색탐험전문가라도 신은 아닙니다요. 어떻게 해보지도 않은 일에 가능성을 점쳐 보겠습니까요?"

"추측이라도 좋으니 말해봐라."

"뭐…… 기사 나리께선 실력도 있으시니, 운만 따라주면 반쯤은 될 겁니다요."

"그래?"

루틴은 조용히 고개를 끄덕였다.

대수림에서 절반의 생환률이라면 기적적인 수치다.

하지만 루틴의 얼굴에 만족감 따위는 없었다.

"그럼 아가씨께서 생환하실 확률은 어떻게 되느냐?"

카잔은 뺨을 긁적거렸다. 예상했던 질문이었기에 해답은 준비돼 있었다. 문제는 그것이 결코 만족스럽지 않다는 것이다.

"솔직히 말씀드릴깝쇼, 위안을 드릴깝쇼?"

"네 위안 따위는 필요 없다."

"뭐…… 사실 천운이 따라도 반의반도 안 됩니다요."

카잔은 루틴의 발작에 대비했다.

하나 뜻밖에도 루틴은 화를 내지 않았다. 단지 무거운 목소리로 물어왔을 뿐이다.

"내가 목숨을 걸고 지켜드린다면?"

"그것도 감안해서 말씀드린 겁니다요."

"……그런가."

루틴은 눈을 감았다.

에를린의 안전을 생각하자면 애초부터 시작해서는 안 되는 여행이었다. 아니, 하다못해 그녀가 대수림에 따라오는 일만은 없도록 해야 했다.

그럼에도 불구하고 에를린은 동행을 고집했다.

후작가의 사정상 원정대를 보내는 건 불가능하다. 하지만 에를린이 직접 움직인다면 호위기사인 루틴이 대수림 탐색에 힘을 보탤 수 있게 된다.

즉, 그녀는 비보를 찾아낼 가능성을 조금이라도 높이기 위해 목숨을 걸고 대수림을 찾아온 것이다.

루틴은 에를린을 막지 못한 것을 뒤늦게 후회했다.

지글지글.

"어이쿠, 이러다 타겠네."

카잔은 루틴에게 더 이상 신경 쓰지 않았다.

비록 안내를 하고 있어도 카잔은 추색탐험전문가였다. '잔디르의 비보'를 찾는 것이라면 도와줄 수 있지만, 그 외의 잡다한 일에는 한 푼의 관심도 없었다.

루틴이 꽤 오랜 시간을 두고 요리를 하고 있는 카잔을 묵묵히 바라보았다.

그리고 나지막이 입을 열었다.

"네놈이 비보를 찾아서 생환할 확률은 얼마냐?"

카잔은 순간 눈을 깜빡거렸다. 더불어 조금 떨떠름한 목소리로 대답했다.

"뭐어, 적어도 기사 나리보다 높은 건 확실합지요."

"네놈이 나보다 낫다는 뜻이냐?"

"그런 건 아닙죠. 다만 나리께서 오러 수련자시라면 이 몸은 세계 제일의 추색탐험전문가라는 말입니다요."

카잔은 어깨를 으쓱거렸다.

암살자와 기사를 비교하는 게 무의미하고 마법사와 사제를 구분하는 게 무의미하듯, 자신과 무언가를 비교해봤자 소용없다는 의미였다.

루틴은 그 뜻을 이해했고, 결단을 내렸다.

"네놈에게 의뢰할 게 있다."

"엥? 의뢰 말씀이십니까요?"

"그래."

카잔은 루틴을 보며 고개를 갸웃거렸다. 루틴의 말이 그만큼 뜻밖이었던 것이다.

"뭐어, 일단 말씀해보십쇼. 필요하신 게 있다면 찾아드립지요."

카잔은 별 고민 없이 말했다.

가부를 결정하더라도 일단 내용은 알아야 했으니까.

루틴은 대답했다.

동시에 카잔의 눈은 점이 되었다.

"……저기, 다시 한 번만 말씀해주시겠습니까요?"

"아가씨의 안전을 찾아달라고 했다."

카잔은 입을 딱 벌렸다.

그리고 '어버버버.'하는 기성을 토해냈다.

"나리, 뭔가 착각하고 계신 거 같으신데 말입죠, 이 몸은 추색탐험전문가지 호위가 아닙니다요."

참으로 타당한 설명이었다.

실제로 늑대 한 마리만 나오더라도 맞서 싸우기보다는 줄행랑쳐야 하는 것이 카잔의 무력이었으니까.

허나 루틴의 반격은 생각보다 매서웠다.

"딱 세 가지만 말하겠다."

카잔은 어디서 많이 들어본 대사에 기묘한 표정을 지었다.

루틴은 나지막이 얘기를 시작했다.

"첫째, 넌 스스로 찾는 게 있다면 뭐든 찾아서 갖다 줄 수 있는 추색탐험전문가라고 했다. 둘째, 난 아가씨가 안전할 수 있는 방도를 찾아달라고 의뢰하고 있다. 셋째, 이제 와서 말을 바꿀 거라면 앞으로 다시는 세계 제일의 추색탐험전문가라고 자칭하지 마라."

너무나 당당해서 어쩐지 수긍이 가는 말.

물론 그 안에는 여러 가지 허점이 숨어 있었다.

　안전이라는 건 추색탐험전문가에게 구해달라고 할 수 있는 물건이 아니라는 점, 대수림에서 안전할 방도를 찾는 건 불가능에 가까운 일이라는 점 등등.

　문제는 세 번째 것이었다.

　"아니, 거, 그게……"

　할 말이 없다는 건 이럴 때 쓰는 표현이리라.

　카잔은 머리를 벅벅 긁적이며 대답할 말을 생각해보았다.

　재밌는 농담이라고 넘겨볼까?

　루틴이 죽이려 들 것이다.

　그런 의뢰는 받을 수 없다고 할까?

　왠지 자존심 상하는 대답이다.

　의뢰비로 한 500골드 정도를 불러버릴까?

　오, 이거 좋다!

　"그럼 의뢰비는 얼마나 주실 겁니까요? 아시다시피 이 몸의 목숨값은 동전 세 닢이지만, 실력은 결코 싸구려가 아닙니다요. 적어도……"

　루틴은 카잔의 말을 끊었다.

　"천 골드를 주마."

　"……혹시 뭐 잘못 드셨수?"

　카잔은 의심 어린 눈으로 루틴을 바라보았다. 이쯤 되면 어이없다 못해 루틴이 차크라 마스터가 변신한 가짜가 아닌가 하는 의심이 드는 것도 무리는 아니었다.

184

루틴은 당당하게 말했다.

"아가씨의 목숨은 너처럼 싸구려가 아니다."

"……아, 예, 그러십니까요."

"이제 대답해라. 의뢰를 받아들일 테냐?"

"끄응."

카잔은 기어코 머리를 싸매 쥐었다.

기사는 검에 죽고 귀족은 명예 때문에 죽는다던가.

현재 카잔을 끙끙거리게 만드는 것은 세계 제일의 추색탐
험전문가라는 자부심이었다.

이건 정말 말도 안 되는 의뢰다.

자기 목숨 챙기기조차 빠듯한 대수림에서 나약한 여인네
까지 책임져야 한다고?

차라리 죽어달라고 해라!

때문에 답은 이미 정해져 있는 것과 같았다.

"에휴, 좋습니다요. 나리의 의뢰, 받아들입죠."

카잔은 결국 백기를 들어 올렸다.

자신의 목숨값은 기껏해야 동전 세 닢이지만, 세계 제일의
추색탐험전문가의 자부심은 억만금보다 비쌌으니까.

"의뢰비는 아가씨가 후작가에 도착한 뒤에 지불할 것이
다."

"후불이란 말씀이십니까요?"

카잔은 탐탁잖은 표정을 지었다.

루틴은 가볍게 코웃음을 쳤다.

"어차피 안 준다고 못 받아낼 네놈이 아니잖으냐."

"허……."

카잔은 입을 딱 벌렸다.

그리고 아련한 눈으로 하늘을 올려다보며 '아가씨, 미안하우. 이 몸이 사람 하나 망친 거 같수다.'라고 속으로 중얼거렸다.

시련은 인간을 강하게 만든다던가.

에를린과 카잔이라는 시련을 거듭해온 루틴의 말발은 스스로도 모르는 사이 경지에 이르러 있었던 것이다.

축하해야 할지 안타까워해야 할지 모를 일이었다.

"대신 제가 돌볼 수 있는 건 아가씨의 목숨까지만입니다요. 이 몸이 세계 제일의 추색탐험전문가라도 한계는 있으니 말입죠."

카잔은 머리를 벅벅 긁적거렸다.

루틴은 그 말을 듣고 미간을 찌푸렸다. 안전을 목숨이라고 한정 지은 의미를 정확히 알기 때문이다.

아무리 목숨이 붙어 있어도 사지가 멀쩡하지 않으면 무슨 소용이란 말인가?

"의뢰를 받아놓고 딴소리를 하는 것이냐?"

"허, 억지로 의뢰를 강요한 게 누군데 그러십니까요?"

카잔은 어처구니없다는 표정을 지었다.

루틴은 당당하게 말했다.

"싫다면 지금이라도 포기해라. 어차피 네까짓 놈에게는 별달리 기대하는 것도 없다."

"……그렇게 사시다간 등에 칼 맞으십니다요."

"내가 비겁하게 등 뒤에서밖에 공격할 줄 모르는 자들 따위를 무서워할 거 같으냐?"

"참 용감하십니다그려."

카잔은 기가 막힌 표정으로 루틴을 바라보았다.

잠시 후, 마지못한 설명이 이어졌다.

"보쇼, 나리. 대수림은 이 몸도 생환을 장담할 수 없는 곳입니다요. 그런데 어떻게 아가씨의 온전한 생환을 호언장담할 수 있겠습니까요?"

루틴은 침묵했다. 자신이 억지를 쓰고 있다는 것을 알고 있었기 때문이다.

카잔은 그런 루틴을 향해 씨익 웃어 보였다.

"뭐, 너무 실망하지는 마십쇼. 그래도 되는 데까지는 노력해볼 테니 말입니다요. 고귀한 아가씨가 의수, 의족을 쓰시는 걸 보면 제 기분도 좀 그럴 테니 말입죠."

"흥! 건방진 놈 같으니."

루틴은 코웃음과 함께 한마디 말을 덧붙였다.

"이 의뢰는 아가씨에게 비밀로 하도록 해라."

"캬하하하! 별걱정을 다 하십니다요. 설마 세계 제일의 추색탐험전문가인 이 몸이 의뢰 내용을 주저리주저리 떠들고 다니겠습니까요."

카잔은 킬킬거리며 그릇을 꺼냈다.

그리고 따끈따끈한 요리를 담아 루틴에게 건넸다.

"자, 이거나 좀 드십쇼. 일단 속을 든든히 채워놔야 비보를 찾든 아가씨를 지키든 할 것 아닙니까요."

"내 몸은 내가 알아서 챙긴다."

루틴은 대답과는 달리 선선히 접시를 받아들었다.

두 사람은 그렇게 자리에 앉아서 식사를 시작했다.

재료가 변변찮았던 만큼 맛있다고까지는 할 수 없었지만, 배를 채우기에는 충분한 요리였다.

'나 원, 일이 어쩌다 이렇게 된 건지…….'

카잔은 요리를 씹어 삼키며 속으로 중얼거렸다. 이번 의뢰는 그만큼 뜻밖의 것이었다.

'쩝. 하여튼 주인공 나리라는 건가?'

30세에 오러 상급 수련자라는 대단한 재능, 후작가의 기사라는 신분과 명성, 목숨을 걸고 지켜야 하는 레이디, 거기에 필요에 따라서는 고지식함을 버릴 수도 있는 융통성까지.

카잔은 영웅담에나 나올 법한 기사를 훔쳐보았다. 부러움이라기보다는 마치 신기한 동물을 구경하는 듯한 눈빛이었다.

루틴이 그 시선을 눈치챈 것은 잠시 뒤였다.

"뭘 보는 거냐?"

"아, 부족하시면 좀 더 드릴까 싶어서 말입죠."

카잔은 넉살 좋게 대답하며 시선을 거뒀다.

그리고 이번 의뢰에 대해 다시 한 번 생각해보았다.

비보의 탐색과 에를린의 보호.

목숨이 열 개라도 선뜻 맡을 수 없는 의뢰였지만, 의뢰를 물리겠다는 생각 따위는 들지 않았다.

세계 제일의 추색탐험전문가가 꼬리를 말 순 없으니까.

무엇보다…….

'뭐, 어쨌거나 재밌게 됐으니 말이지.'

인생은 즐겨야 한다는 원칙을 지닌 사내는 씨익 웃었다.

CHAPTER

7

1.

대수림에 들어온 이들은 카잔 일행만이 아니었다. 상당수의 군중이 혼란을 틈타 무법도시를 지나온 것이다.

그 숫자는 무려 200여 명. 무법도시를 거치며 조금 줄기는 했어도 여전히 막대한 인원이었다.

"젠장. 그 개새끼들 때문에 시간만 잡아먹었네."

"내 돌아가기만 하면 블루 버드에 탄원서를 내고 만다!"

군중은 걸어가는 틈틈이 잡담을 나눴다. 사실상 잡담의 형식을 빌린 정보 교환과 다름없었다.

문제는 대수림에 대해 워낙 알려진 게 없다 보니 교환하는 정보라고 해봐야 다 거기서 거기라는 점이었다.

"그나저나 대수림이라…… 거긴 넓겠지?"

"아마 붉은 평원보다 더 넓을걸."

"켁! 대체 그 넓은 데를 어느 세월에 다 뒤지지?"

군중은 혀를 내둘렀다. 비보가 있다는 소문을 듣고 무작정 찾아오기는 했지만, 대수림은 그 넓이로 보나 위험도로 보나 마구잡이로 발을 들일 만한 장소는 아니었다.

한 중년인이 문득 입을 열었다.

"어쩌면 비보는 '하늘나무'에 있는 게 아닐까?"

"하늘나무라니? 그게 뭐야?"

중년인은 장갑 낀 손으로 덥수룩한 수염을 긁적거렸다. 딱히 자신감은 없는 태도였다.

"예전에 어떤 주술사 노인한테 들은 이야기야. 대수림의 중심부에 '하늘나무'라고 하는 거대한 나무가 있고, 그 안에는 보물이 숨겨져 있다고 하더라고."

군중은 중년인의 말을 듣고 실소했다.

"하, 기껏 치매 걸린 노인네 말을 믿는단 말야?"

"특별히 믿는 건 아니야. 어쨌거나 대수림 안쪽으로 들어가다 보면 뭔가 나오지 않겠냐는 거지."

"흐음, 보통 중요한 건 안쪽에 있기 마련이긴 하지."

"정신 나갔어? 그런 헛소리나 신경 쓰고 말이야."

군중은 중년인을 비웃었다.

걸음은 그사이에도 계속해서 이어졌다. 사방에 나무만

가득하던 풍경이 뒤바뀐 것은 두어 시간쯤 지났을 무렵이었다.

"어?"

"저건……?"

군중은 우뚝 걸음을 멈췄다.

숲 대신 나타난 것은 광대한 꽃밭이었다. 특히 꽃 위를 날아다니는 일곱 빛깔 날개의 나비는 더없이 아름다워 정령을 보는 것만 같았다.

무엇보다 압권인 것은 확 트인 하늘 저편에 우뚝 솟아나 있는 한 그루 거목이었다.

"설마…… 저게 하늘나무?"

"그러면 진짜 저기에 보물이 있다는 거야?"

군중은 거목을 보고 눈을 빛냈다.

처음 들었을 때는 비웃었지만 어지간한 산보다 높이 우뚝 솟아 있는 하늘나무의 모습은 주술사 노인의 말이 진실이 아니었을까 하는 생각을 떠올리게 했다.

그들은 침을 꿀꺽 삼키며 걸음을 재촉했다.

군중이 조금만 신중했다면 무작정 꽃밭에 들어가지는 않았을 테지만 보물에 대한 욕망은 그들의 눈을 멀게 했다.

"이 나비는 뭐야? 귀찮게시리."

재앙의 시작은 한 사내의 행동이었다.

사내는 눈앞에 날아든 칠색나비를 손등으로 후려쳤다.

칠색나비는 힘없이 땅에 떨어졌다.

동시에 사내의 손이 녹아내렸다.

"……어?"

너무 기가 막히면 오히려 놀라지도 못하는 법이다.

사내는 눈을 크게 뜨고 손을 바라보았다.

지글지글 피부가 타들어가고, 살점과 근육이 녹아버리며, 결국엔 손가락 마디마디가 후드득 떨어져 내리는 데 걸린 시간은 겨우 다섯 호흡 정도.

더구나 그 이상한 현상은 손에만 그치지 않고 팔목을 따라 거슬러 올라오고 있었다.

"으, 으헉! 크아아아악!"

사내는 뒤늦게야 비명을 질렀다. 몸이 녹아내리고 있음에도 통증은 전무하다는 사실이 사내를 더욱 두렵게 만들었다.

"뭐야? 무슨 일……!"

"헉!"

"맙소사……."

군중은 산 채로 녹아내리는 사내를 보고 신음을 삼켰다.

하지만 진정한 공포는 이제부터 시작이었다.

팔랑팔랑.

꽃밭을 누비던 칠색나비들은 서서히 군중에게 접근했다.

이곳은 그들의 영역.

침입자는 결코 용서할 수 없었다.

"어? 으아악! 내 다리, 내 다리가!"

"아, 안 돼. 어서 도망쳐!"

"나비다! 나비한테 독이 있어……!"

군중이 칠색나비의 위험을 깨달은 것은 십수 명이나 되는 이들이 녹아내린 뒤였다.

특히 끔찍한 것은 머리에 칠색나비가 닿은 자였다. 머리카락이 빠지고, 코가 떨어지고, 안면이 녹아 근육이 드러나며, 안구가 툭 떨어져 내리는 광경은 더없이 끔찍했다.

군중은 결국 공황상태에 빠졌다.

누군가는 칠색나비를 공격했고, 누군가는 도망쳤고, 누군가는 무작정 달려갔으며, 누군가는 제자리에 엎드렸다.

아무리 수가 많더라도 이런 상황에서는 한낱 오합지졸에 지나지 않았다.

'바보들이네요?'

어느새 꽃밭을 지나간 것일까.

꽃밭 너머에는 한 흑발미녀가 금빛 눈동자로 군중을 주시하고 있었다.

'데스 플리트(death flit)의 영역을 그냥 들어오는 게 자살행위라는 걸 몰랐을까요?'

데스 플리트.

독성에 있어서는 세상에서 열 손가락 안에 꼽힌다는 죽

음의 나비를 건드렸으니, 적어도 사분지일 이상은 이곳에서
뼈를 묻을 것이다.

'나도 투야나(隱形式, 은형식)가 아니었다면 큰일 났겠죠?'

나라샤는 싱긋 눈웃음을 지었다.

차크라 수련자만의 기예, 투야나.

수련자의 경지에 따라 모습부터 소리나 냄새까지 모든
기척을 숨길 수 있는 투야나가 아니었다면 그녀 또한 무사
히 꽃밭을 통과할 수 없었을 것이다.

'자아, 그럼 앞에는 또 뭐가 있을까요?'

나라샤는 살짝 걸음을 옮겼다.

그녀의 모습은 순식간에 허공에 녹아들었다.

무법도시에서조차 사신처럼 여겨지는 암살자는 그렇게
은밀하게 대수림에 숨어들어 갔다.

하지만 아무도 깨닫지 못한 사실이 있었다.

뒤쪽의 우뚝 솟은 나무 꼭대기에서 한 인물이 꽃밭을 주
시하고 있다는 것을.

"흐음, 거 무모한 친구들일세."

중년인은 눈에 대고 있던 은백색 외눈안경을 뗐다.

만약 군중이 그를 봤다면 하늘나무에 대한 것을 얘기했
던 장본인이 어째서 이러고 있는지 황당해했을 것이다.

"슬슬 뗴도 되겠구만."

중년인은 혼잣말을 중얼거리며 수염에 손을 갔다 댔다.

찌이익.

가짜 수염은 너무나 간단하게 뜯어졌다.

변신은 그것으로 끝나지 않았다. 외투를 뒤집어 입어서 넝마 부분이 드러나게 만들고, 왼손의 장갑을 벗고 반지와 팔찌를 착용한 뒤, 뼈 목걸이를 목에 걸었다. 마지막으로 머리카락을 마구 헝클어트렸다.

모든 작업이 끝났을 때, 나무 위에는 중년인 대신 청년이 자리 잡고 있었다.

"웃차, 슬슬 내려가볼까?"

카잔은 변장 도구를 주머니에 챙겨 넣었다.

이어 원숭이 못잖게 민첩한 몸놀림으로 나무를 내려왔다.

땅에 내려온 카잔은 느긋하게 숲으로 걸어갔다.

수풀 속에 숨겨놓은 짐마차에 도착하는 데는 20분도 걸리지 않았다.

"놈, 대체 뭘 하다 온 거냐!"

루틴은 카잔을 보자마자 버럭 성을 냈다.

카잔은 그를 향해 히죽 웃어 보였다.

"나리, 잠깐만 어디 다녀오겠다고 말씀드렸잖습니까요."

"네놈에게는 반나절이 잠깐이란 말이냐?"

"흐음, 그래도 이번엔 빨리 온 편인데 말입니다요."

"뭣이 어째!"

루틴은 입에서 불을 뿜을 만큼 분노했다.

에를린은 루틴을 말렸다.

"진정하세요, 루틴 경."

"아가씨!"

"오히려 늑대 씨한테 감사해야죠. 대수림을 먼저 정찰해 주신 거잖아요?"

"끄으응……."

루틴은 묵직한 신음을 흘렸다.

카잔이 대수림을 정찰하고 왔다는 건 알고 있었다.

문제는 너무 시간을 지체하고 있다는 것이다.

무법도시에서 열흘 동안 허송세월하고도 부족해, 이 자리에서만 벌써 한나절이 넘도록 머물고 있었으니 루틴이 답답해하는 것도 무리는 아니었다.

"캬하하하! 너무 성내지 마십쇼. 안 그래도 이제 출발하려던 참이었으니 말입니다요."

카잔은 낄낄거리며 마부석에 올랐다.

그리고 천천히 마차를 몰아가기 시작했다.

다그닥, 다그닥.

알렉산드리아 13세는 느릿느릿 걸음을 옮겼다.

루틴은 갑갑해한 반면 에를린은 안도했다. '전장의 폭군'의 질주 따위는 두 번 다시 겪고 싶지 않았으니까.

일행이 꽃밭에 도착한 것은 잠시 뒤였다.

"우와아하!"

에를린은 두 눈을 동그랗게 뜨며 탄성을 토해 냈다.

드넓은 꽃밭이나 칠색나비의 아름다움도 아름다움이었지만, 특히 하늘을 찌를 듯 높이 치솟아 있는 하늘나무의 모습이 그녀를 놀라게 했다.

"대체 나무가 어떻게 크면 저렇게 되는 거죠?"

카잔은 에를린의 질문에 간단히 답했다.

"뭐, 잘 컸겠습죠."

"……늑대 씨, 분위기 깨는 말은 적당히 해주실래요?"

에를린은 지그시 카잔을 바라보았다.

카잔은 그녀를 보며 어처구니없다는 표정을 지었다.

"보쇼, 아가씨. 여기는 대수림이란 말입죠. 그런데 넋 놓고 구경이나 할 생각이 드십니까요?"

"이런 구경을 또 언제 하겠어요."

"거참, 그래도 좀 긴장감을 가져보란 말입니다요."

카잔의 주장은 타당했다.

에를린의 반박은 간단했다.

"늑대 씨도 제 알몸을 훔쳐볼 기회가 생기면 루틴 경에게 죽는 한이 있더라도 볼 거잖아요?"

"……거 할 말 없게 만드십니다그려."

루틴은 한 손으로 이마를 짚고 침음을 흘렸다.

카잔은 거기에 그치지 않고 '생명의 위협은 확실히 그쪽이 더 크겠습니다요.'라고 떠들어댔다.

"네놈이야말로 긴장감을 가져라!"

"예이, 예이. 첫날밤 숫처녀처럼 긴장하겠습니다요."

"응? 왜 숫총각이 아니라 숫처녀예요?"

"첫날밤 신랑은 있어도 숫총각은 없으니 말입죠."

"그건 남녀차별 아닌가요? 첫날밤 숫처녀도 꼭 있으란 법은 없잖아요."

"아가씨, 지금 숫처녀가 아니라고 고백…… 케엑!"

루틴이 기어이 폭발해서 카잔의 목을 졸라댔다.

나리, 한 번만 용서, 크엑, 이 몸 죽는다아아!

카잔이 루틴의 손에서 풀려난 것은 생사의 고비를 넘기 직전이었다.

"크허, 푸하하. 죽을 뻔했네."

"놈! 다시 한 번만 무례를 저지르면 용서치 않겠다."

'이미 용서치 않으셨잖습니까요.'

카잔은 내심 투덜거리며 13세에게 시선을 향했다.

"어르신, 이제 들어가십쇼."

푸르릉.

노마는 영 탐탁잖다는 듯 콧김을 내뿜었다.

카잔은 눈을 가늘게 뜨며 말했다.

"설마 천하의 어르신께서 겁먹으신 건 아닙죠?"

푸릉!

노마는 말도 코웃음 칠 수 있음을 몸소 증명했다. 그리고 위풍당당하게 꽃밭으로 발굽을 내디뎠다.

뜻밖의 반응이 튀어나온 건 그 순간이었다.

"아앗, 꽃! 꽃이 밟히잖아요!"

카잔은 에를린을 멀뚱멀뚱 바라보았다.

잠시 후, 그는 고개를 끄덕거렸다.

"걱정하지 마십쇼. 이 짐마차가 그렇게 비싼 건 아니지만, 그래도 꽃 좀 밟았다고 바퀴가 부서질 정도로 약하진 않습니다요."

"짐마차 말고 꽃이 망가진다고요!"

"그럼 하늘을 나는 마차가 필요하겠습니다그려."

카잔은 에를린의 비명을 깨끗이 무시했다.

그리고 흥얼거리며 꽃밭으로 짐마차를 몰아갔다.

"루틴 경! 이 늑대 씨 좀 말려보세요!"

"아가씨, 일단은 좀 진정하시는 게⋯⋯."

"이 꼴을 보고 어떻게 진정해요! 이 예쁜 꽃들이 망가지고 있는데!"

루틴은 그저 쩔쩔맬 수밖에 없었다.

에를린이 엄청난 꽃 애호가라는 것은 잘 알고 있었다. 그러나 카잔의 말대로 하늘을 나는 마차라도 없는 이상, 꽃밭을 망치지 않고 대수림으로 들어가는 건 불가능했다.

"거 먹지도 못하는 꽃 가지고 되게 그러십니다요."

"아아악! 이 짐승! 살화범! 변태!"

"……나리, 귀족 아가씨는 다 이러십니까요?"

"무, 무엄하다!"

루틴의 말에는 어째 힘이 없었다.

에를린의 발작이 멈춘 것은 결국 한참 뒤였다. 그녀는 꽃을 보호할 줄도 모르는 두 남자에 대한 불평을 끊임없이 늘어놓았다.

하지만 결국엔 넋을 잃고 꽃밭을 바라보았다.

특히 에를린의 시선을 잡아끈 것은 칠색나비였다. 일곱 가지 색으로 빛나는 날개를 뽐내며 꽃밭을 누비는 수많은 나비들. 그 모습은 루틴조차 무심코 탄성을 발할 만큼 아름답고도 몽환적이었다.

"늑대 씨, 여기서 조금만 쉬다 가면 안 될까요?"

"안 되는뎁쇼."

"제발요!"

"제발 안 되는뎁쇼."

"너무해……."

"아가씨야말로 너무하신 거 아뇨?"

카잔은 설레설레 고개를 내저었다. 고작 꽃밭 하나에 넋을 빼버리다니. 카잔으로서는 도무지 이해 못할 일이었다.

"나비야, 이리 온."

꽃밭에서 쉬지 못하는 불만을 해소하기 위해서일까.

에를린은 팔을 내밀고 연신 나비를 불렀다.

하지만 칠색나비들은 짐마차 주변으로 접근하지 않았다.

그녀는 결국 눈물을 머금고 꽃밭을 지나가야 했다.

"흑, 나 평생 후회할 거 같아요."

"돌아갈 때는 쉬실 기회가 있을 겁니다."

루틴의 위로가 먹힌 것일까.

에를린은 겨우 아쉬움을 접고 중얼거렸다.

"뜻밖이네요. 대수림이 이렇게 아름다운 곳이었다니."

"캬하하! 피가 줄줄 흐르고 마물이 돌아다니는 곳을 기대하셨습니까요?"

"대수림이니까요."

"뭐, 안타깝지만 '이곳'은 그런 데가 아닙니다요."

카잔은 히죽 웃으며 앞을 돌아보았다. 때문에 두 사람은 카잔의 차가운 눈을 보지 못했다.

'아주 틀린 생각은 아니지만 말입죠.'

데스 플리트의 독은 강력한 대신 생성에 시간이 걸린다.

만약 수백 명이나 되는 인간이 독을 소모시켜주지 않았다면 유유자적하게 꽃밭을 지나오지는 못했을 것이다.

카잔은 굳이 그 사실을 말해주지 않았다.

단지 흥얼거리며 짐마차를 몰아갔을 뿐이다.

일행은 그렇게 대수림의 2차 관문을 통과했다.

149명.

무사히 꽃밭을 통과한 군중은 그게 전부였다. 벌써 사분지일에 달하는 숫자를 잃어버린 것이다.

허나 군중은 걸음을 돌리지 않았다. 애초부터 서로를 방패막이로 써먹기 위해 무리를 지었던 군중이었기에 오히려 각자가 살아남은 것에 안도하며 걸음을 재촉했다.

군중이 뜻밖의 장애물을 만난 것은 며칠 뒤였다.

"이건 뭐야?"

"무슨 강이 이렇게 새까매?"

숲을 가로지르며 흐르고 있는 것은 검은 강이었다.

단지 넓기만 했다면 별 상관 없었을 테지만, 이미 데스 플리트에게 호되게 당한 군중은 먹물처럼 새까만 강물에 쉽사리 발을 들이지 못했다.

이 강물에 독이 있는 건 아닐까?

아냐, 혹시 식인괴수 같은 게 있을지도 몰라.

군중은 의심 때문에 한참을 망설였다.

누군가가 의견을 제시한 것은 잠시 뒤였다.

"뗏목을 만들어서 건너가면 어떨까?"

"그래! 그러면 돼!"

군중의 안색은 순식간에 밝아졌다. 배를 탄다면 새까만

강물에 들어갈 필요가 없다. 강물이 독수로 돼 있든 물속에 식인괴수가 있든 무사히 강을 건너갈 수 있는 것이다.

"나무를 잘라!"

"밧줄을 모아봐! 부족하면 넝쿨이라도 찾아!"

군중은 분주하게 움직이기 시작했다.

무법도시와 데스 플리트를 통과해 온 실력자들이 손을 모으자, 해가 졌을 무렵에는 20척이나 되는 뗏목이 만들어졌다.

"좋아, 뗏목을 띄워!"

군중은 강에 뗏목을 띄우고 도하를 시작했다.

하지만 군중은 좀 더 주의해야만 했다.

만약 이 강이야말로 대수림의 3차 관문이라는 것을 알았다면 이렇게 한꺼번에 강을 건너는 무모한 짓을 하지는 않았을 테니까.

무모함의 대가가 나타난 것은 뗏목이 강의 중간쯤을 지날 무렵이었다.

"어?"

한 사내가 눈을 비볐다. 어둠 속에서 순간적으로 새하얀 뭔가를 봤기 때문이다.

"이봐, 저기 뭐가 있……."

사내가 다른 동료를 돌아보았다.

바로 그때, 물속에서부터 튀어나온 무언가가 사내의 발

목을 움켜쥐었다.

반사적으로 밑을 본 사내는 얼어붙었다.

공포, 경악, 절망.

온갖 감정에 빠져 허우적거리던 사내는, 그렇기에 발목을 잡아당기는 힘에 저항할 기회를 놓치고 말았다.

"으, 으아아아악!"

풍덩!

"무슨 일이야?"

"누가 물에 빠졌어!"

"젠장, 모두 무기 들어!"

군중은 노를 놓고 무기를 움켜쥐었다. 어떤 팔푼이가 발이 미끄러져 물에 빠졌을 수도 있지만, 그렇게 생각하기에는 허공에 울려 퍼진 비명이 너무나 처절했기 때문이다.

그것이 두 번째 실수였다.

설령 무슨 일이 있더라도 그들은 강을 벗어나는 것을 우선시해야 했으니까.

실수에 대한 결과는 금방 찾아왔다.

촤아악!

까드드득!

"이, 이건……?"

"마…… 맙소사!"

군중은 순간 말을 잃었다.

갑자기 물속에서 튀어나온 손이 뗏목의 가장자리를 덥석 움켜쥐었기 때문이 아니다. 오직 뼈만 남은 손이 그들을 경악하게 만들었다.

하지만 그것은 시작에 불과했다.

촤아악! 촤아아악!

둘, 셋, 다섯, 열, 백, 수백.

강에서 끊임없이 솟아나오는 백골.

어떤 것은 두개골이 깨진 채, 어떤 것은 한쪽 팔을 잃은 채, 어떤 것은 갈비뼈를 잃은 채, 다만 공통점이라고는 모두가 죽은 채 움직이고 있다는 것뿐인 해골의 물결.

군중은 공포에 질려 외쳤다.

"어, 언데드(undead)!"

죽음에서 되돌아온 자.

죽지 않는 존재.

움직이는 죽음.

살아 있는 모든 것에 대해 증오를 가진 망자.

죽음의 군대는 그 증오를 품고 군중에게 몰려들었다.

"으아악! 안 돼!"

"뗏목을 지켜, 뗏목을 지켜야…… 크억!"

20척…… 17척…… 15척.

149명…… 136명…… 122명.

뗏목이 침몰하는 만큼 군중의 수는 급격히 줄어들었다.

언데드는 불사의 존재!

마지막 뼈 한 조각까지 부서트리거나 영혼을 정화시키지 않는 이상은 결코 멈추지 않는 언데드를 강에서 상대하는 것은 불가능했다.

"빠, 빨리 노를 저어!"

군중은 결국 무기 대신 노를 쥐었다.

해골들을 상대하기를 포기하고 필사적으로 강을 벗어나는 데 열중한 덕분에 그들은 가까스로 도하에 성공했다.

"허억, 허억."

"젠장…… 얼마나 당한 거야?"

군중은 망연히 서로를 돌아보았다.

남은 이들은 고작 113명.

처음 200여 명에 달하던 무리가 어느새 반 토막 나버렸다.

군중은 그제야 '돌아오지 않는 자의 숲'에 왔음을 체감하고 치를 떨었다.

하지만 그들은 걸음을 돌리지 않았다.

비보에 대한 욕망이 생존본능을 마비시킨 것이다. 무엇보다 아직 쓸 만한 '방패'가 백여 개나 남아 있다는 사실이 그들에게 용기 아닌 만용을 주고 있었다.

군중은 피로를 딛고 숲 속으로 걸어갔다.

이미 날이 어두워졌지만, 저 괴물 같은 강 주변에서 야영을 할 수는 없기 때문이었다.

그들은 달빛에 의지해 힘겹게 숲을 헤쳐 나갔다.

누군가의 눈이 자신들을 주시하고 있다는 것도 모른 채…….

3.

다음 날 아침.

카잔은 강가에 도착하자마자 뗏목을 만들기 시작했다. 루틴의 도움을 받아 나무를 베고 밧줄로 엮어 뗏목을 만들기까지의 작업은 군중과 별다를 것이 없었다.

차이점이 있다면 셋.

첫째는 뗏목이 짐마차를 실을 만큼 컸다는 점.

둘째는 뗏목에 좀 별난 재료가 첨부됐다는 점.

셋째는 아무 피해 없이 강을 건넜다는 점이다.

"늑대 씨, 솔직하게 고백하시는 게 어때요?"

에를린은 진지한 표정으로 말했다.

카잔은 뗏목을 해체하는 작업을 멈추고 반문했다.

"무슨 고백 말씀이십니까요?"

"뗏목 테두리를 코끼리 뼈로 두른 거요. 저 놀리려고 일부러 그런 거죠?"

"캬하하하! 하긴, 그때 아가씨가 징징대시던 모습은 걸 작이었습죠. 설마 그 나이에 유령 같은 걸 무서워하실 줄은 몰랐는데 말입니다요."

카잔은 박장대소를 터트렸다.

뗏목에 첨부된 특별한 재료란 다름 아니라 코끼리 뼈였고, 그 탓에 뗏목은 소형 유령선 같은 몰골로 완성됐다.

에를린은 그걸 보고 새하얗게 질려버렸다.

카잔이 뗏목을 만드는 데 걸린 시간보다 겁에 질린 에를린을 태우는 데 걸린 시간이 더 길었을 정도였다.

"닥쳐라! 누가 징징댔다는 거냐!"

"루틴 경, 진정하세요. 제가 징징댄 건 사실이니까요."

"하지만 아가씨……!"

루틴은 앓는 소리를 냈다. 유령을 무서워하는 건 가녀린 레이디로서는 당연한 일이거늘, 정작 에를린은 그걸 부끄럽게 여기고 있으니……. 루틴이 속 터지는 것도 당연한 일이었다.

카잔은 낄낄거리다 어깨를 으쓱했다.

"뭐, 어쨌든 거기엔 나름대로 이유가 있습죠."

"대체 그 이유가 뭔데요?"

"흐음, 강에는 험한 친구들이 좀 있어서 말입니다요. 그 친구들을 진정시키려고 일부러 동족을 좀 보여줬습죠."

"……물속에 코끼리라도 살아요?"

"거 성격 좋은 코끼리 형씨들이 들으면 섭섭해할 말씀을 하십니다그려."

카잔은 피식 웃으며 코끼리 뼈를 다시 짐마차에 실었다. 이 코끼리 뼈가 무려 200골드짜리라는 걸 알면 루틴이 입에 거품을 물고 말리라.

10년에 한 번 태어난다는 하얀 코끼리의 뼈에는 사악함을 물리치는 힘이 있다. 때문에 무사히 망자의 강(River of undead)을 건널 수 있었던 것이다.

'뭐, 괜히 겁먹게 할 필요야 없습죠.'

카잔은 어깨를 으쓱거렸다.

지도에 따르면 남은 관문은 세 개.

무엇보다, 이제부터는 카잔 자신도 전혀 겪어보지 못한 관문들뿐이다. 벌써 겁먹고 긴장해서야 나중에 버티질 못하는 것이다.

"자, 이제 출발하십시다."

"조금 있으면 날도 저물 거 같은데, 이왕이면 강가에서 야영하는 게 낫지 않아요?"

"캬하하! 거 큰일 날 말씀. 그러다 강물에 휩쓸립니다요."

카잔은 낄낄 웃으며 짐마차를 출발시켰다.

짐마차는 느긋하게 강으로부터 멀어져갔다.

CHAPTER
8

1.

군중은 조심스럽게 걸음을 내디뎠다.

망자의 강을 넘어온 이후부터 그들은 무엇 하나 소홀이 넘기지 않았다. 때문에 더 이상의 추가 피해 없이 숲 깊숙한 곳까지 들어올 수 있었다.

하지만 군중의 불안감은 줄어들기는커녕 가면 갈수록 늘어나고 있었다.

"여기 있는 나무들 말인데, 이상하게 붉지 않아?"

"그러게 말이야."

군중은 주변을 돌아보며 보며 미간을 찌푸렸다.

숲 속을 걷고 있음에도 불구하고 푸른색은 전혀 보이지

않고, 오직 붉은빛을 띤 고목만이 사방에 가득한 풍경이 신경에 거슬렸기 때문이다.

보석이 박힌 지팡이를 든 여인은 문득 고개를 갸웃거렸다.

'붉은 나무?'

언젠가 붉은 나무에 대한 얘기를 들은 적이 있었다.

여인이 그것을 기억해낸 것은 잠시 뒤였다.

"핏빛 나무…… 블러디 우드? 블러디 우드(bloody wood)! 마, 맙소사!"

여인의 안색이 순간 백지장처럼 변했다.

군중은 걸음을 멈추고 여인을 바라보았다.

"왜 그래? 무슨 일이야?"

"다, 당장 이곳에서 벗어나야 해!"

"뭐라고?"

"이 멍청이들아! 이건 블러디 우드야! 드루이드(druid)의 수호성목이라고!"

"……!"

군중의 눈알이 반쯤 튀어나왔다. 블러디 우드가 뭔지는 몰라도 드루이드의 수호성목이라는 것만으로도 그 무서움을 짐작하기에는 충분했다.

"뛰, 뛰어!"

군중은 허겁지겁 달려갔다.

블러디 우드의 움직임이 시작된 것은 바로 그 순간이었
다.

콰득. 콰드드드득!

"커헉!"

땅이 움찔거렸다 싶은 순간, 화살처럼 튀어나온 나무뿌
리가 한 중년인의 심장에 틀어박혔다.

당연히 절명할 치명상!

그럼에도 중년인은 즉사하지 않았다.

아니, 오히려 피거품을 흘리며 있는 힘껏 발버둥 쳤다.

하지만 중년인의 저항은 길게 이어지지 못했다.

벌컥벌컥.

나무뿌리는 꿈틀거리며 중년인의 혈액을 빨아냈다.

중년인의 몸은 급격히 왜소해지다가 결국 미라처럼 말라
비틀어졌다.

블러디 우드는 그렇게 마지막 피 한 방울까지 빨아낸 뒤
에야 중년인의 시체를 풀어주었다.

참극은 숲 곳곳에서 벌어졌다.

나무뿌리는 땅속에서 튀어나와 심장을 꿰뚫었다.

나뭇가지는 채찍처럼 휘둘려와 군중을 낚아갔다.

몇몇은 무기를 들고 나무를 공격했지만, 블러디 우드에
는 흠집 하나 낼 수 없었다.

"무조건 도망쳐!"

여인은 뾰족한 비명을 내질렀다.

사악한 숲의 사제, 드루이드.

그들이 인신공양으로 만들어낸 블러디 우드는 무쇠처럼 단단할 뿐만 아니라, 강력한 스피릿 파워(spirit power)를 가지고 있기에 수련자라도 흠집이나 내는 것이 고작이다.

군중으로서는 그저 도망치는 것밖에 방법이 없었다.

결국 무사히 그곳을 탈출한 이들은 62명뿐. 나머지 51명은 블러디 우드의 숲에 뼈를 묻어야만 했다.

'흐음, 블러디 우드라?'

카잔은 나뭇가지 위에서 외눈안경을 뗐다.

워낙 거리가 멀고 나무가 복잡하게 얽혀 있기는 했지만, 외눈안경 덕분에 군중의 상황은 차고 남을 정도로 파악할 수 있었다.

'쯧. 그나저나 벌써 삼분지일이라니.'

카잔은 내심 혀를 찼다.

이제야 겨우 네 번째 관문이다.

헌데 벌써부터 삼분지일밖에 남지 않았다니. 이래서야 다음 관문에서는 몇 명이나 살아남을는지 의문이었다.

'뭐, 어떻게든 되겠지.'

카잔은 어깨를 으쓱거렸다.

여기서 물러날 정도였다면 애초부터 2천 골드라는 거금을 탐색 준비에 몽땅 투자하지도 않았을 것이다.

한 줄기 음성이 들려온 건 그때였다.

"늑대 씨! 밥 안 먹어요?"

카잔은 나무 위에서 불쑥 고개를 내밀었다.

밑에는 에를린이 한손에 국자를 들고 있었다.

"설마 그럴 리가 있겠습니까요. 이 몸은 미녀가 해준 요리라면 독극물이라도 사양하지 않습니다요."

"칭찬 고마워요. 보답으로 독버섯이라도 넣어드릴까요?"

"캬하하하! 그건 사양합죠."

카잔은 낄낄거리며 나무에서 내려왔다.

에를린은 카잔을 보며 고개를 갸웃거렸다.

"대체 뭘 보고 있었던 거예요?"

"볼 만한 구경거리가 있어서 말입니다요."

"그래요?"

에를린은 미심쩍은 표정으로 걸음을 옮겼다.

루틴은 요리가 펄펄 끓는 냄비 옆에서 안절부절못하고 있다가 에를린에게 간절하게 말했다.

"아가씨, 굳이 요리 같은 잡일을 하실 필요는 없습니다."

"어머? 그 말은 어째 신분차별같이 들리는데요."

"신분차별 같은 게 아니라 신분차별입니다."

루틴은 단호하게 말했다.

에를린이 오늘 요리를 하겠다고 자청하고 나섰을 때부터 전전긍긍하던 호위기사는 열심히 설득을 시작했다.

"사람에게는 각자 신분에 맞는 할 일이 있는 겁니다. 요리 같은 천한 일은 이 부랑자 놈에게 맡겨놓으시는 것만으로도 충분합니다."

"하지만 요리는 원래 여자의 일이잖아요?"

"그건 남녀차별입니다!"

"……루틴 경이 남녀평등주의자인 줄은 몰랐네요."

에를린은 루틴을 보며 떨떠름한 표정을 지었다.

잠시 후, 그녀는 어깨를 으쓱거렸다.

"어쨌거나 요리는 이미 만든걸요. 다 만든 요리를 이제 와서 버릴 수도 없잖아요?"

"그, 그야……."

"걱정 말고 앉아 있어요. 이건 명령이에요!"

"……알겠습니다."

카잔은 루틴이 자신의 옆에 앉는 것을 보고 낄낄거렸다.

"나리, 거 진정하십쇼. 귀족 아가씨라도 요리 좀 만든다고 손이 불타는 건 아니잖습니까요?"

"아무것도 모르면 입 닥치고 있어라."

루틴은 으르렁대듯 말했다.

"예입!"

불필요하게 기운찬 카잔의 대답과 더불어 루틴은 한 손으로 이마를 짚은 채 고뇌에 잠겼다.

죄송합니다, 주군. 막을 수 없었습니다. 절 용서하십시오.

222

에를린이 요리를 가져온 것은 그 무렵이었다.

"자, 요리 나왔어요."

"캬하하! 어이쿠, 이거 감사히……."

카잔은 히죽거리며 접시를 받아 들었다.

그리고 침묵에 빠졌다.

접시 안에 든 것은 수프 요리였다.

문제는 그 수프가 새까만 색이었다는 점이다.

게다가 군데군데 떠 다니는 정체불명의 내용물이라든가 기묘한 향기는 아무리 봐도 음식물로는 보이지 않았다.

"……아가씨, 한 가지 여쭙겠는데 말입죠."

"네, 뭐요?"

"이 몸을 독살하시려는 이유가 뭡니까요?"

카잔은 진지한 얼굴로 물었다. 황당하기보단 합당하게 느껴지는 질문이었다.

에를린은 빙긋 웃었다.

"미녀의 요리라면 독극물이라도 사양 않는다면서요?"

"아니, 그건 미녀가 해주는 요리고 말입죠."

"맞을래요?"

"켁! 미녀라 자칭하는 건 정신병 초기 증상인뎁쇼."

"세계 제일의 추색탐험전문가라고 자칭하는 과대망상 말기 환자 씨, 입 다물고 식사나 하세요."

에를린은 싱글거리는 얼굴로 압박을 가해왔다.

카잔은 떨떠름한 표정으로 루틴을 돌아보았다.

"이래서 말리셨던 겁니까요?"

"……시끄럽다."

루틴은 에를린이 내민 수프 접시를 보고는 더없이 우울한 표정을 지었다.

비극은 반복된다고 하던가.

루틴은 '그 사건'의 당사자 중 한 명인 만큼 에를린의 요리가 지닌 파괴력을 잘 알고 있었다. 하지만 기사 된 몸으로서 레이디가 대접하는 요리를 거부할 수는 없는 노릇.

결국 두 남자는 마주앉아 서로의 접시를 바라봐야 했다.

"나리, 셋 하면 같이 먹는 게 어떻습니까요?"

"아가씨의 요리를 가지고 장난질을 하잔 것이냐?"

"적어도 서로가 졸도하는 건 볼 수 없을 테니 말입죠."

루틴은 '그 사건'의 기억을 떠올렸다.

잠시 후, 그는 진지한 얼굴로 말했다.

"셋과 동시에 먹는 거다. 만에 하나라도 장난질을 쳤다가는 용서치 않겠다."

"캬하하! 걱정 마십쇼. 이 몸도 사나이입니다요."

루틴과 카잔은 그렇게 비장한 각오를 다졌다.

두 사내는 과감히 접시를 들어 올려 수프를 들이마셨다. 이 독극물을 연거푸 먹느니 한 번 기절하고 말겠다는 각오가 있기에 가능한 행동이었다.

꿀꺽꿀꺽.

"끄…… 햐아!"

카잔은 그릇을 비우자마자 폴짝폴짝 뛰어다녔다. 펄펄 끓는 수프를 단숨에 들이마셨으니 목에 화상을 입지 않은 것만 해도 기적이었다.

물을 벌컥벌컥 마시고 가쁜 숨을 몰아쉬기를 한참.

카잔은 문득 고개를 갸웃거렸다.

"어라, 이거 맛은 보기보다 괜찮습니다그려?"

참으로 뜻밖이었다. 엄청난 모습과 달리, 맛 자체는 제법 그럴듯했던 것이다.

에를린은 의기양양하게 웃어 보였다.

"옛날 '그 사건' 이후로 요리 연습을 열심히 했거든요. 어때요? 맛있죠?"

"거 맛이야 있습니다만…… 혹시 보기도 좋은 게 먹기도 좋다는 말은 모르십니까요?"

"괜찮아요. 중요한 건 실속이니까."

"그래도 정도가 있으니 말입죠. 안 그렇습니까요, 나리?"

카잔은 루틴에게 동의를 구했다.

묵묵히 앉아 있는 루틴을 보고 히죽거리던 카잔은 일순 묘한 표정을 지었다.

성큼성큼 다가가 얼굴을 살피실 잠시.

카잔은 이내 황당한 표정으로 에를린을 돌아보았다.

"……눈 뜬 채 기절하셨는뎁쇼?"

에를린은 카잔의 말에도 동요하지 않았다.

단지 아련한 눈으로 혼잣말을 중얼거릴 뿐이었다.

"역시…… '그 사건'이 루틴 경에게는 아직 상처로 남아 있었군요. 하지만 맛도 느끼기 전에 기절해버리다니. 이건 좀 서글픈데요."

"거 '그 사건'이라는 게 대체 뭡니까요?"

카잔은 미심쩍은 표정으로 물었다. 대체 무슨 일이 있었기에 루틴이 이러는지 궁금했던 것이다.

에를린은 그 질문을 받고 빙긋 웃었다.

그리고 손가락 하나를 입술에 갖다 댔다.

"비밀이에요."

2.

에를린은 끝내 '그 사건'에 대해 밝히지 않았다.

때문에 카잔은 짐마차를 몰면서도 계속 투덜거렸다.

"거 얘기 하나 한다고 죽는 거도 아니잖습니까요."

"그것 좀 모른다고 죽는 것도 아니잖아요?"

"한마디라도 좀 져주시면 안 됩니까요?"

"안 되겠는데요."

카잔과 에를린은 마부석에서 나란히 앉아 있었다.

루틴이 혼자 뒷좌석을 차지하고 있었기 때문이다.

기절한 환자의 자리를 빼앗을 정도로 야박하지 않은 에를린이 카잔과 함께 앉게 된 것은 당연한 일이었다.

에를린은 그 사실에 불만을 품지 않았다.

평소부터 얘기할 상대가 드물던 그녀로서는 카잔과 편하게 잡담을 나눌 수 있다는 것만으로도 즐거웠다.

카잔은 문득 고개를 돌렸다.

"흠, 일단 잡담은 이 정도로 해야겠습니다요."

"첫사랑 얘기하기가 겁나서요?"

"캬하하. 아가씨 첫사랑이 누군지 듣고 싶은 마음이야 굴뚝같지만 이제 4차 관문을 넘을 차례라 말입니다요."

"……? 2차랑 3차는 어디 가고요?"

에를린은 고개를 갸웃거렸다.

1차 관문인 무법도시를 지나온 이후 별다른 위험 한 번 겪지 못했으니, 난데없는 4차 관문이 생뚱맞게 느껴진 것이다.

하지만 그녀의 의문은 오래가지 못했다.

"흡……!"

에를린은 순간 입을 틀어막았다. 바람을 타고 흘러든 지독한 피 냄새 때문이 아니었다. 붉은 고목의 사이에 널브러져 있는 수많은 시체가 그녀를 경악시켰다.

"이건…… 대체……!"

저 많은 사람들이 대체 어디서 온 것일까?

아니, 그보다 대체 무슨 일을 당했기에 저렇게 처참한 몰골이 될 수 있는 걸까?

카잔은 씨익 웃으며 말했다.

"블러디 우드입니다요. 드루이드의 수호성목입죠."

"드, 드루이드요?"

에를린은 기겁했다. 천년제국의 멸망과 함께 맥이 끊긴 드루이드가 설마 여기서 언급될 줄은 몰랐던 것이다.

"뭐, 너무 걱정하지 마십쇼. 지나갈 방도가 없는 건 아니니 말입니다요."

카잔은 히죽 웃으며 짐마차를 세웠다.

잠시 후, 짐칸에서 이것저것이 튀어나왔다.

짧은 단검, 하얀 잎사귀 더미, 푸른 돌멩이 더미, 검은 상자 등등…….

카잔은 정체 모를 잡동사니를 하나하나 정리했다.

우선 적당히 넓은 장소에 검은 상자를 내려놓고, 그 주변을 푸른 돌멩이들로 넓게 둘러쌌다.

더불어 검은 상자에 위에 하얀 잎사귀를 수북하게 쌓고, 상자의 좌우에 횃불을 하나씩 꽂아 넣었다.

에를린은 그 모습을 보고 미간을 찌푸렸다.

"늑대 씨, 그거…… 설마 제단이에요?"

"예입. 간이 제단이라고 할 수 있습죠."

어느 교단에도 속하지 않는 특이한 양식의 제단.

카잔은 그것을 완성하고 에를린을 돌아보았다.

"잠시 물러나 계십쇼. 의식을 시작해야 하니 말입니다요."

"……?"

에를린은 미심쩍은 표정으로 뒤로 물러났다.

카잔은 홀로 제단 앞에 서서 숨을 골랐다.

그리고 양팔을 넓게 펼친 채 나지막이 입을 열었다.

"오 그랑 타스시여, 축복 받고 태어난 성스러운 나무시여. 여기 그대들을 배알하고자 하는 이가 있습니다."

카잔의 음성은 고요한 숲 속에 깊고도 뚜렷하게 울려 퍼졌다.

"이 몸은 떡갈나무의 이름을 받지는 못하였으나, 오 그랑 타스를 경애하는 한 명의 인간으로서 이 의식을 주최하나이다. 성스러운 나무께서는 부디 자비를 베푸시어 이 몸의 무례를 용서하고 의식을 봐주소서."

에를린은 멍하니 카잔을 바라보았다. 지금까지 한 번도 보지 못했던 더없이 엄숙한 얼굴이 카잔을 아예 다른 사람처럼 느껴지게 했다.

카잔은 준비해둔 단검을 꺼내 들었다.

뒤이어 자신의 팔뚝을 그었다.

촤아악!

“……!”

에를린은 카잔의 팔에서 피가 분수처럼 뿜어져 나오는 것을 보고 기겁했다.

그리고 무심코 비명을 내지를 뻔한 입을 스스로 틀어막았다. 이 경건한 분위기를 깨트려서는 안 된다는 것을 무의식적으로 느낀 것이다.

주르르륵.

카잔은 콸콸 쏟아지는 피로 제단을 적셨다.

제단은 눈 깜짝할 사이에 붉게 물들었다.

“모든 생명은 오 그랑 타스에게 돌아가는 것이 순리이나, 이 몸은 아직 오 그랑 타스에게 돌아갈 수 없기에 그 일부나마 바치나이다. 성스러운 나무께서는 부디 이 몸의 생명을 받아 오 그랑 타스의 일부로 삼아주소서.”

카잔의 피는 밑도 끝도 없이 흘러나왔다.

얼마나 출혈이 심각했던지, 시시각각 카잔의 얼굴에서 핏기가 사라지는 것이 눈에 보일 정도였다.

에를린은 그 모습을 보고 망설였다. 당장 상처를 치료하지 않으면 목숨이 위험했지만, 지금의 카잔에게는 감히 방해할 수 없는 무언가가 있었다.

카잔은 이내 횃불을 들어 하얀 잎사귀에 불을 붙였다.

화르륵!

잎사귀는 피에 젖은 채로도 순식간에 타올랐다.

카잔은 새하얀 불꽃을 바라보며 입을 열었다.

"리리야— 하. 아— 하 리리야— 하. 라아— 니이야— 하."

노래인지, 주문인지. 언어인지, 울음인지.

카잔이 토해낸 묘한 소리는 더없이 느릿하면서도 강렬했고, 평탄하면서도 사나웠다.

에를린은 홀린 듯이 카잔을 바라보았다.

인간이 아닌 동물처럼.

생명이 아닌 생물처럼.

마치 최후의 피 한 방울, 혼 한 조각까지 짜내듯 몰아지경으로 의식에 빠져 있는 카잔의 모습이 에를린의 시선을 붙잡았다.

때문에 에를린은 주변의 이변을 눈치채지 못했다.

사라락……

하얀 불꽃에서 흘러나온 은은한 향은 숲으로 흘러들어 갔고, 붉은 고목들은 향과 함께 카잔의 소리를 받아들였다.

카잔의 소리는 아득한 기억을 떠올리게 했다.

숲을 사랑하고 존중하던 자신들의 사제이자, 부모이고, 자식이며, 친구였던 이들.

드루이드들에 대한 기억은 블러디 우드의 흉성을 잠재우고 성목으로서의 본래 모습을 떠올리게 했다.

이변이 일어난 것은 그때였다.

툭. 투투툭.

블러디 우드의 나뭇가지에 하나씩 새싹이 피어났다.

성장은 놀랍도록 빨랐고, 새싹이 피어난 순간 핏빛으로만 가득하던 숲에 분홍빛이 더해졌다.

"아아……!"

에를린은 무심코 탄성을 토해냈다.

핏빛 고목들의 가지마다 피어난 분홍빛 꽃잎은 시체를 꿰고 있다는 사실을 잊어버릴 만큼 아름답고, 그 향기는 피 냄새를 묻어버릴 만큼 향긋하여 넋을 잃을 정도였다.

카잔은 그쯤에서 소리를 멈췄다.

뒤이어 양손바닥을 모으며 살짝 고개를 숙였다.

"오 그랑 타스시여, 성스러운 나무시여, 호의에 감사하나이다."

의식은 끝났다.

동시에 카잔은 풀썩 쓰러졌다.

에를린은 뜨악하며 카잔에게 달려왔다.

"늑대 씨, 괜찮아요?"

"……괜찮아 보이십니까요?"

"아뇨."

에를린은 대번에 고개를 내저었다.

카잔의 상태는 한눈에 보기에도 심각했다. 얼굴은 이미 백지장만큼이나 하얗게 변한 데다가, 팔의 상처에서는 아직까지도 피가 철철 흘러나오고 있었다.

카잔은 킬킬거리며 어깨를 으쓱거렸다.

"딱히 걱정하실 필요 없습니다요. 이런 건 조금만 쉬면 나으니 말입죠. 아가씨께서 도와주시면 더 좋고 말입니다요."

"뭘 도와주면 되는데요?"

"무릎베개 좀 해주시겠습니까요? 맨땅에 누워 있자니 목이 뻐근해서 말입죠."

"……괜찮긴 괜찮나 보네요."

에를린은 떨떠름한 표정을 지었다. 변함없이 능청스러운 태도를 보니 어느 정도 안심이 됐다.

카잔은 히죽 웃으며 약과 붕대를 꺼내서 의술사 못지않게 능숙한 솜씨로 자신의 상처를 치료했다.

에를린은 말끔히 지혈된 상처를 보고 멍하니 중얼거렸다.

"혼자서도 잘하시네요."

"뭐, 이 몸 같은 떠돌이는 몸이 가장 큰 재산이라 말입니다요. 이 정도도 못해서야 먹고살기 힘듭죠."

에를린은 물끄러미 카잔을 바라보았다.

대체 방금 무슨 일이 일어난 건지는 몰랐다.

알 수 있는 것은 다만 하나.

카잔이 실혈사의 위험을 무릅쓰고 4차 관문의 위협을 제거했다는 것뿐이다.

'……그래서 4차 관문이었던 걸까?'

2차, 3차 관문 또한 이러한 위험이 존재했을 것이다. 다만 카잔이 알아서 그것을 해결해주었기에 에를린 자신이 전혀 깨닫지 못했을 뿐이리라.

'후우.'

에를린은 살짝 시선을 내렸다.

카잔이 혼자 끙끙대고 관문을 처리하고 있는 것도 모른 채, 여행하는 기분으로 느긋하게 대수림을 지나온 것에 대한 미안함 때문이었다.

조금 전의 응급처치만 해도 그렇다. 환자가 혼자서 종 치고 노래하고 다 하고 있는데, 그걸 멀거니 바라보고만 있었다니.

에를린은 턱에 손가락을 대고 고민에 잠겼다.

잠시 후, 그녀는 한숨을 내쉬었다.

"한 번뿐이에요."

"……? 인생이 한 번뿐이기에 가치가 있다는 말씀이시라면 이 몸도 동의합니다요."

카잔은 고개를 갸웃거리며 주절거렸다.

에를린은 그 헛소리를 무시하며 카잔의 머리맡에 앉아 무릎으로 머리를 받쳐주었다.

너무나 뜻밖의 행동이었기 때문일까.

카잔은 멀뚱멀뚱 에를린을 올려다보았다.

"이게 뭡니까요?"

"무릎베개 해달라면서요."

"그건 농담이었……."

"이제 와서 농담이었다고 하면 콱 밟아버릴 거예요."

"……을 리가 없습죠. 캬하하!"

카잔은 어째선지 식은땀을 흘렸다.

하지만 카잔은 적응력이 뛰어난 사내였다.

'뭐, 모처럼의 복을 걷어찰 필요야 없지.'

카잔은 히죽거리며 주어진 행운을 만끽했다.

머리 위로는 분홍빛 꽃잎이 가득 펼쳐져 있고 사방에서 향긋한 온기가 흘러오는 가운데 부드러운 무릎을 베개 삼아 휴식을 취하는 기분은 그야말로 천국이 따로 없었다.

루틴은 스스로의 행운에 감사해야 할 것이다. 기절해 있지 않았다면 기어코 졸도하고 말았을 테니까.

아늑한 풍경 속에 시간은 유유히 흘러갔다.

CHAPTER 9

1.

군중의 움직임은 살얼음판을 걷는 것처럼 신중했다.

네 개의 관문을 거치면서 얻은 경험과 공포가 군중을 긴장하게 만들었다.

갑자기 숲이 사라지며 눈앞이 트인 순간, 그들이 반사적으로 흠칫 걸음을 멈춘 것도 그 긴장감 때문이었다.

"뭐야, 이건?"

"절벽…… 아니, 협곡인가?"

군중은 망연히 앞을 바라보았다.

그들의 앞에 나타난 것은 장대한 협곡이었다.

특히 양옆의 절벽은 너무나도 높고도 험해서 날개가 달

려 있더라도 올라가지 못할 듯싶었다.

군중은 협곡 한가운데로 뻗은 길을 앞두고 머뭇거렸다.

"……들어가야겠지?"

"다른 길이 없잖아."

군중은 결국 협곡에 발을 들여놓았다. 불길한 예감이 들기는 했지만, 그렇다고 협곡을 올라갈 수는 없는 노릇이었다.

군중은 눈에 보이는 모든 것을 의심하고 경계했고, 언제 어떤 사태가 벌어지더라도 곧바로 대응할 수 있도록 준비한 상태로 천천히 이동해갔다.

10분, 20분, 30분…….

군중은 시간의 흐름에 따라 급격히 지쳐갔다.

인간이 지닌 정신력에는 한계가 존재하는 법.

아무리 긴장해야 한다고 스스로를 타일러도 심신이 지쳐감에 따라 긴장이 풀려가는 것은 어쩔 수 없는 일이었다.

군중은 그 탓에 협곡의 벽에서 언젠가부터 자그마한 구멍들이 나 있다는 사실을 놓쳐버렸다.

쉬이익.

작은 구멍은 기묘한 기체를 뿜어냈다. 구멍 하나에서 흘러나온 기체의 양은 적었지만, 수천 개의 구멍이 토해낸 기체는 이미 협곡 안을 가득 채우고 있었다.

특히 무서운 것은 그 기체가 완전 무색무취라는 점이었

다.

심신이 지친 군중이 아무것도 모른 채 기체를 들이마신 것도 무리는 아니었다.

쉬익, 쉬익.

기체는 호흡기를 통해 혈액으로 흡수되었다.

그리고 혈관을 타고 조금씩 뇌로 스며들어 갔다.

군중은 기체에 의해 이성이 마비되고, 감정조절 능력이 상실되는 것을 전혀 자각하지 못했다.

다만 어쩐지 방금 잠에서 깬 듯 멍한 정신으로 걸음을 옮겨나갈 뿐이었다.

하지만 그 상태는 오래가지 않았다.

기체가 신경에 가한 자극이 군중의 정신을 일깨웠기 때문이다.

군중의 마음은 그때부터 어둡게 불타올랐다.

'내가 왜 이런 새끼들이랑 같이 있는 거지?'

'어차피 보물만 찾으면 다 적이 될 것들이잖아.'

'결국 처리할 거라면……!'

하나둘씩 번뜩이기 시작한 눈동자들.

그 안에서 이성 따위는 찾아볼 수 없었다.

오직 흉포한 광기와 스산한 살기만이 군중의 눈을 채우고 있을 뿐이었다.

일순간, 두 사람의 눈이 마주쳤다.

‘저 눈은……!’

‘……설마!’

눈은 마음의 창이라고 했던가.

둘은 눈을 통해 서로의 마음을 완벽하게 이해할 수 있었다. 자기 자신 또한 상대와 똑같은 마음을 가지고 있었기 때문이다.

채앵! 차자장!

둘은 동시에 무기를 뽑아 들고 서로를 향해 달려들었다.

너무나 뜬금없고도 어이없는 상황.

하지만 다른 이들을 그들을 말리지 않았다. 아니, 오히려 각자의 무기를 뽑아 들고 다른 이를 공격하기 시작했다.

“뒈져라!”

“이 육시랄 놈! 처음부터 마음에 안 들었어!”

채쟁! 채재쟁!

검과 창이 부딪히고, 암기와 독이 흩뿌려지고, 심지어 사타구니를 걷어차는 등등 온갖 싸움이 치열하게 벌어지는 난전.

하지만 추적자들 중 쉽게 쓰러지는 자는 없었다.

네 개의 관문을 지나온 그들은 하나같이 만만치 않은 실력자들이었기 때문이다.

물론 그중에서도 진짜배기는 있었다.

“이야아아아!”

쩌저적!

한 청년이 쩌렁쩌렁한 고함과 함께 검을 휘둘렀다.

검이 반딧불처럼 은은하게 반짝거린다 싶은 순간, 자신의 두터운 도끼에 단숨에 금이 가는 것을 본 상대편 거한은 얼굴을 딱딱하게 굳혔다.

"오러 라이트(aura light)! 네놈, 오러 수련자였나?"

카가강!

청년은 대답 대신 사나운 연격을 쏟아냈다.

거한은 도끼를 휘둘러 검을 막아냈지만, 문제는 무기였다.

오러 라이트는 오러 수련자만이 가능한 기예.

비록 모든 것을 베어내는 오러 블레이드보다는 부족해도, 절삭력과 파괴력을 크게 증가시켜주는 오러 라이트를 수련자도 아닌 이가 막아내는 것은 불가능했다.

검술이 받쳐줘도 무기가 따라갈 수 없는 것이다.

거한 또한 마찬가지였다.

파강!

"이런 젠…… 커헉!"

거한은 욕지거리를 내뱉으며 부러진 도끼를 청년에게 집어던졌다.

청년은 깔끔한 동작으로 도끼를 피해내며 일검으로 거한의 목을 날려버렸다.

명약관화한 결판이었다.

이러한 광경은 협곡 곳곳에서 나타났다.

군중 중에는 오러부터 차크라, 매직까지 다양한 수련자가 있었다.

지금까지 능력을 숨기고 있던 알짜배기 실력자들에 의해 군중의 수는 급격히 줄어들었다.

62, 43, 28, 17.

남은 사람은 수련자 넷과 그들에 비하면 일반인에 가까운 군중 열셋뿐.

그럼에도 불구하고 싸움은 끝나지 않았다.

뇌신경으로부터 가해지는 자극이 군중으로 하여금 끝없이 무기를 휘두르게 만들고 있었다.

채앵!

"큭…… 제기랄!"

"두고 보자!"

먼저 싸움을 멈춘 것은 군중 쪽이었다. 이대로 가다가는 수련자들에게 전멸당하리란 것을 자각한 그들은 망설이지 않고 협곡 안쪽으로 달아나기 시작했다.

수련자들은 곧장 그들을 쫓아갔다.

네 명이 열세 명을 쫓는 추격전이 끝난 것은 협곡 끝에 이르러서였다.

"길이 막혔어!"

“이런 젠장!”

군중은 절망했다.

협곡의 끝은 깎아지른 절벽으로 막혀 있었던 것이다.

그때, 누군가가 고함을 질렀다.

“저기 동굴이 있다!”

절망은 순식간에 희망으로 변했다.

군중은 허겁지겁 협곡 끝의 동굴로 달려갔다. 끝이 막혀 있을 가능성도 있었지만, 이런저런 것을 따지기에는 상황이 너무나 위급했다

“멈춰!”

“서지 않으면 죽여버리겠다!”

수련자들은 사납게 고함을 내질렀다.

당연히 그 말을 따르는 사람은 없었다.

“미친 새끼! 어차피 죽일 거잖아!”

“네놈들이나 멈춰, 병신 새끼들아!”

군중은 욕지거리만 남기고 동굴로 뛰어들었다.

욕지거리를 들은 수련자들은 눈을 뒤집었다. 그리고 일말의 망설임도 없이 군중을 쫓아갔다.

군중과 수련자 모두가 동굴로 들어가자 협곡은 정적에 잠겨들었다.

침묵을 깨트린 것은 한 줄기 목소리였다.

“놀랍네요?”

대체 어디에 있었던 것일까.

솟아나듯 모습을 드러낸 여인, 나라샤는 협곡의 시체들을 보며 고개를 갸웃거렸다.

"저 사람들은 이제 어떻게 될까요?"

기체가 무서운 점은 뇌에 타격을 준다는 점이다.

운이 좋다면 하루 안에 해독이 되겠지만, 운이 나쁘다면 완전 미치광이 살인마가 되리라.

참으로 대단하면서도 소름끼치는 물건이었다.

만약 그녀가 독에 정통하지 않았다면 꼼짝없이 다른 수련자들과 같은 꼴이 됐을 것이다.

"나는 과연 어디까지 갈 수 있을까요?"

나라샤는 싱긋 눈웃음을 지었다.

잠시 후, 그녀의 모습은 허공에 녹아들었다.

2.

짐마차는 협곡의 입구에 멈춰 있었다.

카잔은 짐마차 위에서 외눈안경을 집어넣었다.

그리고 뭔가 곤란하다는 듯 머리를 긁적거렸다.

"이거 힘들겠구만."

"뭐가요?"

에를린은 밑에서 의아한 표정을 지었다.

카잔은 짐마차에서 훌쩍 뛰어내리며 씨익 웃었다.

"아가씨 몸에 제대로 된 볼륨이 생기는 게 말입죠."

에를린은 방긋 마주 웃었다.

"전 늑대 씨가 살아남는 게 더 힘들 거 같은데요."

루틴은 곧장 행동에 나섰다.

켁! 나리, 이 몸이 딱히 틀린 말 한 것도…… 꼬르륵!

카잔은 루틴에게 목이 졸리면서도 끝까지 할 말을 다 했다. 덕분에 잠시 졸도했다가 깨어나는 영광을 누리게 되었다.

"크헉, 손 한번 험하십니다그려."

"놈, 목숨을 건진 걸 다행으로 여겨라."

루틴은 사자라도 꼬릴 말고 도망칠 기세로 으르렁거렸다.

카잔은 손자국이 선명한 목을 매만지며 투덜거렸다.

"거 인생을 그렇게 살면 안 되십니다요. 농담은 농담으로 받아주는 게 담화의 도리인데 말입죠."

"네놈과 담화 따위를 할 생각 없다!"

"예이, 예이. 알아 모시겠습니다요."

카잔은 허리를 굽실거렸다.

에를린은 싱긋 웃다가 진지한 표정을 지었다.

"늑대 씨, 한 가지 물어보고 싶은데요."

카잔은 진지한 얼굴로 답했다.

"이 몸의 첫사랑 빼곤 뭐든 말씀드리죠."

"……갑자기 그걸 물어보고 싶어졌는데요?"

"아가씨의 속옷 색깔을 알려주시면 고려해보겠습니다요."

카잔은 히죽거리며 말했다.

루틴은 벌겋게 달아오른 얼굴을 하고 카잔에게 달려들려고 했다.

하지만 좀 더 빠른 쪽은 에를린이었다.

"하얀색인데요."

콰당!

루틴은 달려들려던 자세 그대로 나뒹굴었다.

카잔은 떨떠름한 표정으로 에를린을 바라보았다.

"위쪽 말씀이십니까요?"

"당연히 아래쪽이죠."

쿠당탕!

루틴은 땅에 쓰러진 채 뒤로 나자빠지는 묘기를 선보였다.

평소였다면 그 모습을 보고 킬킬거렸을 카잔도 지금만큼은 할 말을 잃고 잠시 입을 뻐끔거렸다.

"……아가씨, 이 몸이 고려해보겠다고 했을 땐 어쨌든 말씀드릴 생각이 없다는 뜻이란 거 알고 계시잖습니까요."

"그렇죠."

"알면서도 왜 말씀해주신 겁니까요?"

"루틴 경 반응이 재밌어서요."

에를린은 방긋 웃었다.

루틴은 지옥의 마물같이 기괴한 신음 소리를 토해냈다.

카잔은 허퍕한 표정을 지었다.

그리고 측은히 루틴을 바라보았다.

"나리, 한 말씀만 드려도 되겠습니까요?"

"……하지 마라."

"그럼 힘내시라는 말씀은 다음에 드립죠."

카잔의 위로는 루틴을 더욱 비참하게 만들었다.

자신이 어째서 이런 부랑자 따위에게 위로를 받아야 한단 말인가!

에를린은 쿡쿡 웃으며 대화를 되돌렸다.

"제가 궁금한 건 얼마나 더 가야 하냐는 거예요."

카잔은 어깨를 으쓱거리며 손을 내밀었다.

"지도 좀 빌려주시겠습니까요?"

"루틴 경."

"예."

카잔은 루틴에게 받은 대수림의 지도를 활짝 펼쳤다.

"지금까지 대수림을 반 이상 지나왔습니다요. 지도에 적힌 대로라면 저 협곡이 5차 관문, 그 뒤의 동굴이 6차 관문입니다요.”

카잔은 둥근 고리에 감싸여 있는 중심부를 짚었다.

“문제는 절벽에 둘러싸여 있는 분지 안쪽에 대해서는 적혀 있는 게 아무것도 없다는 겁죠. 관문이 이걸로 끝난다면 모르겠지만, 만약 안에 뭔가가 더 있다면 대응하기가 힘들어질 겁니다요.”

“거기부터가 본격적인 위험이라는 거로군요.”

“예입.”

에를린은 침을 삼켰다. 4차 관문에서 수많은 시체 더미를 봤을 때부터 대수림의 위험을 절실하게 느끼고 있었다.

하물며 이보다 더 위험할 수도 있는 장소라니.

두려운 것을 넘어 상상도 안 갈 정도였다.

“뭐, 원하신다면 지금이라도 돌아가실 수는 있습니다요.”

카잔은 에를린과 루틴에게 시선을 주었다.

이쯤이면 슬슬 돌아가고 싶을 생각이 들 때였고, 실제로 루틴은 잠시나마 고심하는 표정을 지었다.

문제는 고심한 사람이 루틴뿐이었다는 것이다.

“절대 그럴 수 없어요.”

에를린은 일말의 망설임도 없이 대답했다.

무슨 일이 있더라도 그녀는 비보를 손에 넣어야 했으니까.

카잔은 그 단호한 대답을 듣고 뺨을 긁적거렸다.

“흠…… 이 몸에게도 아직 말씀해주시지 않은 사정이 있는 모양이십니다그려.”

“의뢰 외적인 부분이니까요.”

“뭐, 그런 거라면 이 몸이 알아야 할 필요는 없습죠.”

카잔은 어깨를 으쓱거리며 몸을 일으켰다. 4차 관문에서의 과다출혈 때문에 아직 몸 상태가 정상은 아니었지만, 블러디 우드의 가호 덕분인지 운신에는 큰 불편함이 없었다.

때문에 카잔은 어렵지 않게 짐마차를 뒤적일 수 있었다.

뒤적뒤적.

“보자, 내가 그걸 어디에 뒀더라…….”

“……?”

에를린과 루틴은 카잔을 의아한 얼굴로 바라보았다.

잠시 후, 그들은 카잔이 꺼낸 상자에 든 붉은 열매를 보고 눈을 크게 떴다.

“어? 이거 레드 키렘 아니에요?”

“예입, 그렇습죠.”

“우와아, 무슨 레드 키렘을 한 상자씩이나 싣고 왔어요?”

에를린은 혀를 내둘렀다.

레드 키렘은 쥬라의 먼 남쪽 섬에서만 나는 희귀한 과일이다. 워낙에 맛있고 몸에도 좋은 반면, 생산지가 너무 먼 데다가 생산량 자체가 적기 때문에 왕족이라도 제철이 아니면 먹기 힘들 정도로 비쌌다.

레드 키렘이 한 상자라니!

돈으로 환산해도 수십 골드는 넘을 터였다.

"캬하하. 아무리 여행 중이라도 가끔 입에 꿀 칠은 해줘야 할 거 아닙니까요. 이것만 먹고 바로 출발할 테니 미리 마차에 타고 계십쇼."

"야아, 역시 늑대 씨는 멋진 짐승이라니까요."

"……아니, 왜 거기에 짐승이 붙는 겁니까요?"

"못된 인간이라고 불러드릴까요?"

"그냥 짐승이라고 해주십쇼."

카잔은 낄낄거리며 레드 키렘을 나눠주었다.

에를린은 환호성을 질렀고, 루틴은 헛기침을 하며 받았다.

레드 키렘은 알렉산드리아 13세에게도 돌아갔다.

카잔은 13세에게 진지한 표정으로 물었다.

"어르신, 10킬로미터를 5분 안에 돌파하실 수 있습니까요?"

푸르릉.

알렉산드리아 13세는 가소롭다는 듯 코웃음 쳤다. 어지간한 준마라도 1킬로미터를 돌파하려면 그 두 배의 시간이 걸린다. 더불어 짐마차까지 끄는 상태라면 더 말할 필요조차 없다.

하지만 이미 말이라는 종을 초월해서 마수라는 평마저

듣는 알렉산드리아의 후예에게 그것은 그야말로 우스운 일이었다.

"그럼 잘 부탁드립니다요."

카잔은 씨익 웃으며 짐마차에 올라탔다.

그리고 레드 키렘을 씹어 먹으며 힐끔 뒤를 돌아보았다.

에를린과 루틴은 벌써 레드 키렘을 먹어치우고 입맛을 다시고 있었다.

"이거 진짜 맛있네요. 하나만 더 주면 안 돼요?"

"안 됩니다요."

"남자가 쪼잔하게 하나만 주고 끝이 뭐예요."

"이 몸은 사실 여자입니다용."

카잔은 가느다란 콧소리를 냈다.

루틴은 그 소리를 듣고 해괴한 표정을 지었다.

반면 에를린은 당당하게 외쳤다.

"여자라면 좀 더 대범해져야죠!"

"……대체 아가씨 머릿속에서 남녀의 기준이 어떻게 돼 있는지 궁금해집니다요."

카잔은 고개를 내저으며 레드 키렘을 마저 씹어 삼켰다.

그리고 고삐를 단단히 움켜쥐었다.

"혹시나 싶어 말씀드리는데, 토하지 않게 조심하십쇼."

"토하긴요. 이 맛있는 걸 먹고 토할 리가……."

에를린은 문득 말꼬리를 흐렸다.

갑자기 치밀어 오르는 불길한 느낌.

알렉산드리아 13세가 제자리에서 발을 구르는 모습을 본 순간, 에를린은 새파랗게 질려버렸다.

"늑대 씨, 설마……!"

"어르신, 출발입니다요!"

카잔은 에를린의 말을 기다려주지 않았다.

알렉산드리아 13세는 힘차게 발굽을 내디뎠다.

쿠웅!

절대 익숙해질 수 없는 강렬한 진동.

에를린은 그것을 느끼며 뒷좌석을 꽉 움켜쥐었다.

동시에 질주가 시작되었다.

"히히히히히힝!"

두두두두두두두!

13세는 쩌렁쩌렁한 울음소리와 함께 화살처럼 협곡을 달려나갔다.

에를린은 가느다란 신음을 토했다.

루틴은 에를린을 감싸 안은 채 이를 악물었다.

한순간만 힘을 빼도 튕겨나갈 듯 격렬한 진동이 두 사람을 지옥과 같은 고통에 몰아넣고 있었다.

1분, 2분…….

짐마차는 알렉산드리아 13세의 무지막지한 속력 덕분에 빠르게 협곡을 치달려갔다.

카잔은 긴장을 풀지 않았다.

'광기의 협곡'은 독성 기체로 가득 차 있다.

레드 키렘 특유의 항독 효과로 5분 정도라면 기체의 독성을 막아낼 수 있지만, 항독 효과가 떨어지면 뇌 손상을 막을 방법이 없다.

때문에 협곡에서의 전력질주라는 무리수를 둔 것이다.

두두두두두!

3분, 3분 30초…….

협곡을 삼분지이쯤 통과했을 때, 무언가가 길에 나타났다.

죽어 널브러진 군중의 시체였다.

하지만 알렉산드리아 13세는 멈추지 않았다.

카잔은 속도를 늦추는 대신 다급히 외쳤다.

"꽉 잡으십쇼!"

에를린과 루틴은 반사적으로 몸에 힘을 줬다.

그 순간, 알렉산드리아 13세가 한 시체를 밟고 지나갔다.

콰드득!

상상도 못할 힘이 담긴 노마의 발굽에 의해 시체는 폭발하듯 짓뭉개져버렸다.

뒤이어 육중한 짐마차의 바퀴가 시체를 덮쳤다.

덜커덩!

"꺄아악!"

“윽……!”

전력질주 중에는 자갈 하나도 마차를 뒤집을 수 있는 법.

하물며 시체라는 큰 덩어리가 끼어들자, 짐마차는 당장이라도 뒤집힐 것처럼 한쪽으로 기울어졌다.

에를린은 물론 루틴마저 신음을 토해낼 요동!

카잔은 그 와중에도 침착하게 고삐를 틀어쥐었다.

“하!”

쿠웅!

카잔이 기합과 함께 고삐를 한쪽으로 당기자, 알렉산드리아 13세는 살짝 방향을 비틀며 속력을 더했다.

알렉산드리아 13세의 엄청난 힘에 당겨진 짐마차는 겨우 균형을 되찾았다.

하지만 그것은 시작에 불과했다.

덜컹덜컹! 쿠궁!

왼쪽으로 기울었다가 오른쪽으로 기운다.

앞으로 당겨졌다가 뒤로 처진다.

위로 튕겨 올랐다가 세차게 내려찍힌다.

마차는 시체를 하나 지나갈 때마다 중력을 초월했다.

즉, 그만큼 엉망진창이었다는 뜻이다.

짐마차가 뒤집히지 않은 것은 전적으로 알렉산드리아 13세의 엄청난 힘과 카잔의 교묘한 기술 덕분이었다. 마부들이 봤다면 맨땅에 몸을 던지며 카잔을 스승으로 모시려 들

법한 광경이었다.

4분.

4분 30초.

"어르신, 조금만 더 힘내십쇼!"

"히히히히힝!"

카잔은 13세와 혼연일체가 되어 마차를 몰았다.

협곡은 이제 거의 끝나가고 있었다.

문제는 시체를 지나며 속력이 많이 준 탓에 시간이 얼마 남지 않았다는 점이었다.

40초, 45초, 50초…….

"저 동굴 쪽입니다요!"

카잔은 동굴을 발견한 즉시 고함을 내질렀다.

알렉산드리아 13세는 카잔의 말을 들은 즉시 전속력으로 동굴을 향해 질주해갔다.

찰나가 영원처럼 생각되는 착각.

바람이 철벽처럼 느껴지는 감각.

짐마차는 기묘한 시간의 소용돌이를 뚫고 질풍처럼 동굴로 뛰어 들었다.

보통 말이었다면 어둡고 미끄러운 동굴에 들어선 순간, 무심코 속력을 늦추거나 넘어져서 마차를 전복시켰을 것이다.

13세는 당황하지 않고 침착하게 속도를 줄여갔다.

다각. 다각. 다각.

"자, 자. 이쯤이면 됐습니다요."

"히히히힝."

카잔은 짐마차를 세우고 스스로에게 질문해보았다.

'보자, 이 몸이 제정신인가?'

카잔은 피식 실소했다.

'그럴 리가 있나.'

뇌 손상이 일어났다고 해서 자가진단이 가능할 리가 없
다.

어쨌든 당장은 판단력이나 감정조절 능력이 멀쩡하다는
것만으로 충분하다.

카잔은 힐끔 뒤를 돌아보았다.

뒷좌석에는 시체 두 구가 엎어져 있었다.

"좀 괜찮으십니까요?"

"……우웨엑!"

참으로 통렬한 대답이었다.

에를린과 루틴은 짐마차에서 뛰어내려 속을 게워냈다.

카잔은 그 모습을 보며 낄낄 웃었다.

두 사람의 구역질은 오래갔고, 그사이 카잔은 흥얼거리
며 알렉산드리아 13세와 마차 바퀴를 닦았다.

어둡기 짝이 없는 동굴에서 흐릿한 램프의 불빛에 의지해
핏덩어리를 닦아내는 카잔의 모습은 너무나 소름끼쳐서 누
가 보면 기절할 정도였다.

"좋아, 깨끗해졌구만."

카잔은 거기에 탈취제와 향수까지 뿌렸다.

13세는 기분 나쁜 표정을 보였지만, 결국 카잔의 화려한 언변에 설득되어 향수를 받아들여야 했다.

'흐음, 이제 어쩐다.'

카잔은 어둠에 가려진 동굴 저편을 바라보았다.

대수림의 지도에는 각 관문의 이름이 적혀 있다.

죽음의 화원, 망자의 강, 피의 숲, 광기의 협곡, 그리고 식인동굴.

이름만으로 관문의 정체를 추측하기란 쉽지 않다.

지금까지는 그나마 군중 덕분에 관문을 파악할 수 있었지만, 이번 경우엔 동굴이라는 지형 때문에 관측 자체가 불가능했다.

무조건 달려서 빠져나가야 할까?

아니면 철저히 조심하며 지나가야 할까?

카잔은 답을 알 수 없는 문제를 두고 고민에 잠겼다.

동굴 저편에서 기묘한 소리가 들려온 것은 그때쯤이었다.

삐이이.

"으윽……."

"큭!"

에를린과 루틴은 귀를 감싸 쥐었다. 비명 소리와도 같은 기이한 음파 때문에 귀가 찢어지는 듯한 고통이 느껴졌다.

반면 카잔은 얼굴을 굳혔다.

"……이래서 '식인동굴'이었구만."

카잔은 내심 혀를 찼다. 이 기묘한 소리에 대해서라면 짐작 가는 게 있었다.

"빨리 마차에 타십쇼!"

카잔의 외침에 담긴 다급함을 느꼈기 때문일까.

루틴은 아직 정신을 차리지 못한 에를린을 서둘러 짐마차의 뒷좌석에 태웠다.

카잔은 그사이 짐마차에서 긴 상자를 꺼내 들었다.

습격이 시작된 것은 그때였다.

삐이이!

"우왁!"

카잔은 뭔가 날아온다 싶은 순간 바닥을 나뒹굴었다. 덕분에 가까스로 첫 번째 습격을 피할 수 있었다.

문제는 습격이 이제부터 시작이라는 사실이었다.

삐이이! 삐이이!

위에서, 옆에서, 뒤에서 날아오는 연이은 공격!

습격자의 정체는 다름 아니라 새까만 박쥐 떼였다.

"우와와와왓!"

카잔은 하나하나가 팔뚝보다 커다란 박쥐들의 습격을 피하기 위해 바닥을 데굴데굴 굴러다녔다.

박쥐들의 숫자는 많았고, 움직임은 더없이 날카로웠다.

때문에 카잔은 금방 박쥐 떼에 둘러싸이고 말았다.

습격은 짐마차에도 들이닥쳤다.

루틴은 에를린을 보호하기 위해 검을 뽑아 들었다.

카앙!

"크윽!"

루틴은 신음을 흘리며 뒤로 물러났다. 날아다니던 박쥐를 맞힌 것은 좋았는데, 정작 베어져야 할 박쥐는 멀쩡하고 검만이 부르르 떨려온 것이다.

카잔은 바닥을 나뒹굴며 소리 질렀다.

"오러 블레이드를 쓰십쇼! 식인박쥐를 물리치려면 그 수밖에 없습니다요!"

식인박쥐(cannibal bat)!

몸은 바위처럼 단단한 데다가, 코끼리조차 쓰러트릴 정도로 강력한 마비독을 가진 괴물!

그것이 바로 일행을 습격하고 있는 박쥐들의 정체였다.

"하아압!"

우우웅!

루틴은 오러 블레이드를 발현했다.

푸른 검광이 어둠을 가르자 식인박쥐 몇 마리가 양단되어 떨어졌다.

동료가 당했기 때문일까.

아니면 그 환한 빛 때문일까.

식인박쥐들은 혼란에 빠진 듯 우왕좌왕 날아다녔다.

카잔은 그 틈에 서둘러 품에 안고 있던 상자를 열었다.

덜컹.

상자 안에 들어 있던 것은 뜻밖에도 류트였다.

고풍스러우면서도 고급스러운 외양 때문에 음유시인들이라면 무심코 침을 삼킬 만한 물건이었다.

카잔은 급히 류트를 쥐고 현을 튕겼다.

디링.

맑고도 깊은 울림은 어둠 깊숙이 울려 퍼졌다.

소리에 반응한 식인박쥐들의 움직임이 주춤했다.

카잔은 힐끔 식인박쥐들을 살핀 뒤, 본격적으로 현을 울리기 시작했다.

디링. 디리링.

자장가처럼 부드럽고도 고요한 연주가 이어짐에 따라 식인박쥐의 습격은 점차 멎어갔다.

카잔이 입을 연 것은 그 순간이었다.

"흔들리는 달빛 아래, 방랑자는 길을 떠나가네."

"그림자를 길동무 삼아, 혼자만의 길을 떠나네."

"아무도 없이 혼자지만, 결코 고독하지는 않네."

"목적지 없이 방랑하지만, 절대로 멈추지 않네."

"떠도는 것이 운명이기에, 언제나 길을 떠나네."

카잔의 목소리는 연주에 자연스럽게 섞여 화음을 더욱

부드럽게 가라앉혔다.

식인박쥐들은 공격을 멈추고 허공을 맴돌았다.

에를린은 멍하니 카잔을 바라보았다.

루틴마저 검을 멈추고 연주에 귀를 기울였다.

카잔의 연주는 그 정적 속에 깊이 울려 퍼졌다.

"무엇을 힘들어할까, 인생은 결국 방랑인 것을."

"무엇을 외로워할까, 인간은 결국 혼자인 것을."

"무엇을 아쉬워할까, 죽으면 결국 빈손인 것을."

"무엇을 두려워할까, 삶이란 결국 행복인 것을."

"무엇을 아까워할까, 욕심은 결국 허무인 것을."

카잔의 연주는 평온하고도 조용하게 이어졌다.

대체 얼마나 시간이 지났을까.

영원히 이어질 듯만 싶은 연주가 끝났을 때, 식인박쥐들은 어느새 주변에서 사라져 있었다.

카잔은 그제야 연주를 멈추고 한숨을 내쉬었다.

"……우와아."

짝짝짝!

에를린은 상황마저 잊고 박수를 쳤다. 후작가의 영애로서 온갖 음악을 들어온 그녀마저도 감탄할 만큼 카잔의 연주는 뛰어났다.

카잔은 히죽 웃으며 에를린에게 정중히 허리를 숙였다.

"공연은 즐거우셨습니까요, 아가씨?"

"최고였어요!"

"캬하하하, 거 감사합니다요."

카잔은 히죽 웃으며 류트를 챙겨 넣었다.

루틴은 그때까지도 검을 든 채 멀거니 서 있었다. 이렇게 훌륭한 연주를 카잔이 했다는 놀라움과, 단지 연주 소리만 듣고 사라져버린 식인박쥐들에 대한 허무함 때문이었다.

카잔은 그런 루틴의 어깨를 두드렸다.

"나리, 이만 출발합지요."

"……그래."

루틴은 퍼뜩 정신을 차리고 검을 집어넣었다.

잠시 후, 카잔은 느긋하게 짐마차에 올라탔다.

에를린은 궁금한 표정을 지었다.

"늑대 씨, 박쥐들이 왜 물러난 거죠?"

"이 몸의 연주에 감동해서 그런 거겠습죠."

루틴은 카잔의 말을 듣고 신음을 흘렸다. 마음 같아서는 헛소리하지 말라고 쏘아주고 싶은데, 어쩐지 납득이 가는 것이 분했다.

카잔은 낄낄거리며 짐마차를 몰았다.

일행은 그렇게 유유히 6차 관문을 통과했다.

연이은 관문의 끝.

혹은 진정한 대수림의 시작이었다.

Chapter

10

1.

동굴 너머의 분지.

바깥쪽보다 한층 더 울창한 수림으로 가득한 그곳에는 모닥불을 중심으로 일단의 무리가 휴식을 취하고 있었다.

지팡이를 든 여인.

허리에 칼을 찬 청년.

창을 손질하고 있는 중년인.

새까만 옷을 입고 있는 흑의인.

군중 중 여기까지 도달한 수련자들이었다.

6차 관문은 그야말로 지옥과 같았다.

짙은 어둠 속에서 끝도 없이 날아드는 식인박쥐의 공격!

대다수의 공격은 거의 무효한 데 반해, 식인박쥐에게 한 번이라도 물렸다간 독에 마비돼서 산 채로 뜯어 먹히는 수밖에 없었다.

군중이 전멸한 것도 무리는 아니었다.

수련자인 그들조차도 서로 협력하지 않았다면 동굴에서 뼈를 묻었으리라.

때문에 그들은 서로를 경계하면서도 흩어질 수 없었다.

"……대수림의 악명은 헛것이 아니었군."

중년인은 창을 손질하다가 나지막이 말했다. 대화를 하려 하기보다는 한탄에 가까운 음성이었다.

청년은 차갑게 냉소 지었다.

"겁이 난다면 지금이라도 돌아가시지."

"여기까지 와서 돌아가는 게 가능할 것 같나?"

"……."

중년인의 반문에 청년은 입을 다물었다.

무법도시에서부터 죽음의 화원, 망자의 강, 피의 숲, 광기의 협곡, 식인동굴까지.

그것은 하나하나가 필사의 관문이었다.

과연 그 관문을 무사히 되돌아갈 수 있을까?

대답을 알기에 침묵할 수밖에 없는 질문이었다.

"비보만 손에 넣으면 돌아갈 수 있어."

여인은 중얼거리듯 말했다.

사실 비보를 손에 넣더라도 살아 돌아갈 수 있다는 보장 따위는 없다.

일행은 그것을 알면서도 고개를 끄덕였다.

지금으로서는 아주 작은 희망이라도 필요했기 때문이다.

"하늘나무를 찾아가는 게 최우선입니다."

흑의인의 말에 청년은 퉁명스럽게 말했다.

"하늘나무에 비보가 있다는 보장은 없어."

"다른 길이 있습니까?"

"……."

청년은 침묵했다.

흑의인은 숲 저편의 하늘나무를 보며 거리를 계산했다.

"대략적으로 가늠해볼 때, 하늘나무까지는 닷새 정도 걸릴 겁니다. 나머지는 일단 하늘나무에 도착한 뒤에 생각해 보면 됩니다."

"무사히 도착할 수 있다면 말이지."

천성적인 불평분자인 것일까.

중년인과 여인은 일일이 딴죽을 걸어대는 청년을 못마땅한 눈으로 바라보았다.

정작 고개를 끄덕인 것은 흑의인이었다.

"맞는 말입니다. 그러니 일단은 무사히 하늘나무까지 가는 게 최고 관건입니다."

청년도 더 이상은 트집을 잡지 못했다.

일행은 그때부터 토론을 시작했다.

때로는 반박하고 때로는 의견을 내놓으며 차츰차츰 대수림을 통과할 방안에 대해 얘기하길 한참.

흑의인이 흠칫한 것은 토론이 마무리돼갈 무렵이었다.

"왜 그래?"

"……냄새가 납니다."

흑의인의 말에 일행은 긴장감을 곤두세웠다.

실제로 다른 이들은 아무 냄새도 맡을 수 없었다.

하지만 차크라 수련자인 흑의인의 경고를 무시할 정도로 어리석은 이는 없었다.

차크라 수련자는 세자크(六通式, 육통식)라는 기예를 통해 인간을 초월한 감각을 개통할 수 있다.

개개인에 따라 차이가 있긴 해도, 후각을 개통한 수련자라면 어지간한 사냥개보다 신용할 수 있었다.

"무슨 냄새 말이지?"

"모르겠습니다. 이건…… 처음 맡아보는 냄새입니다."

흑의인은 미간을 찌푸렸다. 풀이나 꽃냄새와 비슷하면서도 더없이 낯선 향기가 불길한 예감을 자극했다.

분명한 것은 단 하나.

냄새가 점점 가까워지고 있다는 것이었다.

"뭔가가 옵니다."

"젠장!"

“준비하세.”

일행은 무기를 쥐고 여인을 중심으로 뭉쳤다.

여인 또한 지팡이를 쥐고 주문을 외울 준비를 갖췄다.

그리고 시간이 흘렀다.

청년의 손이 땀으로 가득 젖어들었다.

흑의인의 눈이 쉴 새 없이 어둠을 훑었다.

중년인은 석상처럼 부동의 자세를 지켰다.

여인은 긴장감으로 손끝을 떨었다.

얼마나 시간이 지났을까. 긴 정적을 깨트린 것은 청년의 목소리였다.

“이봐, 뭔가 있는 게 확실…….”

청년은 힐끔 흑의인을 돌아보았다.

흑의인은 찢어지는 듯한 고함을 터트렸다.

“피해!”

팡!

청년이 반사적으로 땅을 구른 순간, 그 자리에 무언가가 틀어박혔다.

허겁지겁 일어난 청년은 재빨리 주변을 돌아보았다.

잠시 후, 청년의 눈이 크게 벌어졌다.

“이건…… 뭐야?”

청년은 망연히 중얼거렸다.

조금 전까지 자신이 서 있던 자리에서 벌어지는 변화가

청년을 당황하게 만들었다.

툭. 투두둑.

땅속에서 푸른 새싹이 솟아났다 싶은 순간, 그것이 자라나 잎사귀를 피우고 가지를 뻗어내기까지. 그 모든 일은 고작 다섯 호흡 만에 일어났다.

변화가 끝났을 때, 그 자리에는 한 그루 나무가 우뚝 생겨나 있었다. 눈으로 봤으면서도 믿기 힘든 광경이었다.

"대체 이게 뭐야……?"

청년의 말에 대답하는 이는 없었다. 경악과 공포 등의 온갖 감정이 그들을 굳어지게 만든 것이다.

나름의 냉정함을 유지한 사람은 중년인뿐이었다.

"정신 차렷! 다음 공격이 온다!"

"……!"

청년은 정신이 번쩍 드는 것을 느꼈다.

두 번째 공격이 날아온 건 청년이 허겁지겁 돌아서려 할 때였다.

팡!

허공을 꿰뚫는 오싹한 파공음을 들은 순간, 청년은 소용돌이처럼 몸을 돌리며 검을 휘둘렀다.

콰직!

청년의 검은 정확하게 무언가를 베어냈다.

하지만 공격은 하나가 아니었고, 청년은 결국 허벅지에

일격을 허용하고 말았다.

"이런 젠장!"

촤악!

청년은 이를 악물고 허벅지에 박힌 것을 뽑아냈다.

피로 범벅이 된 그것은 길고, 단단하고, 뾰족했다.

"가시?"

청년은 짧은 신음을 흘렸다. 말도 안 되는 소리다. 고슴도치의 털이라 해도 이렇게 길고 뻣뻣하지는 않다. 만약 이런 가시를 가진 생물이 있다면……!

"설마……!"

청년의 얼굴이 새파랗게 물들었다.

순간 두 번째 이변이 일어나기 시작했다.

투둑.

"이, 이건?"

청년은 경악했다. 허벅지의 상처에서 갑자기 새싹이 피어오른 것이다.

조금 전의 광경을 떠올린 청년은 얼어붙어 버렸다.

"도…… 도와……!"

투두두둑!

청년은 채 비명을 끝맺지 못했다.

귀에서, 눈에서, 입에서…… 몸의 모든 구멍에서 쏟아져 나온 줄기와 나뭇잎이 그 입을 틀어막았기 때문이다.

변화는 그것만으로 끝나지 않았다.

본래 부드러워야 할 피부는 나무껍질처럼 딱딱해졌다. 몸을 지탱하던 다리는 나무뿌리가 되어 땅속에 틀어박혔다. 검을 쥐고 있던 손은 높이 솟아오른 나뭇가지가 되었다. 머리를 뒤덮고 있던 머리카락은 이끼가 되어 사방으로 퍼져나갔다.

딱 다섯 호흡.

청년이 나무로 변하는 데 걸린 시간은 그것뿐이었다.

"……!"

일행은 아무도 입을 열지 못했다.

다만 두 눈을 부릅뜬 채 굳어버렸을 뿐이다.

세 번째 공격이 시작된 것은 그때였다.

파바방!

마치 화살처럼 연이어 쏟아지는 가시 세례!

중년인은 급히 정신을 차리고 앞으로 뛰쳐나갔다.

그리고 폭풍처럼 창을 휘둘러 가시를 튕겨내며 버럭 고함을 내질렀다.

"반격하게!"

흑의인과 여인은 그제야 충격에서 벗어났다.

두 사람은 서둘러 반격을 시작했다.

촤좌좌좍!

흑의인은 수십 개의 암기를 쏟아냈다.

각각이 철판을 꿰뚫을 만한 위력의 암기 소나기!

대부분의 암기는 헛되이 허공을 갈랐지만, 모든 암기가 빗나간 건 아니었다.

파박!

"저기다!"

여인은 흑의인이 가리킨 곳으로 지팡이를 내밀었다.

준비해놓은 주문을 발동시키기까지 걸린 시간은 찰나!

"일렉트리컬 스펠(electrical spell), 썬 더 썬 더(thunder thunder)!"

흑의인과 중년인은 이런 상황임에도 불구하고 황당하다는 표정으로 여인을 바라보았다.

'뭐 그딴 주문이 다 있어?'라는 소감이 그대로 담긴 얼굴.

하지만 마법의 위력만큼은 확실했다.

쿠과과과광!

지팡이가 토해낸 번개가 수풀 한가운데 직격했다.

얼마나 위력이 컸던지, 수풀이 모조리 불타오르고 주변의 나무가 새까맣게 타버렸을 정도였다.

그럼에도 일행은 얼굴을 펴지 못했다.

"……끝난 겁니까?"

"모르겠군. 시체까지 타버린 건지, 아니면……."

중년인은 말꼬리를 흐렸다.

번개가 지나간 자리에 시체는커녕 그 파편 비슷한 것조

차 없다는 사실이 그들을 긴장하게 만들었다.

불길한 예감은 적중했다.

팡!

“……!”

흑의인과 중년인은 기겁하며 몸을 돌렸다.

여인의 가슴에는 어느새 뾰족한 가시 하나가 튀어나와있었다.

“아……!”

툭. 투두둑!

무엇을 얘기하려 했던 것일까.

입을 잠시 뻐끔거리던 여인은 한마디도 말하지 못하고 나무로 뒤덮여버렸다.

남은 것은 중년인과 흑의인뿐.

두 사람만으로 이 정체불명의 적을 상대할 수 없다는 것은 불을 보듯 뻔한 사실이었다.

“칫!”

흑의인은 혀를 차며 뒤로 훌쩍 물러났다.

그리고 나무에 바짝 몸을 붙였다 싶은 순간 허공에 녹아들듯 사라졌다.

차크라 수련자 특유의 은신술, 투야나였다.

이미 펼쳐진 투야나를 꿰뚫어 보는 것은 세자크의 달인이 아닌 이상 불가능한 일!

적어도 흑의인은 그렇게 믿고 도망쳤다.

한 줄기 바람이 불어온 것은 바로 그때였다.

촤아악!

"크아악!"

흑의인은 허벅지 부분이 화끈해지는 것을 느끼며 땅을 나뒹굴었다.

그의 다리는 어느새 깔끔하게 잘려나가 있었다.

'투야나조차 소용없다니……!'

흑의인은 절망했다.

투야나가 깨지고 다리가 날아간 이상 도주는 불가능하다.

이제 자신의 운명은 불을 보듯 뻔했다.

으득. 으드득.

뭔가 으스러지는 소리가 들려온 것은 그때였다.

흑의인은 그 소리를 따라 고개를 들었다.

동시에 얼어붙었다.

4미터는 족히 될 법한 체고, 불타오르는 듯한 핏빛 눈동자, 전신을 뒤덮고 있는 새까만 털, 뻣뻣한 가시로 뒤덮여 있는 긴 꼬리, 검보다 기다란 발톱, 동굴처럼 크고도 흉악한 입, 그리고 이빨 사이에서 씹히고 있는 자신의 다리.

얼핏 보면 고양이와 비슷하면서도 전혀 다른 존재.

흑의인은 이런 생물이 존재한다는 것을 믿을 수가 없었

다.

때문에 그것의 정체를 깨달을 수 있었다.

"마, 마물!"

흑의인은 처절한 절규를 내질렀다.

마물은 핏빛 눈동자를 흑의인에게 향했다.

팡!

"큭……!"

마물의 꼬리가 움찔거렸다 싶은 순간, 가시 하나가 화살처럼 쏘아져 나와 흑의인의 가슴에 틀어박혔다.

또 하나의 나무가 생겨난 것은 순식간이었다.

그 장면을 본 중년인은 꽈악 입술을 깨물었다.

"정원수라도 만드는 건가? 대단한 악취미로군."

중년인의 말에 마물은 비웃듯이 눈꼬리를 휘었다.

그리고 고양잇과 생물 특유의 느릿느릿하면서도 유연한 몸놀림으로 중년인을 향해 다가오기 시작했다.

'난 죽겠군.'

중년인은 냉정하게 판단했다.

덩치나 몸놀림만으로도 상대하기 어려운 마물이다.

특히 저 가시에 찔리기라도 하면 그 순간 끝장인 상황이니, 승산은 전무했다.

"하다못해 길동무라도 삼아주마."

우우웅!

중년인은 자신의 오러를 창끝에 집중시켰다.

은빛 창날이 반딧불처럼 반짝거린다 싶은 순간, 창끝에서 한 줄기 빛이 폭발하듯 터져 나왔다.

오러 블레이드!

목숨을 포기한 중년인의 각오가 만물을 베어내는 빛의 칼날을 빚어내고 있었다.

"와라!"

중년인은 쩌렁쩌렁하게 외쳤다.

수명을 담보로 얻은 힘이 그에게 자신감을 주었다.

마물은 중년인에게 달려드는 대신 제자리에서 천천히 입을 벌렸다.

"뭘 하는 거냐? 어서 덤……."

위이이이잉.

중년인은 입을 다물었다. 마물의 입 안쪽에서 서서히 뭉쳐가는 청록색 빛을 봤기 때문이다.

청록색 빛의 정체는 알 수 없었다. 다만 저것이 오러 블레이드 못지않은…… 아니, 그것을 훨씬 능가하는 무시무시한 힘을 담고 있다는 것만은 명확하게 느낄 수 있었다.

"이…… 하아아아아!"

중년인은 이를 악물고, 쩌렁쩌렁한 고함과 함께 창을 집어던졌다.

오러 블레이드를 머금은 창이 허공을 가르며 날아간 순

간, 마물의 입에 맺혀 있던 광채가 거대한 빛의 기둥이 되어 중년인을 집어삼켰다.

툭. 투두두둑!

빛의 기둥에 직격당한 중년인의 몸은 눈 깜짝할 사이에 나무껍질로 뒤덮였다.

마물 또한 멀쩡한 것은 아니었다.

미간 깊숙이 틀어박힌 창이 그 사실을 알려주었다.

하지만, 단지 그뿐이었다.

투둑!

마물이 고개를 휘젓자 창은 금방 빠져버렸다.

미간의 상처는 급속히 아물다가 결국 흉터조차 남기지 않고 사라져버렸다.

중년인이 생명을 불태운 결과는 그것뿐이었다.

마물이 꼬리를 채찍처럼 휘두른 건 그때였다.

좌아악!

꼬리가 스쳐 지나간 허공에서 어떤 그림자가 튀어나왔다.

검은 생머리와 황금빛 눈동자의 미녀, 나라샤였다.

'이럴 수가……?'

설마 자신의 투야나마저 발각될 줄이야!

나라샤는 경악하는 와중에도 팅기듯 뒤로 물러나 숲 속으로 도망쳤다. 그야말로 섬광처럼 빠른 속도였다.

마물은 그런 나라샤를 비웃듯 입매를 휘었다.

그리고 나라샤를 쫓아 숲 속을 달려가기 시작했다.

새로운 사냥의 시작이었다.

2.

카잔은 나무에 등을 찰싹 붙이고 있었다. 언제나 장난스럽던 얼굴은 식은땀으로 가득했고, 외눈안경을 쥔 손은 미세하게 떨리고 있었다.

경직이 풀린 것은 마물이 나라샤를 쫓아가고도 한참 뒤였다.

털썩.

"후우우."

카잔은 나뭇가지에 주저앉아 한숨을 내쉬었다.

'괴물이구만.'

수련자 네 명을 장난감처럼 처리해버리다니!

마물의 두려운 점은 그것만이 아니었다.

오러 블레이드가 맺힌 창에 미간을 맞고도 멀쩡한 생명력에다, 투야나조차 단숨에 간파하는 감각까지…….

정말이지 괴물이라고밖에는 할 수 없는 존재였다.

'그 아가씨 아니었으면 큰일 날 뻔했군.'

카잔은 내심 나라샤에게 감사했다. 만약 그녀의 존재가

아니었다면 아무리 3킬로미터의 거리가 있었더라도 마물의 감각을 피해낼 수 없었을 것이다.

'뭐, 반쯤은 이것 덕분이지만서도.'

카잔은 등의 배낭에서 작은 화분을 꺼냈다.

화분에는 마약화 루다아르네가 곱게 심어져 있었다.

루다아르네의 향기에는 체취를 지워주는 효과가 있다. 혹시나 몰라 보험 삼아서 챙겨온 덕분에 마물의 후각을 속일 수 있었던 것이다.

'그럼 이제 어쩔까나?'

카잔은 고민에 잠겼다.

마물의 힘은 절대적. 루틴이라도 대적불가였다.

가장 좋은 방법은 이대로 돌아가는 것이지만, 에를린은 절대 포기하지 않을 것이다.

카잔으로서도 도중에 일을 관두는 것은 별로 마음에 들지 않았다.

결국 남은 방법은 한 가지뿐이다.

'뭐, 잘 해봐얍죠.'

카잔은 히죽 웃으며 나무를 내려왔다.

짐마차로 돌아오는 데에는 30분 정도가 걸렸다.

이미 깊은 밤중이다 보니 에를린은 뒷좌석에서 쌔근쌔근 잠들어 있었고, 루틴은 그 옆에서 꾸벅꾸벅 졸고 있었다.

때문에 카잔은 양해를 구하는 절차를 생략했다.

"어르신, 한 이틀 동안 전력질주 가능하십니까요?"

푸르릉.

알렉산드리아 13세는 힐끔 카잔을 돌아보았다. 왜 그래야 하냐는 의문과 그까짓 거 아무것도 아니라는 자신감이 섞인 눈빛이었다.

카잔은 13세에게 진지한 얼굴로 말했다.

"하늘나무까지만 달려주십쇼. 따돌려야 하는 상대가 있어서 말입니다요."

푸르릉.

알렉산드리아 13세는 고개를 끄덕였다.

카잔이 마부석에 올라타자 에를린이 부스스 눈을 떴다.

"하암…… 늑대 씨, 오셨어요?"

에를린은 나른하게 하품을 했다. 주야를 가리지 않고 여기저기 쏘다니는 게 카잔의 일상이다 보니, 이젠 한밤중에 어딜 다녀와도 태연하게 인사를 할 수 있게 된 것이다.

카잔은 그런 에를린에게 씨익 웃어 보였다.

"꽉 잡으십쇼. 전력질주입니다요."

"……헤?"

에를린은 멍하니 카잔을 바라보았다. 방금 잠에서 깨어나서 정신이 없어서라기보다는, 그 뜻을 이해하기 싫다는 현실도피적인 반응이었다.

13세는 힘차게 발을 굴러 에를린에게 현실을 알려주었다.

쿠웅!

"으음?"

루틴은 잠에서 깨어났다. 슬슬 익숙해진 진동에 본능적으로 반응한 것이다.

에를린은 서글픈 눈으로 루틴을 바라보았다.

"루틴 경, 제가 죽으면 꽃밭이 보이는 곳에 묻어주세요."

"……예?"

루틴은 어리둥절할 수밖에 없었다. 깨자마자 느닷없이 유언을 들었으니 그럴 만도 했다.

13세의 폭주가 시작된 것은 그 순간이었다.

"히히히히히히힝!"

"우왁!"

두두두두두두!

루틴은 갑작스러운 출발의 반동에 뒷좌석에 나뒹굴었다.

미리 대비하고 있던 에를린은 다행히 나뒹구는 꼴은 면했지만, 그 얼굴은 이미 창백하게 질려 있었다.

짐마차는 마구잡이로 흔들리며 숲 속을 질주했다. 카잔의 탁월한 기술이 아니었다면 100미터도 못가서 전복이 됐을 만큼 엄청난 주행이었다.

"어르신, 이렇게만 부탁드립니다요!"

"히히히힝!"

카잔은 13세와 혼연일체가 되어 마차를 몰았다.

짐마차는 충분하다 못해 지나칠 정도로 빨랐다. 하지만 카잔은 더 빨리 달리지 못하는 걸 안타까워했다.

'시간에 맞출 수 있어야 할 텐데 말입죠.'

카잔은 마른침을 삼켰다.

나라샤가 얼마나 시간을 벌어줄 수 있을지 모른다.

마물이 얼마나 빠르게 달릴 수 있는지도 모른다.

비보를 찾는 데 시간이 얼마나 걸릴지도 모른다.

온갖 불확정요소로만 가득한 도박!

그 승산은 오직 시간과 속도에 있다고 해도 과언이 아니다.

'뭐, 운이 좋기를 바라는 수밖에 없습죠.'

카잔은 피식 실소하며 속력에 박차를 가했다.

짐마차는 그렇게 신기에 가까운 움직임으로 거목을 피하며 대수림의 중심부를 향해 달려갔다.

한편 그 시각.

짐마차와는 다른 방향에서 하늘나무를 향해 치달려가고 있는 인물이 있었다.

타다다다다닷!

나라샤는 바람처럼 숲을 달려갔다. 말과도 비견될 정도로 엄청난 속도였다.

민첩성과 반사속도를 초인적으로 향상시켜주는 기예, 하이란(加速式, 가속식)을 펼쳤기에 가능한 초가속!

하지만 나라샤는 안심할 수 없었다. 마물이 바로 뒤에서 쫓아오고 있었기 때문이다.

'날 가지고 놀고 있군요?'

나라샤는 입술을 깨물었다.

놈의 속도는 자신을 능가했다. 아직까지 도망칠 수 있는 이유는 하나, 놈이 장난감을 가지고 놀듯이 여유를 부리고 있기 때문이었다.

'정말 난감하네요?'

나라샤는 싸울 생각조차 하지 않았다. 마물이 수련자 네 명을 눈 깜짝할 사이에 해치우는 것을 두 눈 똑똑히 본 그녀였다.

더구나 투야나를 꿰뚫어 보고 하이란마저 따라잡는 괴물을 맞상대한다는 것은 자살행위나 다름없었다.

'지금이라도 동굴로 돌아갈까요?'

나라샤는 잠시 갈등했다.

당장 대수림을 탈출하는 것이 현명한 판단이다.

그럼에도 불구하고 나라샤는 걸음을 돌리지 못했다. 200여 명의 군중을 희생양 삼아 겨우 여기까지 들어올 수 있었다. 이번 기회를 놓친다면 잔디르의 비보를 손에 넣을 기회는 두 번 다시 없을 것이다.

'그럴 순 없겠죠?'

나라샤는 눈웃음을 지었다.

잔디르의 비보는 대륙십대비보 중 하나!

특히 독과 저주를 물리치고 모든 병을 치유하는 힘을 가지고 있다고 전해지기에, 사람들은 잔디르의 비보를 대륙제일의 보물로 손꼽기를 주저하지 않았다.

이제 와서 그것을 포기할 수는 없었다.

'자아, 그럼 내 목숨을 건 도박을 해볼까요?'

나라샤는 달리는 속도에 박차를 가했다.

짐마차로부터 시작해 나라샤, 마물로 꼬리를 물고 이어지는 기나긴 달리기는 그렇게 시작되었다.

3.

전력질주를 시작한 지 이틀째.

짐마차는 가까스로 해가 지기 전에 하늘나무에 도착했다.

에를린과 루틴이 하늘나무에 도착하자마자 취한 행동은 입을 틀어막고 마차에서 뛰어내리는 것이었다.

"우읍!"

"쿨럭, 쿨럭!"

두 사람에게서는 이미 체면도 뭣도 없었다. 이틀 동안 뒤집어질 것처럼 치달리는 짐마차를 타고 있는 것은 오러 수련자인 루틴조차 버거울 정도의 고역이었다.

카잔은 대자로 드러누운 둘을 보며 히죽 웃었다.

그리고 숨을 헐떡거리는 알렉산드리아 13세의 어깨를 두드려주었다.

"고생하셨습니다요, 어르신."

푸르릉.

13세는 이 정도는 별것 아니라는 듯 콧김을 토했다.

하지만 땀으로 범벅이 된 몸과 경련을 일으키고 있는 근육은 이미 한계에 도달했음을 보여주고 있었다.

카잔은 13세를 짐마차에서 풀어주었다.

"푹 쉬고 계십쇼. 또 언제 달리게 될지 모르니 말입죠."

……푸르르.

알렉산드리아 13세는 쓰러질 뻔했다. 겨우 버텨낸 것은 '전장의 폭군'으로서의 자존심 덕분이리라.

카잔은 킬킬거리며 짐마차에서 화분을 꺼내 들었다.

그리고 땅에 짐승처럼 널브러져 있는 에를린에게 다가갔다.

"여어, 좀 움직일 수 있으시겠습니까요?"

"……차라리 절 죽여요."

에를린은 힘없이 중얼거렸다. 차라리 죽는 게 편할 정도로 몸 상태가 최악이었다.

카잔은 히죽 웃으며 고개를 끄덕였다.

“침대 위에서라면 얼마든지 죽여드립죠.”

“네 이노오옴! 컥, 쿨럭쿨럭!”

루틴은 벌떡 몸을 일으켰다. 그리고 고함이 무색할 정도로 기침을 토해냈다.

카잔은 그 모습을 보고 혀를 찼다.

“쯧쯧. 거 기사 나리가 그렇게 허약해서 어쩌십니까요.”

“끄으응……..”

루틴은 죽을 듯한 신음을 흘렸다. 뭐라 한마디 쏘아주고는 싶은데, 이틀 내내 마차를 몰아왔으면서도 멀쩡한 카잔의 모습을 보니 말이 안 나왔다.

카잔은 머리를 벅벅 긁적였다.

“보십쇼. 이 몸도 좀 쉬게 해드리고는 싶지만, 시간이 그리 많지 않습니다요.”

“하늘이 무너져도 못 움직여요……..”

“그럼 이 몸 혼자 비보를 찾아올깝쇼?”

“말도 안 되는 소리!”

루틴은 버럭 고함을 내질렀다. 에를린이 뭐라 어떻게 말하든, 루틴은 카잔 같은 부랑자 따위에게 비보를 건드릴 기회를 줄 생각 따위는 눈곱만큼도 없었다.

카잔은 그 대답을 듣고 팔짱을 꼈다.

“딱 1분 드리겠습니다요. 그때까지 안 일어나시면 이 몸 혼자 갑니다요.”

“으음……”

루틴은 묵직한 신음을 흘렸다.

그리고 대자로 드러누워 있는 에를린을 차마 보지 못하고 하늘을 올려다보며 나지막이 말했다.

“아가씨, 제가 이놈과 비보를 찾아올 테니 그동안 여기서 쉬고 계십시오.”

“명색이 선조님의 유물인데 그럴 수는 없죠……”

에를린은 흐느적흐느적 몸을 일으켰다. 귀족 아가씨라기보다는 언데드 같은 모습이었다.

카잔은 킬킬 웃으며 들고 있던 화분을 건네줬다.

“자, 이거 선물입니다요.”

“어머? 예쁜 꽃이네요!”

에를린은 화분에 피어 있는 하얀 꽃을 보자마자 눈을 초롱초롱 빛내며 냉큼 화분을 받아 들었다.

죽었다 되살아난 것처럼 팔팔한 모습이었다.

반면 루틴은 루다아르네를 알아보고 눈을 부릅떴다.

“그 꽃은……!”

“일종의 부적입죠. 혹시 압니까요, 이게 위기에서 아가씨를 한 번 구해줄 수 있을지?”

“……!”

루틴은 갈등 끝에 입을 다물었다. 카잔은 이러니저러니 해도 허튼소리를 할 인물은 아니다.

더구나 에를린의 목숨에 대한 의뢰까지 받아들인 이상, 그녀에게 득이 되면 몰라도 해가 되는 행동은 하지 않을 것이다.

"그럼 출발할 테니 잘 따라오십쇼."

"네!"

"안내나 잘 해라."

카잔은 히죽 웃으며 앞장서서 나아갔다.

에를린은 화분을 끌어안고 싱글거리며 카잔을 따라갔고, 루틴은 가장 뒤에서 날카로운 눈으로 주변을 경계했다.

일행이 하늘나무에서 동굴처럼 커다란 구멍을 찾아낸 것은 10여 분쯤 뒤였다.

'흐음, 여기려나?'

카잔은 망설이지 않고 구멍 안으로 들어갔다. 이것저것 따지고 있을 시간이 없을뿐더러, 추색탐험전문가로서의 감이 이곳에 뭔가 있다고 알려주고 있었다.

저벅저벅.

나무 구멍은 넓고도 길었다. 특별히 어둡거나 별다른 위험이 있는 건 아니었지만, 고요한 가운데 울리는 걸음 소리에는 무심코 몸을 움츠리게 만드는 섬뜩함이 있었다.

얼마나 걸었을까.

일행이 걸음을 멈춘 것은 길게 이어지던 통로의 끝에 도달하자마자였다.

“아……!”

“이건……!”

에를린과 루틴은 무심코 탄성을 내질렀다.

통로의 끝에는 입이 쩍 벌어지도록 넓은 공동이 있었다.

나무 곳곳에 나 있는 틈새를 통해 위에서 가늘게 새어드는 빛줄기는 공동 내부를 비추며 더없이 아름답고도 신비로운 광경을 연출하고 있었다.

하지만 두 사람을 놀라게 한 것은 다른 것이었다.

“대체…… 이 조각상은 뭐죠?”

드넓은 공동의 중심부.

그곳에는 높이 수십 미터의 조각상이 있었다. 사납게 치켜뜬 눈, 뾰족하게 세운 이빨과 발톱, 그리고 날카로운 가시로 뒤덮인 꼬리까지. 전신이 넝쿨과 이끼에 덮여 있으면서도 무시무시하게 보이는 나무 조각상이 두 사람을 움츠러들게 만들고 있었다.

“흐음, 과연.”

카잔은 눈을 가늘게 떴다.

공동에는 그 외에도 많은 것이 있었다.

조각상 앞에 세워져 있는 석판이나, 넝쿨이나 나무껍질에 뒤덮인 채 사방에 널려 있는 갑옷과 무기의 잔해 등등.

유독 특이한 것은 석판 앞에 서 있는 해골이었다.

죽은 지 한참 지났음에도 불구하고 썩어서 사라지지 않

고, 땅에 검을 박아 넣은 채 우뚝 서 있는 해골.

카잔은 그 해골을 보고 히죽 웃었다.

"저게 아가씨 선조님인 거 같은뎁쇼?"

"……!"

에를린은 그제야 해골을 발견하고 흠칫했다. 오랜 시간이 지나 빛이 바래긴 했지만, 해골의 갑옷에 새겨진 푸른 불꽃의 문양을 알아보기는 어렵지 않았다.

"맞아요. 이분이 제 선조님…… 청염의 마스터, 아일 반 잔디르 님이에요."

에를린은 가늘게 목소리를 떨었다.

그리고 화분을 내려놓고 유골 앞에 무릎을 꿇었다.

루틴 또한 에를린의 뒤에서 정중하게 검을 뽑았다.

"잔디르 후작가의 18대손 에를린 벨 잔디르, 7대 선조님을 뵙습니다."

"잔디르 기사단의 41대 부단장 루틴 한 데리우스, 13대 단장님을 뵙습니다."

에를린은 예를 갖춘 뒤 몸을 일으켰다.

뒤이어 유골이 쥐고 있는 검을 조심스럽게 뽑았다.

검은 300년의 흐름에도 놀랄 만큼 멀쩡했다. 아니, 단지 그 정도를 넘어 시퍼런 예기를 뽑아내고 있었다.

특히 황금빛 구슬이 박혀 있는 손잡이를 쥐자, 따스한 기운이 흘러들어 에를린의 몸에 남아 있는 피로를 깨끗하게 증발시켜주었다.

"이게 잔디르의 비보, '성검 아크라드' ……!"

에를린은 탄성을 토해냈다.

성검(聖劍) 아크라드.

대륙십대비보 중 모든 악을 베어내는 최고의 보물!

순수한 검으로서의 기능만 해도 오러 블레이드에 버금가는 데다가, 소유주를 모든 해악으로부터 보호하며 무한한 체력을 주는 특성을 지닌 명검.

그 때문에 아크라드를 지닌 기사는 불사신처럼 전장을 종횡무진할 수 있었다고 전해진다.

후드드득!

지금껏 성검의 힘으로 형태를 유지해온 유골은 수백 년의 시간을 한꺼번에 묵은 것처럼 먼지가 되어 흩어져버렸다.

에를린은 안타까운 눈으로 그 모습을 보았다.

"루틴 경, 나머지 유품을 부탁드려도 될까요?"

"예, 아가씨."

루틴은 서슴없이 유골과 갑옷을 챙겼다.

에를린은 그사이 아크라드를 검갑에 집어넣고, 천으로 감싸서 소중하게 안아 들었다.

드디어 비보를 찾았다는 감격, 앞으로의 일에 대한 걱정, 선조님에 대한 안타까움 등의 여러 마음이 에를린의 심경을 복잡하게 만들고 있었다.

한편 카잔은 석판 앞에 서 있었다. 유골이든 보물이든, 일단 찾아낸 이상 카잔 자신과는 상관없는 이야기였다.

그보다는 오히려 석판의 내용이 흥미로웠다.

      ……제국력 XXXX년, 마물의 왕이 나타나 세상을 혼란으로……. 제국의 삼분지일이 숲으로 뒤덮일 지경에 이르자, 우리는 결국 힘을 모아 마물의 왕을 상대하기로 했다. 하지만 100일에 걸친 치열한 접전에도 불구하고 마물의 왕을……. 마물의 왕은 불사의 존재라 어떤 부상을 입어도……. 결국 우리는 마물의 왕을 물리치는 대신 봉인……. 여덟 명의 마스터가 힘을 모아 겨우 성공하였으니, 이를 '위대한 영광'으로 삼아 길이길이 전하도록 하였다. 또한 만에 하나라도 마물의 왕이 부활하는 것을 막기 위해, 거대한 결계와…….

석판의 내용은 고대어로 쓰여 있었다. 오랜 세월에 걸쳐 마모되거나 사라진 부분이 많았기에 카잔으로서도 그 이상은 읽어낼 수 없었다.

카잔은 팔짱을 끼고 그 문맥을 되짚어보았다.

'마물의 왕이라…….'

카잔은 힐끔 조각상을 향해 시선을 돌렸다.

　크기만 수십 미터에 달하는 거대한 조각상. 이것이 살아 있는 마물이었다면 그 능력은 끔찍하다는 말조차 부족할 정도였을 것이다.

　고대의 마스터들이 대수림까지 만들어가며 이곳을 봉인한 것도 무리는 아니었다.

　'위대한 영광'이 보물인 줄 알고 룰루랄라 여기까지 찾아왔던 아일 후작이 알았다면 저승에서 통곡할 이야기였다.

　'뭐, 때로는 모르는 게 약입죠.'

　카잔은 피식거리며 바닥을 힐끔 내려다봤다.

　그리고 에를린과 루틴에게 다가갔다.

　"용건은 다 끝나셨습니까요?"

　"네. 정말 고마워요, 늑대 씨."

　에를린은 성검과 화분을 나눠 든 채 빙긋 웃었다.

　카잔의 안내 덕분에 무사히 대수림에 들어와 비보까지 찾아냈으니, 그야말로 절이라도 해주고 싶은 것이 에를린의 심정이었다.

　카잔은 가볍게 어깨를 으쓱거렸다.

　"일이었으니 말입죠. 어쨌든 끝났다면 이만 가십시다요."

　"조금만 시간을 주면 안 되겠느냐?"

　루틴은 힐끔 주변을 둘러보았다. 이곳에 남아 있는 갑옷이나 검은 하나같이 잔디르 기사단의 유품. 수습할 수 없다면 묻어주기라도 했으면 하는 것이 루틴의 심정이었다.

물론 턱도 없는 소리였다.

"이미 많이 지체됐습니다요."

"하지만……."

"당장 출발해도 안전을 보장하기 힘듭니다요."

카잔의 시선은 '안전'이라는 말을 할 때 빠르게 에를린에게 머물렀다 돌아왔다.

"으음."

루틴은 씁쓸히 고개를 끄덕였다. 아무리 유품이 중요해도 아가씨의 안전을 담보로 삼을 수야 없는 노릇이었다.

일행은 길을 되돌아갔다.

다행스럽게도 짐마차는 별일 없이 무사했다.

"여어, 어르신. 별일 없었습니까요?"

푸르릉.

알렉산드리아 13세는 투박한 콧소리를 냈다.

카잔은 히죽 웃으며 13세를 짐마차에 연결했다. 이제 남은 일은 빠져나가는 것뿐이다. 분지를 벗어날 때까지는 조금 더 고생을 해야 할 테지만, 나머지는 일사천리나 다름없었다.

문제가 벌어진 것은 바로 그 순간이었다.

파아앙!

기묘한 굉음과 함께 무언가가 수풀에서 튀어나왔다. 뒤엉킨 흑발과 찢어진 가죽옷 때문에 엉망진창인 몰골, 그럼에도 불구하고 여전히 빼어난 미색을 지닌 미녀, 나라샤였다.

그녀는 땅을 데굴데굴 구르다가 벌떡 몸을 일으켰다.

이어 일행을 보고 흠칫 몸을 굳혔다.

장소가 장소니 만큼 사람을 본 것도 놀라웠지만, 특히 에를린의 품에 소중히 안겨 있는 기다란 천 뭉치가 나라샤의 정신을 번쩍 들게 만들었다.

"성검 아크라드?"

질문이라기보다는 확인의 물음.

에를린은 반사적으로 뒤로 한 걸음 물러났다.

그 반응이야말로 무엇보다 분명한 대답이었다.

나라샤는 즉시 하이란을 펼쳐 에를린에게 달려들었다.

방비를 불가능하게 하는 초고속 기습!

하지만 에를린에게는 걱정덩어리 수호신이 있었다.

"썩 물러나지 못할까!"

우우웅!

루틴은 쩌렁쩌렁한 고함과 함께 검을 휘둘렀다.

빛살을 가르듯 쾌속하면서도 강맹한 참격!

나라샤는 뒤로 공중제비를 넘어 가까스로 루틴의 검을 피해냈다.

그리고 가볍게 착지한 뒤 눈웃음을 지었다.

"여자에게 칼질이라니, 성질 고약한 분이네요?"

루틴은 나라샤의 말에 대답하지 않았다. 다만 전신을 팽팽하게 긴장시킨 채 언제든 나라샤의 움직임에 대응할 수 있도록 태세를 갖출 뿐이었다.

나라샤는 그 모습을 보고 곤혹감을 느꼈다.

'이거 곤란하게 됐네요?'

상대의 실력을 파악하기에는 일검만으로도 충분했다.

암습이라면 몰라도 정면 대결로는 상대하기가 쉽지 않다. 하물며 전력의 반도 발휘하기 힘든 지금이라면 승산은 매우 낮았다.

'하지만 물러날 수는 없겠죠?'

나라샤는 가느다란 손가락을 움켜쥐었다.

루틴은 검을 똑바로 치켜든 채 정체불명의 상대를 노려보았다. 정면 대결이라면 자신이 유리하지만, 암살자를 상대로 누군가를 호위하며 싸운다는 것은 결코 쉬운 일이 아니었다.

바늘 하나만 떨어져도 피보라가 몰아칠 팽팽한 긴장감!

그것을 깨트린 것은 다름 아닌 13세였다.

"히히히히힝!"

"……!"

카잔은 거센 울음소리를 듣고 얼굴을 굳혔다.

13세는 갈기를 곤두세운 채 숲을 보고 있었다.

격렬한 숨소리와 거세게 땅을 찍는 발굽은 알렉산드리아 13세의 긴장감, 흥분, 공포를 생생하게 드러냈다.

카잔이 아는 한, 대수림에서 '전장의 폭군'을 이렇게 흥분하게 만들 수 있는 존재는 오직 하나뿐이었다.

"모두 짐마차에 타쇼! 어서!"

"네?"

에를린은 카잔의 갑작스러운 외침에 당황했다.

하지만 루틴과 나라샤는 꼼짝도 하지 않았다. 서로를 견제하느라 한 치도 물러날 수 없는 상황이었기 때문이다.

카잔은 다짜고짜 에를린을 들쳐 업었다.

"까악!"

"네놈, 무슨 짓을……!"

암살자에게 눈을 고정시킨 루틴의 외침.

그에 반응하는 카잔의 태도는 평소와 달랐다.

"젠장! 지금 당장 떠나지 않으면 다 죽는단 말입니다요! 아가씨를 죽일 생각이십니까요?"

카잔의 모습에서 지금까지의 비굴함은 조금도 엿볼 수 없었다, 아니, 오히려 어른이 아이를 나무라는 듯한 당당함마저 느껴졌다.

"……!"

루틴은 상황의 심각성을 깨닫고 얼굴을 굳혔다.

카잔은 에를린을 던지듯 뒷좌석에 집어넣었다. 그리고 마부석에 올라타서 루틴을 불렀다.

"나리, 어서 오십쇼!"

루틴은 짧은 갈등 끝에 마음을 굳혔다.

"먼저 가라!"

"루틴 경? 무슨 소리를……!"

에를린은 뒷좌석에서 창백한 얼굴로 외쳤다.

하지만 카잔은 두 번 묻지 않았다. 나라샤를 견제함으로써 자신들에게 시간을 벌어주려는 루틴의 의도를 눈치챘기 때문이다.

"어르신, 달리십쇼!"

"자, 잠깐만요! 루틴 경이 남아 있다고요!"

카잔은 에를린의 비명과 같은 고함을 무시하고 짐마차를 출발시켰다. 아니, 출발시키려고 했다.

바로 그 순간,

거대한 그림자 하나가 짐마차를 덮쳤다.

쾅과광!

"……"

루틴은 멍하니 허공을 바라보았다. 느닷없이 나타난 마물에게 놀랐기 때문이 아니다.

피투성이로 땅에 쓰러진 노마의 모습이.

산산조각 나서 사방으로 흩뿌려지는 파편이.

본래의 형체만 겨우 남은 채 뒤집힌 마차의 잔해가.

그리고 그 안에 있을 에를린의 존재가 루틴의 넋을 빼앗고 있었다.

"아가씨?"

루틴은 부디 자신의 예상이 틀리기를, 제발 대답을 들을 수 있기를 바라며 떨리는 목소리로 입을 열었다.

대답은…… 없었다.

"에를린 아가씨?"

경련은 서서히 퍼져나갔다. 입술이 떨리고, 목이 떨리고, 어깨가 떨렸다. 후회, 비탄 등의 온갖 감정이 걷잡을 수 없이 휘몰아쳤다.

그리고 떨림이 멈췄을 때.

루틴의 마음속에 남은 감정은 단 하나뿐이었다.

"크아아아아아아아!"

새까맣게 타오르는 증오에 몸을 맡긴 채, 루틴은 마물을 향해 달려들었다.

CHAPTER
11

1.

파바바바바밧!

그것은 폭풍과 같은 맹공이었다.

심장을 노리는 찌르기에 이어 목을 향한 베기.

발톱을 막은 즉시 앞발을 베어내는 반격과 머리를 부숴 버릴 듯한 강격.

루틴은 그야말로 미친 듯이 마물을 공격했다.

인간이 대상이었다면 피의 비가 내렸을 도살극!

하지만 마물은 아무리 큰 상처를 입어도 다섯 호흡 만에 깨끗하게 재생되었다.

반면 루틴은 마물이 장난처럼 휘두르는 발톱이나 꼬리에

의해 이미 피투성이가 되어 있었다.

결과가 불을 보듯 뻔한 싸움!

그 모습을 보며 카잔은 앓는 소리를 삼켰다.

'죽겠구만……'

카잔은 힐끔 시선을 내렸다. 그리고 의식을 잃은 채 자신의 팔에 안겨 있는 에를린을 보며 작게 한숨을 쉬었다.

마물이 암습한 순간, 13세와 카잔은 동시에 반응했다.

13세가 급히 움직여준 덕분에 짐마차는 마물의 공격을 살짝 빗겨 맞았고, 덕분에 카잔은 간발의 차로 에를린을 끌어안고 짐마차를 탈출할 수 있었다.

에를린이 그 충격으로 기절한 것은 상관없었다.

문제는 알렉산드리아 13세였다.

'어르신, 괜찮으십니까요?'

……푸르르.

노마는 피투성이의 몸으로 거친 숨소리를 토해냈다.

짐마차가 박살 날 때 연결 장치까지 끊어졌기에 같이 전복하는 사태는 피할 수 있었지만, 그 파편과 충격까지 막아낼 수는 없었던 것이다.

카잔도 크게 다를 바가 없었다. 에를린을 감싸며 마차에서 뛰어내린 탓에 파편을 홀랑 뒤집어쓴 그의 등은 완전 피투성이가 되어 있었다.

크게 부러진 데가 없다는 게 천운이랄까.

'하, 그러고 보니 정말 운이 좋았구만.'

카잔은 에를린이 안고 있는 화분을 보고 실소했다. 루다 아르네가 아니었다면 단지 마차의 잔해 뒤에 숨는 것만으로 마물의 눈을 피할 수 없었을 것이다.

온갖 행운이 겹쳐서 목숨을 건진 셈이다.

'문제는 지금부터인데 말입죠.'

카잔은 맹렬하게 머리를 굴렸다.

알렉산드리아 13세가 부상을 입고 짐마차가 박살 난 이상 도주는 불가능하다.

대체 어떡해야 할까.

무조건 숲으로 도망쳐볼까?

금세 마물에게 잡혀 죽을 것이다.

이대로 죽은 척하고 있어볼까?

죽은 척했다가 그대로 죽을 것이다.

결국 남은 방법은 하나.

어떻게든 마물을 물리치는 것뿐이다.

'그런데 이게 무리라 이 말입죠.'

카잔은 잔해의 틈새로 마물을 훔쳐보았다.

루틴은 오러 블레이드를 휘두르며 마물과 싸우고 있었다.

다만 그것은 마물이 루틴을 가지고 놀고 있기 때문일 뿐. 진심으로 싸우면 열 호흡이 지나기도 전에 결판나 버리리라는 것은 눈에 뻔히 보이는 사실이었다.

'방법이 없는 건 아니지만서도…… 끄응.'

카잔은 왼손의 반지를 만지작거렸다.

마물을 어떻게든 할 방법이 있기는 했다.

문제는 그것이 터무니없는 도박이라는 것. 특히 지금의 상황에서는 10퍼센트의 승산조차 없었다.

'뭔가 수를 써야 하는데 말입니다요.'

카잔은 눈알을 데구르르 굴렸다.

뭔가 방법이 있을 것이다.

마물을 잠시나마 붙잡아둘 수 있는 방법.

도박의 승산을 조금이나마 높일 수 있는 방법.

이곳에서 살아남아 무사히 의뢰를 끝마칠 수 있는 방법이!

그때, 카잔에게 한 줄기 그림자가 드리웠다.

"이야, 용케 살아 있네요, 당신들?"

카잔은 천천히 고개를 들어올렸다.

잔해 위에 서 있는 흑발금안의 여인을 보며 그는 히죽 웃어 보였다.

"운이 좋았습죠."

"그 운도 이제 끝난 거 같은데요?"

나라샤는 눈웃음을 지었다.

본래 그녀의 목적은 성검 아크라드.

때문에 루틴이 마물을 상대하는 틈을 타 마차의 잔해를 뒤지러 온 것이다.

카잔이 살아 있다는 게 뜻밖이기는 했지만, 감히 자신을 막을 수 있을 거라고는 생각하지 않았다.

설령 막는다고 해도 죽여버리면 그만이었다.

나라샤는 오싹한 살기를 뿜어냈다.

동시에 카잔은 양손을 들었다.

"항복입니다요."

"……헤?"

나라샤는 눈을 깜빡거렸다.

그리고 이해가 안 간다는 듯 고개를 갸웃거렸다.

"저기, 방금 뭐라고 했죠?"

"항복이라고 했습니다요."

카잔은 히죽 웃으며 산뜻하게 말했다.

아니, 아예 에를린의 품에서 아크라드를 빼서 나라샤에게 휙 하니 던져주었다.

"가져가십쇼."

나라샤는 엉겁결에 아크라드를 받아들었다.

더불어 떨떠름하다 못해 넋 나간 표정으로 카잔을 바라보았다.

"고맙긴 한데, 이래도 되나요?"

"어차피 빼앗길 거면 서로가 편한 게 좋지 않습니까요."

“당신…… 이상한 사람이네요?”

나라샤는 묘한 눈으로 카잔을 바라보았다.

성검 아크라드는 대륙십대비보 중 하나.

자기 것이 아니라도 이렇게 간단히 내줄 수 있는 물건이 아니었다.

카잔은 어깨를 으쓱거렸다.

“이 몸이 받은 의뢰는 어디까지나 비보까지 안내하는 것이라 말입죠. 추가 의뢰가 있기는 해도 이 처지에 거기까지 신경 쓸 여유는 없고 말입니다요.”

“흐응, 그런가요?”

나라샤는 눈웃음을 지었다.

그리고 아크라드를 소중하게 안아들었다.

목숨을 걸고 대수림까지 찾아온 목적을 이뤘다는 만족감이 나라샤의 얼굴에 아름다운 미소를 떠올리게 만들었다.

카잔은 그녀를 보며 히죽 웃어 보였다.

“그런데 고양이 아씨, 이제 어쩌실 겁니까요?”

나라샤는 눈을 깜빡거렸다. 고양이 아씨라는 특이한 칭호에 대한 반응이었다.

때문에 나라샤의 대답은 조금 늦게 나왔다.

“도망갈 건데요?”

깔끔하고도 명쾌한 대답이었다.

카잔은 예상했다는 듯 고개를 끄덕였다.

동시에 익살맞은 웃음을 머금었다.

"뭐, 그것도 나쁘지는 않습죠. 저 마물을 따돌릴 방법이 있다면 말입니다요."

나라샤는 미소를 지웠다.

카잔의 말에 담긴 의미는 명확했다.

"내가 마물을 따돌릴 수 없을 거 같나요?"

"캬하하! 꼭 그런 건 아닙죠. 2,3일만 더 하이란을 유지하실 수 있다면 뭐가 문제겠습니까요."

카잔은 씨익 웃었다.

나라샤는 눈을 가늘게 뜨고 카잔을 주시했다.

"지금 나에게 협박을 하는 건가요?"

"협박인지 아닌지는 고양이 아씨가 아시겠습죠."

카잔은 느긋하게 대답했다.

나라샤는 머리카락을 배배 꼬며 고민에 잠겼다.

분하게도 카잔의 지적은 정확했다. 벌써 이틀 내내 하이란을 유지해온 나라샤에게는 더 이상 마물에게 도망 다닐 여력이 없었다.

그녀는 결국 한숨을 쉬었다.

"방법은 있나요?"

"10분, 딱 10분만 마물의 움직임을 막아주십쇼. 나머지는 이 몸이 어떻게든 해보겠습니다요."

카잔은 히죽 웃었다.

나라샤는 카잔을 흘겨보았다.

말이야 쉽다. 문제는 그 마물이 마스터조차 찜 쪄 먹는 불사신이라는 것이다.

"당신, 정말 못된 사람이네요?"

"캬하하! 천성이 이래서 말입니다요."

카잔은 유쾌하게 웃었다.

나라샤는 잠시 고민에 잠겼다.

대체 무슨 수를 쓰면 10분 만에 마물을 쓰러트릴 수 있을지 상상도 가지 않았다.

하지만 어차피 다른 선택지도 없는 상황이었다.

"좋아요. 딱 10분 만이에요?"

나라샤는 눈웃음을 지었다.

그리고 뒤로 훌쩍 몸을 날려 마물에게 달려갔다.

촤아악!

대체 어느새 뽑아든 것일까.

나라샤는 아크라드를 휘둘러 마물을 공격했다.

섬광 같은 참격!

깨끗이 잘려나가는 마물의 다리!

차크라 수련자 특유의 민첩성에 아크라드의 절삭력이 더해지자, 그 위력은 무시무시할 정도였다.

물론 그것만으로 마물을 쓰러트릴 수는 없었다.

잘린 사지조차 금방 재생되어버렸기 때문이다.

하지만 나라샤는 전광석화처럼 사방을 돌아다니며 연이어 마물의 사지를 공격했다.

거기에 루틴까지 오러 블레이드를 휘두르며 달려들자, 마물조차 잠시 동안은 발이 묶일 수밖에 없었다.

"기대 이상인뎁쇼?"

카잔은 나라샤의 활약을 보며 히죽 웃었다.

그리고 왼손에서 다섯 개의 반지를 한꺼번에 뽑아 들었다.

본래 이렇게 마구잡이로 사용할 물건이 아니지만, 지금은 이것저것 따질 때가 아니었다.

뚜둑!

카잔은 손가락을 물어뜯었다.

손에서 떨어진 핏방울은 반지에 스며들었다.

"⟨FAR⟩, ⟨FOS⟩, ⟨FUE⟩, ⟨GED⟩, ⟨GIE⟩."

"매직 아이템(magic item) 잠금장치전체해제."

"오대속성일제해방. 오대속성통일융합."

루비, 사파이어, 에메랄드, 다이아몬드, 앰버.

카잔이 속삭임을 이어감에 따라 다섯 개의 반지는 하나씩 은은한 빛을 발하기 시작했다.

적청녹백황의 다섯 빛줄기는 허공에서 서로 뭉치며 점차 검은색으로 변해갔다.

주르륵.

카잔은 수많은 땀방울이 뺨을 타고 흘러 내려와 턱에서 뚝뚝 떨어져 내리는 와중에도 땀을 닦을 생각조차 하지 못했다.

조금만 잘못돼도 사방이 날아갈 수 있는 상황!

천하의 카잔이라도 여유를 부릴 때가 아니었다.

우우웅.

'후우……'

오색 광채는 이내 완전한 칠흑색으로 통합됐다.

카잔은 그것을 보고 안도의 한숨을 내쉬었다. 다섯 빛줄기의 균형이 조그만 흐트러졌어도 엄청난 대참사가 일어났을 것이다.

하지만 작업은 아직 끝난 것이 아니었다.

"오대용기직렬연결. 허속성분할용해."

허공에 있던 묵광은 다섯 반지로 흘러들어 갔다.

카잔은 모든 묵광이 흡수된 뒤에야 힘겹게 식은땀을 닦아냈다.

"이거 두 번은 못할 짓일세."

마법사들이 봤다면 입에 게거품을 물고 나자빠질 작업을 무사히 끝낸 것치고는 참으로 산뜻한 감상이었다.

카잔은 다섯 개의 반지를 움켜쥐었다.

그리고 기절해 있는 에를린과 쓰러진 노마를 돌아봤다.

"어르신, 아가씨를 잘 부탁드립니다요."

카잔은 알렉산드리아 13세의 대답을 기다리지 않았다. 다만 있는 힘껏 땅을 박차고 나갔을 뿐이다.

타다다닷!

카잔은 마물과의 거리를 좁혀나갔다.

걸음을 내디딜 때마다 등의 상처가 욱신거려왔지만 달리는 속도를 늦추지 않았다.

마물이나 반지.

어느 쪽이든 느긋하게 처리할 여유는 없었으니까.

촤아악!

콰앙!

나라샤와 루틴은 그사이에도 마물과 치열할 격전을 벌이고 있었다.

마물이 쏘아낸 가시를 피해냈다 싶은 순간 맹렬한 앞발이 날아오고, 반격을 가했다 싶으면 곧바로 역공이 터져 나온다.

그야말로 쉴 틈 없이 오가는 공방!

두 사람 다 신체적으로는 아직 여력이 있었다.

하지만 아무리 공격해도 상처 하나 남지 않는 불사의 괴물을 상대로 격전을 벌이다 보니 정신적으로 급격하게 지쳐가고 있었다.

카잔이 끼어든 것은 바로 그 순간이었다.

“상처를 만들어주십쇼! 가능한 한 크고 깊숙하게!”

“너……!”

루틴은 카잔을 보고 눈을 부릅떴다. 마물의 습격에 에를린과 카잔이 죽었다고만 생각하고 있던 루틴으로서는 당연한 반응이었다.

반면 나라샤는 망설이지 않았다.

“가능한 한 크고 깊숙하게 말이죠?”

나라샤는 싱긋 눈웃음을 지었다.

뒤이어 훌쩍 물러났다가 튕겨지듯 앞으로 달려 나가며 마물의 옆구리에 아크라드를 찔러 넣었다.

촤악!

아크라드가 마물의 몸 깊숙이 파고들었다 싶은 순간, 나라샤는 춤을 추듯 몸 전체를 회전시키며 나선형으로 검을 뽑아냈다.

덕분에 마물의 옆구리에 커다란 구멍이 뚫렸다.

마물의 재생력이라면 순식간에 회복될 상처. 하지만 카잔이 원한 것은 그 상처 자체였다.

카잔은 주먹 위에 루비 반지를 얹고 있는 힘껏 엄지를 튕겼다.

피잉!

루비 반지는 화살처럼 맹렬하게 쏘아져나가 마물의 상처 깊숙이 파고들었다.

마물의 상처는 반지를 품은 채 감쪽같이 사라졌다.

카잔은 그 모습을 보며 히죽 웃었다.

"좋습니다요. 이렇게만 해주십…… 으와왓!"

팡!

카잔은 허겁지겁 몸을 날렸다. 마물이 가시를 쏘아내며 카잔에게 달려들었기 때문이다.

일반인치고는 민첩한 편이기는 해도, 수련자도 아닌 카잔으로서는 몇 번 피해내기도 전에 바닥을 나뒹굴게 될 수밖에 없었다.

그때, 누군가의 그림자가 카잔을 앞을 가로막았다.

카앙!

루틴은 크게 검을 휘둘러 마물의 공격을 튕겨냈다. 더불어 이글거리는 눈으로 카잔을 돌아보았다.

"아가씨께서는 어떻게 되셨느냐?"

"캬하하! 무사하시니 걱정 마십쇼."

"그렇다면 됐다. 뭘 하려는지 몰라도 서둘러라!"

루틴은 철탑처럼 우뚝 선 채 마물의 공격을 받아냈다. 당장은 에를린이 무사하더라도 마물을 어떻게든 하지 않으면 다시금 위험해질 수 있다는 걸 아는 만큼 필사적인 움직임이었다.

카잔은 그런 루틴을 보며 씨익 웃었다.

그리고 나라샤와 협력해서 마물의 몸에 반지를 묻어가는

작업을 반복했다.

피잉! 피잉! 피잉! 피잉!

허벅지에 사파이어, 등에 에메랄드, 어깨에 다이아몬드.

네 개의 반지는 차례대로 마물의 몸에 파묻혔다.

이제 남은 반지는 하나뿐!

하지만 상황은 호락호락하게 굴러가지 않았다.

좌아악!

"큭!"

"꺄악!"

일행을 가지고 노는데 싫증이 난 것일까.

마물은 꼬리를 크게 휘둘러 루틴과 나라샤를 떨쳐내고 입을 쩌억 벌렸다.

위이이이잉.

마물의 입안에서 청록색 빛이 뭉쳐가기 시작했다.

루틴과 나라샤는 기겁하며 다시 달려들었다.

하지만 마물은 어떤 부상을 입든지 아랑곳하지 않고 계속해서 입안에 빛을 모아갔다.

마물의 입에서 빛이 터져 나오려던 찰나!

카잔이 마물의 앞으로 뛰어들었다.

피잉!

카잔은 쩍 벌어진 마물의 입안으로 마지막 호박 반지를 튕겨 넣었다.

그리고 씨익 웃으며 손가락을 튕겼다.

"아이템 스펠(item spell), 카오틱 게이트(chaotic gate)."

딱!

우우우웅!

카잔이 손가락을 튕기자 마물의 입에서 묵광이 폭발했다.

아니, 그것은 비단 마물의 입안에서만이 아니었다. 어깨에서, 옆구리에서, 등에서, 허벅지에서 동시에 시작된 새까만 빛줄기는 입에서 나온 빛과 합쳐져 마물의 몸을 뒤덮기 시작했다.

마물은 그 이변에 당황하며 발버둥 쳤다.

하지만 아무리 발버둥 쳐도 검은빛을 끊어낼 수는 없었고, 오히려 입안에 맺혀 있던 청록색 빛마저 묵광에 흡수되어갔다.

매직 마스터가 총력을 기울여 만든 매직 아이템!

그 다섯 개가 일제히 해방되며 터져 나온 힘은 순간적으로 나마 공간과 차원의 경계를 비틀어버릴 정도로 강대한 마력의 흐름을 만들어냈다.

우우우웅!

묵광은 서서히 마물의 몸속에 뭉쳐들어 하나의 구멍을 만들어냈다.

블랙홀을 연상시키는 칠흑색 구멍!

카오틱 게이트는 무시무시한 흡입력을 발휘하며 마물을, 아니, 구멍의 근처에 존재하는 모든 것을 빨아들이기 시작했다.

"캬오오! 캬오오오오오오오!"

마물은 땅속 깊숙이 발톱을 박아 넣었다.

어떻게든 구멍에 빨려 들어가지 않으려는 발악!

하지만 자신의 몸속에 생겨난 구멍으로부터 도망친다는 것은 불가능한 일이었다.

"캬아아아아아아아!"

마물은 처절한 포효를 내질렀다.

카잔은 히죽 웃으며 한 손을 흔들었다.

"여행 잘 가쇼, 형씨. 올 때는 선물 사오는 거 잊지 마쇼."

"캬오오오오……!"

마물은 결국 찢어지는 듯한 포효를 지르며 구멍 너머로 빨려 들어갔다.

잠시 후.

구멍은 서서히 작아지다가 감쪽같이 사라졌다.

그 뒤에 남은 것은 눈을 부릅뜬 루틴과 입을 헤 벌리고 있는 나라샤, 그리고 땅에 길게 남아 있는 열 줄기의 발톱 자국뿐이었다.

카잔은 그들을 보며 킬킬거리다 대자로 드러누웠다.

"에구구, 이제 살았구나."

루틴과 나라샤는 한참 동안이나 정신을 차리지 못했다.

조금 전 광경이 그만큼 충격적이었던 것이다.

"……그건 뭐였느냐?"

루틴은 충격에서 깨어나자마자 질문을 던졌다.

카잔은 어깨를 으쓱거리며 대답했다.

"매직 아이템입지요."

"대, 대체 무슨 매직 아이템이었냐는 말이다!"

루틴은 자신도 모르게 소리를 내질렀다.

뛰어난 마법사라면 매직 아이템을 만드는 것쯤이야 어렵지 않지만, 조금 전에 본 광경은 그런 것과는 차원이 달랐다.

카잔은 느긋한 목소리로 대답했다.

"뭐, 타크젤 영감님 작품이니 이 정도는 되얍죠."

"타크젤! 아티팩트 마스터의 매직 아이템이라고?"

루틴은 기겁했다.

세상에 단 일곱 명밖에 없는 매직 마스터.

그중에서도 마법도구 제작에 있어서는 고금제일이라 불리는 대마법사의 이름이 여기서 언급될 줄은 몰랐던 것이다.

나라샤는 카잔을 향해 눈웃음을 지었다.

"이야. 당신, 돈 많네요?"

"많았다고 해야겠습죠. 이제는 완전 파산해서 빈털터리니 말입니다요. 캬하하하하!"

“으음…….”

루틴은 짧은 신음을 흘렸다.

타크젤이 만든 매직 아이템은 부르는 게 값이다. 오죽하면 그의 작품을 따로 아티팩트라고 칭하겠는가.

그런 아티팩트를 한두 개도 아니고 다섯 개나 몽땅 써버렸으니, 카잔이 파산했다는 것은 결코 빈말이 아니었다.

“나리께서 아까 꾸물거리시지만 않았어도 그걸 다 날리지는 않았을 텐데 말입니다요.”

루틴은 카잔의 불평을 듣고 발끈했다.

“그깟 아이템! 내가 얼마든지 물어…….”

“개당 2천 골드, 총합 1만 골드의 손해를 대체 어떻게 메울지…… 에휴휴.”

“…….”

루틴은 합죽이가 되었다.

거짓말 말라고 외치고 싶은 마음은 굴뚝같았다.

하지만 타크젤의 아티팩트라면 진짜 그 정도 가격이라도 이상할 것 없다. 아니, 조금 전의 위력을 생각하면 오히려 싼 값이라고 해도 과언이 아니다.

카잔은 그런 루틴을 보며 씨익 웃었다.

“근데 나리, 방금 뭐라고 하지 않으셨습니까요?”

“커, 커흠! 아가씨께서는 어디 계시냐고 물어보려 했다.”

“좀 다른 말이었던 거 같은데…… 뭐, 어쨌든 아가씨는 저쪽에 계십니다요."

루틴은 그 즉시 마차의 잔해를 향해 달려갔다. 마치 도망치는 것처럼 재빠른 움직임이었다.

하긴, 말 한마디 잘못해서 가문이 거덜 날 지경에 처한다면 누구라도 그만큼 빨라질 수밖에 없을 것이다.

카잔은 루틴의 뒷모습을 보며 낄낄거렸다.

나라샤는 묘한 눈으로 카잔을 바라보았다.

1만 골드를 날렸다면 누구나 좌절하거나 맥이 빠질 텐데, 카잔에게서 그런 기색은 찾아볼 수 없었다. 그렇다고 억지로 웃고 있는 것 같지도 않았다.

'정말 신기한 사람이네요?'

나라샤는 피식 웃었다. 무법도시에서 별의별 인간 군상을 다 만나온 그녀로서도 카잔 같은 인간은 처음이었다.

카잔은 눈을 가늘게 뜨고 나라샤를 보았다.

"보쇼, 고양이 아씨. 아무리 남의 불행은 나의 행복이라는 게 절대적인 법칙이라도, 그렇게 대놓고 좋아하는 건 너무한 거 아뇨?"

"하지만 당신, 전혀 불행하게 보이지 않는데요?"

나라샤는 솔직한 감상을 말했다.

카잔은 그 말을 듣고 어깨를 으쓱거렸다.

"뭐, 돈 몇 푼 없어졌다고 죽는 것도 아니니 말입죠. 한 20년쯤 열심히 일하면 다시 벌 수 있지 않겠습니까요?"

"20년 만에 1만 골드를? 대단하네요?"

"이 몸에게 반하셨습니까요?"

나라샤는 매력적인 눈웃음을 지었다.

그리고 카잔의 목에 아크라드의 칼날을 들이댔다.

"……이 몸의 농담이 그렇게 불쾌하셨습니까요?"

카잔은 뺨을 긁적거렸다.

나라샤는 싸늘한 눈으로 말했다.

"미안하지만 성검은 넘겨줄 수 없답니다?"

나라샤는 아크라드를 꽉 움켜쥐었다. 비록 어쩔 수 없는 상황 때문에 힘을 합치기는 했지만, 그녀는 본래 아크라드를 놓고 카잔 일행과 다툴 수밖에 없는 처지였다.

과연 그 문제를 해결해야 할까?

해답은 간단하다. 카잔을 죽여버리는 것이다.

힘만 센 기사나 비리비리한 여자의 능력만으로 대수림을 벗어나는 건 불가능한 일.

그러면 나라샤는 유유히 추적을 뿌리칠 수 있었다.

카잔 또한 그 사실을 잘 이해하고 있었다.

"가져가십쇼. 쫓지는 않겠습니다요."

"……?"

나라샤는 눈을 동그랗게 떴다.

카잔은 마치 놀란 고양이와 같은 그녀의 얼굴을 보며 낄낄 웃었다.

나라샤는 미심쩍은 표정으로 카잔을 바라보았다.

"쫓지 않겠다고요?"

"거래했잖습니까요. 마물을 물리치는 걸 도와주는 대신 성검을 드리기로. 벌써 잊으셨습니까요?"

나라샤는 어벙하게 카잔을 바라보았다.

물론 그런 거래를 하기는 했다. 하지만 그것은 계약서는 커녕 맹세조차 없는 암묵적인 약속에 불과했다. 어기려 하면 얼마든지 어길 수 있는 것이다.

나라샤는 결국 한숨과 함께 단검을 치웠다.

"당신, 진짜진짜 이상한 사람이네요?"

"캬하하하! 칭찬 고맙습니다요."

카잔은 낄낄 웃었다.

에를린도 그사이 정신을 차렸는지 루틴의 부축을 받아 마차의 잔해 뒤에서 걸어 나왔다.

무언가를 찾는 듯 주변을 두리번거리길 잠시.

그녀는 나라샤 손에 들린 아크라드를 보고 눈을 치켜떴다.

루틴이 곤혹스러워하고, 나라샤가 눈웃음 짓고, 카잔이 흥미진진하게 지켜보는 가운데 에를린은 나라샤를 향해 성큼 걸음을 내디뎠다.

바로 그때.

절대 들려와선 안 될 소리가 터져 나왔다.

"캬아아아아아아!"

공기가 얼어붙는 것 같았다.

나라샤, 루틴, 카잔은 창백하게 얼굴을 물들였다.

에를린 혼자만 어리둥절해하는 가운데 그들은 뻣뻣해진 고개를 옆으로 돌렸다.

'그것'은 그곳에 있었다.

너무나 익숙한 포효.

더없이 낯익은 모습.

첫 번째의 갑절에 달하는 체구의…… 두 번째 마물이.

"캬오오오오오오오!"

땅에 남아 있는 발톱 자국이 자식의 마지막 흔적이라는 것을 눈치챈 것일까.

마물은 발톱 자국을 보며 구슬프게 울었다.

나라샤는 새하얀 얼굴로 카잔을 돌아보았다.

"괴짜 씨, 그 아티팩트 남은 거 있나요?"

"……없는뎁쇼."

카잔은 주르륵 식은땀을 흘렸다. 마물이 두 마리일 줄은 상상도 못했던 것이다.

일행의 얼굴은 순식간에 어두워졌다.

첫 번째 마물의 체고는 겨우 4미터밖에 안 됐다.

반면 두 번째 마물의 체고는 8미터에 가깝다. 단순한 덩치만 보더라도 갑절 이상이고, 그 힘이나 속도는 얼마나 더

세고 빠를지 상상도 가지 않았다.

일행의 선택은 정해진 것이나 마찬가지였다.

"모두 달리쇼!"

카잔은 부리나케 하늘나무로 달려갔다.

다른 세 사람은 허겁지겁 카잔의 뒤를 따랐다.

지금으로서는 도망치는 것만이 유일한 방책이었으니까.

크르르르르……!

마물은 한참 뒤에야 울음소리를 멈췄다. 동시에 핏빛 눈동자를 이글거리며 일행을 뒤쫓아왔다.

추적이라기에는 한참이나 늦은 출발!

하지만 마물은 무서운 속도로 일행과의 거리를 좁혀왔다.

타다다다닷!

"우와앗! 쫓아오는데 어떡해요?"

"달리쇼, 무조건 달리쇼!"

"꺄악! 루틴 경?"

"무례를 용서하십시오, 아가씨!"

일행은 정신없이 하늘나무를 향해 달려갔다.

나라샤는 하이란을 펼쳤고, 루틴은 에를린을 안아들고 오러로 근력을 강화시켰으며, 카잔은 젖 먹던 힘을 끌어냈다.

100미터, 70미터, 40미터…….

시시각각 좁혀지는 거리!

일행의 심장은 당장이라도 터질 것처럼 펄떡거렸다.

카잔이 고함을 내지른 건 바로 그때였다.

"모두 안으로 들어가쇼!"

하늘나무에 뻥 뚫려 있는 구멍!

일행은 몸을 날리듯 그 안으로 뛰어들었다.

마물의 거대한 몸이 하늘나무와 충돌한 것은 그 직후였다.

쿠웅!

"캬아아아!"

마물은 하늘나무에 부딪혔다가 튕겨 나왔다.

그리고 구멍 앞에서 사나운 포효를 내질렀다.

너무 커다란 덩치 때문에 구멍 안쪽까지 일행을 쫓아갈 수 없었던 것이다.

일행은 그것을 보고 안도의 한숨을 내쉬었다.

하지만 카잔은 달음박질을 멈추지 않았다.

"멈추지 말고 계속 달리쇼!"

"왜요? 마물은 못 들어오잖아요?"

에를린은 의아하게 카잔을 돌아봤다.

해답을 알려준 것은 마물이었다.

파바바바방!

"와와와왓!"

“꺄악! 꺄악!”

마물은 구멍에 꼬리를 밀어 넣고 가시를 쏘아냈다.

나라샤, 루틴, 에를린은 결국 혼비백산해서 카잔을 따라 구멍 안쪽으로 달려가야만 했다.

CHAPTER
12

1.

대체 얼마나 더 달려왔을까.

일행은 마물의 조각상이 있던 공동에 도착한 뒤에야 겨우 달리기를 멈췄다.

"크햐, 크햐햐. 겨우 살았습니다그려."

"헤엑, 헤엑…… 진짜 죽을 뻔했네요?"

일행은 하나같이 공동에 드러누워 숨을 몰아쉬었다. 치열한 격전이 끝나자마자 전력질주를 벌였으니 철인이라도 지칠 수밖에 없는 노릇이었다.

가장 먼저 입을 연 것은 에를린이었다.

"늑대 씨."

"프휴휴, 왜 부르십니까요?"

"우리, 이제 어쩌죠?"

에를린은 어두운 표정으로 말했다. 하늘나무로 들어온 덕분에 마물을 피할 수 있었지만, 그 대신 퇴로를 잃어버린 것이다.

나라샤와 루틴 또한 그 문제를 인식한 듯 얼굴을 굳혔다.

카잔은 어깨를 으쓱거렸다.

"당연히 나가얍죠."

"대체 어떻게요?"

에를린을 떨떠름한 표정으로 물었다. 마물이 있는 한 하늘나무를 벗어나기는 불가능했으니까.

카잔은 씨익 웃으며 밑을 가리켰다.

"그야 땅속으로 가얍지요."

"……에?"

에를린의 눈은 점이 되었다.

루틴도, 나라샤도 뜨악한 것은 마찬가지였다.

카잔은 실실거리며 바닥을 탁탁 내려쳤다.

"이 공동 밑에는 빈 공간이 좀 있습니다요. 아마 나무뿌리가 자라나며 생겨난 틈 같은데, 운만 좋으면 그 틈을 따라서 탈출할 수도 있을 겁니다요."

일행은 넋을 놓고 카잔을 바라보았다.

에를린은 멍하니 입을 열었다.

"여기 빈 공간이 있다는 건 언제 알았어요?"

"처음 왔을 때 알았는뎁쇼."

"그러니까 어떻게요?"

"발소리가 다르잖습니까요."

"……발소리가 달라요?"

에를린은 루틴과 나라샤를 돌아보았다.

루틴은 슬쩍 시선을 돌렸고 나라샤는 어깨를 으쓱거렸다.

차크라 수련자인 나라샤조차 눈치채지 못했던 사실을 오직 카잔만 눈치챘던 것이다.

에를린은 감탄했다.

"와아, 왠지 늑대 씨가 대단한 짐승으로 보여요."

"그 짐승은 좀 빼주시면 안 되겠습니까요?"

"와아, 왠지 늑대 씨가 대단한 늑대새끼로 보여요."

"끄으응……. 그냥 짐승이라고 불러주십쇼."

카잔은 앓는 소리를 냈다.

나라샤가 끼어든 것은 그때쯤이었다.

"괴짜 씨, 몇 가지만 물어도 될까요?"

"뭐든 물어보쇼, 고양이 아씨."

"지하에 길이 있더라도 어디까지 이어질지 모르는데, 거기로 나간다고 마물을 따돌릴 수 있을까요?"

나라샤의 질문은 합당한 것이었다.

카잔은 그것을 듣고 씨익 웃었다.

"걱정 마십쇼. 이 몸이 드린 부적을 열심히 챙겨주신 아가씨가 계셔서 말입니다요. 적어도 눈에 보이지 않는 곳까지만 가면 냄새로 들키는 일은 없을 겁니다요."

"에?"

에를린은 화분을 안아든 채 눈을 깜빡거렸다.

루틴은 그제야 에를린이 온갖 난리 속에서도 화분을 계속 끌어안고 있었다는 사실을 깨닫고 한숨을 내쉬었다.

아무리 꽃 애호가라도 이 정도면 병이다, 병!

반면 나라샤는 루다아르네를 보고 눈을 가늘게 떴다.

"흐응, 무법도시의 특산물을 잘도 구했네요?"

"운이 좋아서 말입죠. 그보다 다른 질문은 없으쇼?"

카잔은 은근슬쩍 대화의 방향을 돌렸다.

나라샤는 굳이 루다아르네의 출처를 캐묻지 않았다. 지금은 그게 중요한 게 아니었다.

"만약 길이 없으면요?"

"별수 있습니까요. 몇 날 며칠이 걸리든 뚫는 수밖에 없습죠."

참으로 무식한 대답이었다.

동시에 유일무이한 해결책이기도 했다.

나라샤는 예상했다는 듯 눈웃음을 지었다.

“마지막으로 한 가지만 더 물어도 될까요?”

“뭡니까요?”

“당신, 미혼이에요?”

에를린과 루틴은 얼빠진 표정을 지었다.

이 긴급한 상황에 대체 뭔 질문이란 말인가!

반면 카잔은 씨익 웃으며 대답했다.

“가족이 있으면 이 생활 못합죠.”

“그래요?”

나라샤는 만족스럽게 고개를 끄덕였다.

루틴은 그 모습을 보며 설레설레 고개를 저었다.

그때, 에를린이 당차게 소리쳤다.

“자, 어서 삽질 시작하죠!”

“예?”

“남은 식량도 얼마 없잖아요? 탈출 가능성을 높이려면 한시라도 빨리 구멍을 뚫어야죠.”

“아, 네.”

루틴은 떨떠름하게 고개를 끄덕였다.

뒤이어 공동에 굴러다니던 검 한 자루를 있는 힘껏 땅에 박아 넣었다.

녹슨 검으로 그런 만행을 한 대가는 처참했다.

까앙!

“헉!”

루틴은 동강난 검의 파편을 가까스로 피해냈다.

만약 조금만 늦다면 사타구니를 부여잡고 통곡하는 신세가 되었으리라.

에를린은 그 모습을 보고 한숨을 내쉬었다.

"루틴 경, 멀쩡한 검 있잖아요."

"하지만 마물과 싸우려면 무기가 있어야……."

"무기 있어도 어차피 못 이기잖아요? 그럴 바에야 차라리 땅 파는 데 쓰는 게 낫죠."

잔혹할 정도로 정확한 지적이었다.

에를린은 신음하는 루틴에게 결정타를 날렸다.

"그리고 오러는 뒀다가 어디 쓰려고요? 그냥 오러 블레이드로 팍팍 파세요!"

"오, 오러 블레이드로 땅을 파란 말씀이십니까?"

루틴은 기가 막혀 소리를 내질렀다.

오러 블레이드는 모든 기사가 꿈꾸는 영광의 상징!

천하에 베어내지 못할 것이 없는 불멸의 칼날이다.

헌데 그걸 고작 땅이나 파는 데 쓰란 말인가?

"왜요? 싫으세요?"

에를린은 눈을 가늘게 떴다.

루틴은 그 시선을 받으며 쩔쩔맬 수밖에 없었다.

"아니, 그렇다는 말씀이 아니라……."

"싫으면 마세요. 그냥 제가 삽질할 테니까."

"끄으응……."

루틴은 결국 닥치고 삽질을 해야 했다.

오러 블레이드로 땅을 파다니.

고래를 통틀어 보기 드문 기사 중 기사였다.

카잔이 나라샤에게 불쑥 손을 내민 것은 그때쯤이었다.

"고양이 아씨, 삽 좀 빌려주쇼."

"삽 없는데요?"

"거기 있잖습니까요. 찌르기만 하면 푹푹 들어가는 삽."

나라샤는 눈을 동그랗게 떴다.

그리고 성검 아크라드를 들어올렸다.

"이거요?"

"예입, 그거 말입죠."

"……아크라드를 삽질하는 데 쓰겠다고요?"

"코 후비는 데 쓸 수는 없으니 이런 데라도 써얍죠."

카잔은 씨익 웃으며 말했다.

나라샤는 잠시 할 말을 잃었다.

성검 아크라드를 삽으로 써먹겠다니!

오러 블레이드로 땅을 파는 광경을 보면서 눈웃음치던 나라샤로서도 이 발언에는 기가 막힐 수밖에 없었다.

"당신, 진짜진짜진짜 이상한 사람이네요?"

"캬하하하! 이 몸이 한 진짜 합지요."

나라샤는 피식 웃으며 아크라드를 건네주었다. 다른 사

람에게라면 죽어도 건네주지 않았을 테지만, 상대가 카잔인데 뭐 아무럼 어떻겠냐 싶어졌다.

그렇게 두 사내의 삽질이 시작되었다.

푹! 푹! 푹!

오러 블레이드와 아크라드라는 절세의 삽 덕일까.

루틴과 카잔은 순식간에 땅에 구멍을 만들어냈다.

나라샤와 에를린은 나뭇조각과 흙더미를 옆으로 치웠다.

모두가 전심전력을 다한 덕분에 눈 깜짝할 사이에 깊이 1미터쯤 되는 구덩이를 만들어낼 수 있었다.

카잔과 루틴이 삽질을 멈춘 것은 그쯤이었다.

푸욱!

"얼레?"

"이건……?"

카잔과 루틴은 서로를 마주 보았다.

검 끝에서 뭔가 공허한 감촉을 느꼈던 것이다.

그때, 두 사람이 서 있던 구덩이 바닥이 우르르 무너져 내렸다.

"꺄악!"

"우와왓!"

"합!"

에를린은 그 광경을 보고 비명을 질렀다.

나라샤가 움직인 것은 그 순간이었다.

피잉!

정교한 손동작에 따라 뻗어 나온 튀어나온 두 줄기의 가느다란 실은 살아 있는 것처럼 두 사람의 허리에 휘감겨들었다.

카잔과 루틴은 순간적으로 추락이 주춤한 틈을 타서 다급히 벽에 검을 박아 넣었다. 그리고 나라샤와 에를린의 도움을 받아 겨우겨우 구멍을 기어 올라왔다.

"흐햐햐, 또 죽다 살았습니다그려."

카잔은 구멍을 올라오자마자 주저앉아 넋두리를 늘어놓았다.

루틴은 그런 카잔을 보며 이를 빠득빠득 갈았다.

"네놈……! 도대체 제대로 하는 일이 뭐냐?"

"캬하하하! 너무 화내지 마십쇼, 나리. 이 몸이라고 밑이 저런 구조로 돼 있을 줄 알았겠습니까요?"

카잔은 힐끔 구멍을 내려다보았다. 구멍 밑에는 바닥이 보이지 않는 허공이 있었다. 워낙 어두워서 얼마나 깊은지는 알 수 없었지만, 밧줄을 이용하면 충분히 안전하게 내려갈 수 있을 듯싶었다.

적어도 카잔은 그렇게 믿고 싶었다. 아니면 이곳에 갇혀 식용으로 서로의 육체를 탐하는 끔찍한 상황이 벌어질 수도 있으니까.

카잔은 고개를 기웃거렸다.

'흐음, 거 이상하네. 이 몸이 이걸 눈치 못 챘다니.'

예측상 빈 공간은 3미터쯤 밑에 있어야 했는데, 고작 1미터쯤 파자마자 나타날 줄이야.

이상하기 그지없는 일이었다.

나라샤가 고개를 기울인 것은 그때쯤이었다.

"괴짜 씨, 묘하게 바닥이 흔들리지 않아요?"

"응? 뭔 소리 말씀이십니까요?"

"조금씩이지만 이상한 진동이 느껴지는데요?"

"흐음?"

일행은 그 말을 듣고 고개를 갸웃거렸다. 나라샤 외에는 아무도 진동을 못 느낀 것이다.

카잔은 머리를 긁적이다가 공동의 벽에 귀를 붙였다. 아무래도 차크라 수련자의 말을 무시할 수 없었던 것이다.

그리고 경악하며 후다닥 물러났다.

'이거…… 진짜 큰일 났는뎁쇼.'

카잔의 뺨을 타고 식은땀이 흘러내렸다. 희미하게 들려오는 것은 나무를 깎고 파내는 소리였다.

지금 하늘나무를 깎아내고 있는 건 과연 누굴까?

해답은 명확했다.

"왜 그러세요, 늑대 씨?"

세 사람은 의아한 표정으로 카잔을 바라보았다. 벽에 귀를 대고 있다가 갑자기 후다닥 물러난 카잔의 행동이 너무 기괴해 보였기 때문이다.

카잔은 대답 대신 다급히 나라샤에게 물었다.

"고양이 아씨, 와이어로 저 밑까지 가실 수 있겠습니까요?"

"글쎄요? 아마 가능할 거 같은데요?"

"그럼 어서 내리십쇼! 당장 피해야 합니다요!"

루틴은 난데없는 말에 미간을 찌푸렸다.

"무슨 소리냐?"

카잔은 내쏩듯이 그 물음에 답했다.

"젠장! 마물이 오고 있단 말입니다요!"

"뭐라고요?"

나라샤는 놀라서 눈을 크게 떴다.

기겁한 것은 루틴과 에를린 또한 마찬가지였다.

일행이 생각하기에 그것은 말도 안 되는 소리였다. 체고만 8미터에 달하는 마물이 저 좁은 구멍을 통해 하늘나무 안으로 들어온다는 것은 불가능했으니까.

하지만 농담으로 보기에는 카잔의 태도가 너무 심각했다.

일행은 서둘러 내려갈 준비를 시작했다.

그 순간.

한 줄기 기묘한 소음이 공동에 울려 퍼졌다.

위이이이잉.

"……!"

고작 한두 번밖에 들어본 적 없음에도 죽을 때까지 잊지 못할 소리.

일행은 그 소음을 따라 시선을 돌렸다.

동시에 새파랗게 질려버렸다.

어둑어둑한 구멍 저편에서 은은하게 퍼져 나오는 청록색 광채를 봤기 때문이다.

"모두 피하쇼!"

카잔의 고함이 쩌렁쩌렁하게 울려 퍼졌다.

일행은 반사적으로 뿔뿔이 흩어졌다.

마물이 토해낸 청록색 빛의 기둥이 공동 한가운데를 직격한 것은 바로 그 직후였다.

투두둑! 투두두두두둑!

광선의 위력은 무시무시했다.

청록색 빛에 직격당한 부분에 작은 새싹이 돋아났다 싶은 순간, 공동 내부에 거목이 수십 그루나 생겨난 것이다.

카잔은 한 거목에 등을 기댄 채 신음을 흘렸다.

"끄응……. 모두 무사하쇼?"

"몸이요? 정신이요?"

"아, 아가씨! 어디 계십니까!"

"루틴 경, 난 괜찮으니까 진정해요."

천만다행스럽게도 광선에 맞은 사람은 없었다.

그렇다고 상황이 나아진 것은 아니었다. 아니, 오히려 더욱 심각해졌다.

"캬르르르르르르……."

"……!"

어느새 공동에 들어온 것일까.

일행은 거목 사이에서 들려오는 마물의 울음소리를 듣고 숨을 죽였다.

바늘 떨어지는 소리만 내도 부서질 듯한 긴장감!

불행 중 다행인 것은 공동에 무성하게 자라난 거목이 일행의 모습을 숨겨주고 있다는 사실이었다. 이른바 전화위복이랄까.

하지만 공동에서 숨바꼭질을 하는 데는 한계가 있는 법.

카잔은 마른침을 삼키며 주변을 훑어보았다.

'도망칠 수 있을깝쇼?'

다행스럽게도 바닥에 뚫어놓은 구멍은 남아 있었다.

문제는 두 가지.

마물을 피해 구멍까지 가는 게 가능할까?

과연 밑바닥까지 무사히 내려갈 수 있을까?

'누군가가 미끼가 되어준다면…….'

카잔의 푸른 눈동자가 차갑게 식었다.

현 상황을 빠져나갈 방책이 그것뿐이라면 인정이나 도리

따위와는 상관없이 움직여야 한다.

그리고 지금 미끼로 쓸 수 있는 사람은 한 명뿐이었다.

'기사 나리, 아가씨를 위해 죽으실 기회입니다요.'

카잔 자신이 없다면 관문을 되돌아갈 수 없다.

에를린의 신체 능력으로는 미끼가 될 수 없다.

나라샤는 절대 자기 목숨을 걸지 않을 것이다.

결국 미끼로 루틴이 선택된 것은 당연한 일이었다.

카잔은 그때부터 루틴을 미끼로 삼을 방법을 고민하기 시작했다.

하지만 상황은 카잔의 생각대로 돌아가지 않았다.

공동을 어슬렁거리던 마물이 마침내 첫 번째 사냥감을 발견했던 것이다.

"캬오오오오!"

"꺄아아악!"

"아, 아가씨!"

'이런 젠장!'

카잔은 내심 욕지거리를 내뱉었다.

루다아르네를 가진 에를린이 가장 먼저 발견될 줄이야!

"아, 으……."

에를린은 주저앉은 채 신음을 흘렸다.

당장이라도 도망치고 싶었지만, 마물의 포효를 들은 순간 다리에 힘이 빠져서 움직일 수가 없었다.

“크르르르르르…….”

마물은 서서히 머리를 내렸다.

그리고 에를린의 코앞에 얼굴을 가져다 댔다.

에를린은 바들바들 몸을 떨었다. 다리 사이가 축축하게 젖어왔지만 수치심조차 느낄 수 없었다.

“아가씨! 피하십시오!”

루틴은 고함을 내지르며 마물에게 달려들었다.

에를린을 구하겠다는 일념하에 목숨을 건 돌격!

마물은 뒤에서 달려드는 루틴을 힐끔 보고 가볍게 꼬리를 휘둘렀다.

퍼엉!

“커헉!”

루틴은 단숨에 튕겨나가 거목에 부딪혔다.

그리고 울컥울컥 피를 토해내며 땅에 쓰러졌다.

마물이 가시 부분을 피해서 때렸기에 즉사는 면했지만, 결코 안도할 상황은 아니었다. 마물이 루틴을 죽이지 않은 이유는 몇 날 며칠에 걸쳐 살점 하나하나를 발라내고 뼈 하나하나를 뽑아내며 처절한 고통을 맛보게 해주기 위해서였으니까.

그 첫 번째 대상은 바로 에를린이었다.

“캬르르르르.”

마물은 에를린에게 발톱을 뻗었다.

에를린은 공포 속에 눈을 질끈 감았다.

카잔은 그 순간 있는 힘껏 검을 내리찍었다.

푸우욱!

아크라드는 단단한 바닥을 종잇장처럼 파고들었다.

카잔은 땅에 박힌 아크라드를 단단히 쥐고 허리를 숙였다.

"으라으라으랏차차차!"

좌좌좌좌좍!

카잔은 기괴한 기합과 함께 앞으로 달려 나갔다.

아크라드로 땅을 가르며 달리느라 당장이라도 앞으로 나자빠질 것처럼 불안한 질주 끝에, 카잔은 용케 넘어지지 않고 마물과 에를린 사이에 끼어드는 데 성공했다.

그리고…… 둘 사이를 째앵 지나쳐버렸다.

"에?"

에를린은 어찌나 황당했는지 공포마저 잊었다.

잔뜩 기합을 지르며 달려와 놓고는 그냥 쓱 하고 지나가버리다니. 뭐 이런 경우가 다 있단 말인가?

얼마나 황당했던지 마물마저 눈을 깜빡거릴 정도였다.

카잔은 낄낄거리며 그들을 돌아보았다.

"캬하하하! 형씨, 이 몸과 술래잡기 한번 해보시려우?"

카잔의 말을 알아들은 것일까?

아니면 단지 그 웃음이 마음에 들지 않았던 것일까?

마물은 사나운 포효와 함께 카잔을 뒤쫓았다.

"캬르르르르르!"

"으하햐! 형씨, 너무 서두르지 마쇼!"

카잔은 거목을 방패 삼아 요리조리 도망 다녔다.

바퀴벌레가 형님이라고 부를 정도로 절묘한 도주술 덕분에 마물은 압도적인 힘과 속도의 우세에도 불구하고 쉽사리 카잔을 잡을 수 없었다.

기어코 마물의 분노가 폭발했다.

"캬아아!"

쾅! 쿠과광!

마물은 거목을 닥치는 대로 쓰러트리며 카잔을 쫓아갔다.

기둥만 한 나무가 허공을 날아다니는 아비규환!

둘의 거리는 그새 급격히 좁혀졌다.

'슬슬 됐겠는뎁쇼.'

카잔은 뒤를 쫓아오는 마물을 힐끔 돌아보았다.

그리고 있는 힘껏 고함을 내질렀다.

"고양이 아씨, 아가씨랑 나리를 부탁드립니다요!"

카잔의 고함은 공동에 쩌렁쩌렁하게 울려 퍼졌다.

동시에 마물은 기어코 카잔의 앞을 가로막는 데 성공했다.

카잔은 제자리에 우뚝 멈춰 선 뒤, 아크라드를 바닥에서 뽑아 들었다.

"형씨, 내 한 가지만 알려드리리다."

"캬르르……."

마물은 눈을 가늘게 떴다. 전혀 자신을 두려워하지 않는 인간이 이상했던 것이다.

카잔은 아크라드를 높이 치켜들었다.

마물은 카잔의 행동을 비웃었다. 고작 저런 쇠막대기 따위에게 상처를 입을 자신이 아니었으니까.

카잔은 그런 마물을 보며 씨익 웃었다.

"부실공사 건물 안에서는 너무 방방 뛰어다니는 거 아뇨."

"캬륵?"

푸욱!

마물이 그 말의 의미를 이해하기도 전, 아크라드가 바닥 깊숙이 틀어박혔다.

그 순간, 지면에 작은 균열이 생겨났다.

본래 하나에 불과했던 균열은 눈 깜짝할 사이에 사방으로 퍼져나가 공동의 절반에 달하는 범위를 점유했다.

처음에 일행이 뚫어낸 작은 구멍에서부터 갑자기 생겨난 거목들의 하중, 거기에 마물이 날뛰면서 생겨난 충격과 카잔이 마구잡이로 돌아다니며 바닥 깊숙이 남겨놓은 홈집이 더해진 결과.

붕괴가 시작되었다.

쿠구구구궁!

"캬아아아아아!"

마물은 바닥이 무너지자 급히 허공으로 뛰어올랐다.

하지만 붕괴는 마물과 카잔을 중심으로 퍼져나가고 있었고, 마물로서도 한 번의 도약만으로 붕괴 지점으로부터 벗어날 수는 없었다.

결국 마물은 버둥거리며 밑으로 추락했다.

"느, 늑대 씨!"

에를린은 마물과 함께 추락하는 카잔을 보고 기겁했다.

그 외침을 들은 것일까.

카잔은 떨어지는 와중에 고개를 돌려 에를린을 보았다.

무언가가 날아온 것은 그 순간이었다.

파아앙!

힘차게 던져진 아크라드는 에를린 옆에 있던 거목에 깊숙이 틀어박혔다.

카잔은 양팔을 넓게 펼치며 웃음을 터트렸다.

"이걸로 의뢰 완수입니다요! 캬하하하하!"

"……!"

에를린은 두 눈을 크게 떴다.

카잔의 모습이 완전히 어둠 속에 파묻히고, 그 웃음소리의 메아리마저 완전히 사라질 때까지도.

그녀는 망연자실하게 구멍을 내려다볼 수밖에 없었다.

2.

결론은 간단했다.

마물에게서 도망치려면 누군가는 미끼가 돼야 한다. 루틴이 쓰러진 이상 다른 미끼가 필요하다. 그럼 일행을 나라샤에게 맡기고 자신이 미끼가 되면 된다.

참으로 단순명쾌한 논리.

덕분에 카잔은 일행에게 마물을 피해 도망칠 시간을 줄 수 있었다.

때문에…… 죽어가는 중이다.

"컥, 쿨럭쿨럭!"

카잔은 바닥에 널브러진 채 피를 토해냈다.

수십 미터에 달하는 고공에서 추락한 대가는 전신골절과 치명적인 내장파열이었다.

아직까지 숨이 붙어 있는 것이 기적일 정도랄까.

'거, 이왕 죽을 거 즉사가 낫지…… 이게 무슨 꼴이냔 말입죠.'

카잔은 몽롱한 정신으로 넋두리를 중얼거렸다.

이미 소생불가 상태!

어차피 죽을 바에야 고통 없이 편하게 가고 싶다는 생각이 드는 것도 무리는 아니었다.

'뭐어, 어쨌든 의뢰는 완수했으니 다행입니다요.'

카잔은 히죽 웃었다. 자신의 목숨값은 동전 세 닢에 지나지 않는 반면, 세계 제일의 추색탐험전문가로서의 긍지는 황금보다 비싸다.

둘 중에 어떤 걸 선택해야 하는지는 너무나 당연한 일이었다.

'이래서 의뢰비를 선불로 받아둬야 했던 건데……. 기사 나리, 나리도 양심이 있다면 천 골드짜리 묘라도 만들어주십쇼.'

루틴이 알았다면 기가 막혀할 생각이었다.

한 줄기 소리가 들려온 것은 그때쯤이었다.

"캬르르르르……."

'……어이쿠, 이런.'

카잔은 내심 앓는 소리를 냈다.

마물은 서서히 카잔에게 다가왔다.

그리고 핏빛 눈동자를 번들거리며 사납게 으르렁거렸다.

어떠한 부상을 입어도 재생할 수 있는 불사의 마물에게 수십 미터 높이의 추락 따위는 아무런 타격도 될 수 없었다.

문제는 이곳을 벗어나기 힘들다는 것이다. 시간을 들인다면 얼마든지 벗어날 수 있지만, 그사이 다른 인간들이 도망칠 것은 뻔했다. 마물로서는 미칠 만큼 화나는 일이었다.

"캬아아!"

퍼엉!

마물은 분노를 담아 카잔을 후려쳤다.

카잔은 부서진 목각인형처럼 사지를 덜렁거리며 허공 높이 튕겨졌다가 지면에 툭 떨어져 내렸다.

콰드득!

"케엑!"

카잔은 비명을 내질렀다. 안 그래도 으스러졌던 사지가 지금의 충격으로 완전 짓뭉개졌기 때문이다.

'주, 죽겠구만…….'

그렇잖아도 죽어가던 상황에 더해진 타격!

눈과 귀와 코에서 줄줄 흘러나오는 피만 봐도 카잔이 입은 충격을 알 수 있을 정도였다.

마물은 어슬렁거리며 카잔에게 다가왔다. 죽어가는 중이라도 최후까지 카잔을 괴롭힐 생각이었다.

하지만 마물이 미처 눈치채지 못한 사실이 있었다.

첫 번째는 이 지하공간이 지나치게 반듯하다는 것.

두 번째는 바닥에 기묘한 문양이 새겨져 있다는 것.

세 번째는 그 문양에 카잔의 피가 스며들고 있다는 것.

카잔과 마물은 지나치게 짙은 어둠, 혹은 과도한 흥분 때문에 미처 그 사실을 깨닫지 못했다.

"캬르르르르……."

마물은 카잔의 앞에 우뚝 멈춰 섰다.

이어 날카로운 발톱을 휘두르자 카잔의 복부가 쩍 갈라졌다.

"크허억!"

카잔은 내장이 드러난 충격에 눈을 까뒤집었다.

하지만 마물의 행각은 시작에 불과했다.

푸욱! 찌익, 쫘아악!

"케, 끄륵, 끄어어어억!"

마물은 손톱으로 카잔의 내장을 마음껏 뒤집었다.

카잔의 허리는 부러질 듯 휘며 부들부들 경련을 일으켰고, 손가락은 손톱이 부러질 정도로 거칠게 땅을 긁어냈다.

당장 죽는다고 해도 이상할 것 없는 상태!

쇼크사 하지 않은 것은 엄청난 정신력 덕분이었다.

문제는 그로 인해 카잔의 통증이 더욱 길어지고 있다는 것.

바닥에 새겨져 있던 문양은 그 와중에도 카잔의 피를 끊임없이 빨아들였고, 그 흡수량에 비례하여 빠르게 붉은 색으로 물들어갔다.

결국 바닥의 모든 문양이 핏빛으로 물든 순간.

이변이 시작되었다.

팟. 파밧. 파바밧!

"캬르르?"

처음엔 하나.

다음엔 셋.

그리고 아홉.

지면에서 솟아난 빛의 기둥들.

그것들은 숫자를 급격히 늘려갔다.

마물은 느닷없는 이변에 주춤하다가 몸을 날려 도망쳤다. 아니, 도망치려고 했다.

하지만 빛의 기둥은 마물을 곱게 보내주지 않았다.

파바바바바바밧!

"캬아아아아!"

빛의 기둥은 눈 깜짝할 사이에 수백, 수천 개로 늘어나 마물의 몸을 꿰뚫었다.

과거 여덟 명의 마스터가 만들어낸 봉인마법진!

마물의 왕을 봉인했던 최대 최강의 함정이 수백 년의 시간을 뛰어넘어 그 자식에게 다시 한 번 펼쳐지고 있었다.

"캬오오! 캬오오오오!"

마물은 본능적으로 이것이 자신의 부모를 영원히 잠들게 만든 힘이라는 사실을 깨닫고 필사적으로 몸부림쳤다.

하지만 마물의 발악은 무용지물에 불과했다. 빛의 기둥에 꿰뚫린 마물은 청록색 빛 가루로 화해갔다.

잠시 후, 마물의 몸은 흔적도 없이 사라지고 대신 청록색 빛 가루만이 남아 허공에 소용돌이쳤다.

허나 봉인은 아직 끝난 것이 아니었다.

마물은 불사의 존재!

설사 신체가 분해됐더라도 단단한 '그릇'에 가둬두지 않는다면 언제든지 부활할 수 있다.

봉인마법진은 맹렬하게 그릇을 찾아 헤맸다.

부서진 돌조각, 우그러진 갑옷, 녹슨 검 등등.

청록색 빛 가루는 사방의 온갖 것에 스며들었다.

파스슥!

마물이 깃든 물건들이 삽시간에 부스러지며 내는 소리다. 한낱 잡동사니로는 마물의 힘을 감당할 수 없었던 것이다.

봉인마법진은 연이은 실패에도 포기하지 않고 핏빛 광채를 토해내며 그릇에 마물을 가두려는 시도를 거듭했다.

카잔의 손에 핏빛 광채가 닿은 건 바로 그때였다.

우웅. 우우웅!

핏빛 광채는 상대가 인간이라고 망설이지 않았다.

아니, 오히려 적극적으로 카잔의 신체에 마물의 빛 가루를 쏟아 넣었다.

"커, 커어억!"

카잔은 두 눈을 부릅떴다. 손끝으로부터 스며들어온 청록색 빛 가루, 부스러진 마물의 파편은 카잔의 체내에서 미친 듯이 날뛰었다.

뼈에서부터 혈관, 신경, 근육 등등의 세포 하나하나가 찢어발겨지는 듯한 고통!

"크악, 컥, 끄아아아아!"

카잔은 부들부들 경련을 일으켰다.

진정 미칠 것 같았다.

아니, 이미 미쳤다.

쉬는 숨은 날카로운 바늘 뭉치였으며, 토해내는 피는 뜨거운 용암이었다.

통각의 한계마저 초월한 격통!

카잔의 몸은 그 속에서 산산조각 나버렸다. 뼈가 부러지고 혈관은 터졌다. 신경이 끊어지고 근육은 뒤엉켰다.

"크, 허, 억……."

카잔은 그 상태로도 죽을 수 없었다. 봉인마법진에서 쏟아져 나온 핏빛 광채가 억지로 카잔의 명줄을 이어주고 있었던 것이다.

사납게 폭주하는 마물의 힘!

거세게 조여드는 봉인의 힘!

카잔은 두 힘의 압력 사이에서 생사를 오갔다.

'커거거걱!'

이제는 소리조차 낼 수 없어 머릿속으로 처절한 비명을 토해냈다.

그야말로 지옥과도 같은 고통!

이것을 벗어나기 위해서라면 뭐든 할 수 있을 것 같았다.

문제는 카잔이 할 수 있는 게 없다는 사실이었다.

사지육신이 이미 갈가리 찢긴 지 오래.

카잔은 손가락 하나 까딱할 수 없었다.

마물과 봉인의 대결은 한참 동안이나 이어졌다. 서로의 힘이 그만큼 비등했던 것이다.

언제 균형이 깨질지 모르는 위태로운 상황을 끝내기 위해 봉인은 결국 가진 힘을 한계 이상으로 뽑아냈다.

파밧! 파바바바바밧!

'캬아아아아아아!'

봉인의 압력이 순간적으로 배가되었다.

마물은 필사적으로 그것을 버티려 했지만 결국 마법진의 힘을 넘어설 수는 없었다.

빛의 기둥은 결국 마물을 제압하는 데 성공했다.

그리고 카잔의 오른손으로 응축되어갔다.

치이이이익!

'크으으윽!'

황금빛 불똥이 튀어오르며 검은 장갑이 불타올랐다.

뒤이어 손등에 스며들어온 핏빛 광채는 지금까지와는 비교도 되지 않을 정도로 극심한 고통을 일으켰다.

통증은 팔과 어깨를 넘어 심장까지 퍼져나갔다.

핏빛 광채가 사라진 것은 결국 카잔의 우측 상반신이 온

통 기하학적인 문신으로 뒤덮인 뒤였다.

파직, 파지직!

봉인마법진은 역할을 끝마치기 무섭게 부서져나갔다. 마물을 제압하기 위해 한계 이상으로 마력을 뽑아낸 대가였다.

뒤이어 짙은 어둠이 찾아들었다.

카잔은 모든 것이 꿈인 것처럼 깊고도 조용한 정적 속에서 겨우 기절의 축복을 누리게 되었다.

참으로 길고도 고단한 하루의 끝이었다.

『익사이터』 다음 권에 계속

ROYAL DOOM

파천의 군주

태제 판타지 장편소설

FANTASY STORY & ADVENTURE

문피아 선호작 1위! 골든베스트 1위!
『리버스 담덕』, 『역천의 황제』의 작가

태제 판타지 장편소설

파천의 군주

제국을 향한 야심, 9번의 환생, 뒤틀린 운명.
새롭게 태어난 군주 카빌론의 대륙정벌이 시작된다.

라이나프! 신이 되고픈 자들에게 내리는 신들의 저주!
9개의 삶이 끝나는 순간 제국을 집어삼킬 군주가 태어난다.

dream books
드림북스

용중신권

龍中神拳

권용찬 신무협 장편소설
ORIENTAL FANTASYSTORY & ADVENTURE

『칼』, 『철중쟁쟁』, 『신마협도』의 작가!
권용찬 신무협 장편 소설

『용중신권』

서른셋 늦깎이 무인 강건.
군중의 기대를 담은 그의 주먹이 새로운 강호를 열리라!

dream
books
드림북스

임무성 신무협 장편소설
ORIENTAL FANTASYSTORY & ADVENTURE
검황도제

劍星刀帝

한국 장르 문학계의 신화가 된
황제의 검 작가 임무성
그의 손끝에서 열리는 무협의 새로운 지평!

「검황도제」

검과 도가 합일을 이루는 그날,
피로 얼룩진 난세가 끝나고 천하에 드리워진 그림자가 걷혀
다시없는 광명의 시절이 도래하리라.

dream
books
드림북스

天劍
천검제
『절대천왕』, 『암천제』, 『천풍전설』의 작가!
장담 신무협 장편소설
『천검제』
세상을 뒤엎는 한이 있어도
아버지의 죽음에 관여한 자들 모두 용서치 않으리라!
dream books
드림북스